Aakhri Frame (Short Stories)

by: Musharraf Alam Zauqi

Edition: March '2024

Publisher :

Taemeer Publications LLC (Michigan, USA / Hyderabad, India)

ISBN 978-93-5872-627-5

کتاب : **آخری فریم** (افسانے)

مصنف : **مشرف عالم ذوقی**

پروف ریڈنگ / تدوین : اعجاز عبید

صنف : فکشن

ناشر : تعمیر پبلی کیشنز (حیدرآباد، انڈیا)

سالِ اشاعت : ۲۰۲۴ء

صفحات : ۲۰۰

سرورق ڈیزائن : تعمیر ویب ڈیزائن

آخری فریم

(افسانے)

مشرف عالم ذوقی

فہرست

سرخ لفظ

اس پُر ہیبت حقیقت کے مقابل، جسے تمام انسانی زمانوں میں ایک یوٹوپیا کی حیثیت حاصل رہی ہو گی، ہم، کہانیوں کے موجد، جن کے نزدیک ہر بات قابلِ یقین ہے، اس بات پر یقین کرنے کے بھی پوری طرح حق دار ہیں کہ ایک بالکل دوسری قسم کے یوٹوپیا کی تخلیق میں خود کو منہمک کر دینے کا وقت ابھی ہاتھ سے نہیں گیا۔ زندگی کا ایک نیا اور ہمہ گیر یوٹوپیا، جہاں کسی کو دوسروں کی موت کے حالات کا تعین کرنے کا اختیار نہیں ہو گا، جہاں محبت سچی، اور خوشی ممکن ہو گی اور جہاں سو سال کی تنہائی کی سزا بھگتنے والی قوموں کو، آخر کار اور ہمیشہ ہمیشہ کے لئے، اس زمین پر ایک اور موقع دیا جائے گا۔

______گابرئیل گارسیامارکیز

کوئی ہے۔۔۔

حالانکہ اس پورے سلسلۂ واقعہ کو جسے آپ ابھی اس کہانی کے ذریعے جاننے کی کوشش کریں گے کسی ناقابل یقین یا ڈرامائی صورتحال سے جوڑ کر دیکھنا مناسب نہیں ہے، لیکن شاید کچھ سچ بڑے عجیب اور چونکانے والے ہوتے ہیں۔ پتہ نہیں، زندگی میں آپ کو کسی ایسی صورت حال کا سامنا کرنا پڑا ہے یا نہیں، جب زبان گنگ ہو جاتی ہے اور مکالموں کی جگہ صرف گہری خاموشی، دستک یا آہٹیں رہ جاتی ہیں۔ جو اچانک ہی سناٹے میں آپ کو چھو کر کہتی ہیں۔۔۔ 'کوئی ہے—'

بس ایسے ہی ایک نادر یا کمیاب لمحہ اچانک اس کہانی کا جنم ہو گیا۔

ماحول خاموش اور بے جان تھا۔ یقین کے ساتھ کہا جا سکتا ہے کہ ایسے خاموش اور بے جان ماحول میں آپ دشینت کی طرح پتھر اچھال کر کوئی ہلچل یا کسی جرأت کی امید نہیں کر سکتے۔ اس وقت سب کچھ توقع کے مطابق تھا۔ یعنی جیسا شانتنو نے سوچا تھا۔ چمکتے لیکن ٹھنڈے اداس سورج کے ساتھ کا ایک دن — موسم خزاں کی ایک بوجھل صبح اور گارڈن میں لگے 'سنے'، گل بہری اور 'ٹیلی' کے بے رس پھولوں کی قطار' جسے کچھ دن پہلے ہی وہ اپنے 'ایلیسیشئن فری' پبلشر سے لے کر آیا تھا۔ اس میں کہیں کوئی چونکنے جیسی یا قابل اعتراض بات نہیں ہے۔ برنارڈ شاہ کی طرح اگر آپ مرد کے وقار اور "سپرمین" ہونے کی خواہش کو دلائل سے بیان کرتے رہے ہوں تو ممکن ہے اس "ایلیسیشئن فری" کی تمثیل سے آپ کو انسان ہونے کے عظیم خطاب کے ساتھ تھوڑی سی چوٹ پہنچے۔ اس

لیے تھوڑی سی معافی کے ساتھ، کہ شانتنو کے لیے وہ فرنگی پبلشر اس سے زیادہ داد پانے کا مستحق نہیں تھا۔ "ہوس ہے دوراہے پر" کی غیر متوقع کامیابی کے بعد شانتنو کے پاس آئے اسی فرنگی پبلشر نے کچھ اداسی، کچھ گہری تکلیف سے گذرتے ہوئے کہا تھا—

'معاف کیجیے گا، آپ سے ملاقات کے لیے ایک بے افسوسناک دن کا شگون نکلوانا پڑا'

'بے حد افسوسناک دن'۔۔؟

'آج میں نے اپنا پرانا وفادار ایلیسیشئن بیچ دیا، مگر نقصان میں نہیں رہا شانتنو—'

کتابوں کی سیل کی طرح اس کی تھرکتی انگلیوں پر ایلیسیشئن ڈاگ کا پورا حساب موجود تھا —اس کا ایک الگ کمرہ —کمرہ میں اس کی سجاوٹ میں اتنے روپے لگے۔ کھانے میں اتنے۔ اس میں وفاداری اور پیار کی کہیں کوئی تفصیل نہیں تھی۔ اس طرح قاعدہ سے دیکھیں تو فرنگی پبلشر (جو تھا تو ہندوستانی، مگر انگریزی کتابوں کا پبلشر ہونے اور اس کے رہن سہن کا خیال کرتے ہوئے شانتنو کو یہی نام مناسب لگا) کے لیے ایلیسیشئن کو بیچنا کہیں سے بھی گھاٹے کا سودا نہیں تھا۔ اور اسی کے مطابق کولکتہ میں رہنے والی مارگریٹ ایلیا کو اس کی شائع شدہ تمام کتابوں میں یہ ڈاگ اتنا پیارا لگا کہ وہ اسے ہر قیمت پر خریدنے کے لیے تیار ہو گئی۔ اس طرح ایک فیصد جذبات اور ننانوے فیصد خالص تجارتی سطح پر ایلیسیشئن کا سودا ہوا—اور مس مارگریٹ اپنے تھل تھل سینے سے ایلیسیشئن کو چپکائے کچھ دیر تک اس سے اپنا پن کا احساس کرتی رہی، پھر اسے لے کر سیدھے فلائٹ سے فرّ ۔۔۔ ہو گئی—مہاشویتا کے دیس یا 'نذرل' کے گاؤں —تو قصہ کوتاہ، ذکر آیا تھا، 'سنے 'گل بہری اور ٹیلی کے بے رس پھولوں کا—تو یہ وہی ایلیسیشئن فری پبلشر تھا جو اس کے لیے خاص طور پر لایا تھا اور بدلے میں شانتنو نے اس سے جو چند سوالات کئے، وہ کچھ اس طرح

ہیں۔

---یہ پھول کہاں ہوتے ہیں؟

اٹلی میں'

---کیا اٹلی کی عورتوں کو بھی یہ پھول پسند ہیں؟

---انتہائی ذمے داری کے ساتھ یہ کہا جا سکتا ہے کہ نہیں —کیوں کہ سوائے خوبصورت ہونے کے، ان میں کوئی مہک نہیں ہے۔

---کیا اس سے یہ مطلب لیا جائے کہ عام طور پر خوبصورت عورتوں میں چمک یا مہک کی کمی ہوتی ہے؟

پبلشر کی رائے تھی۔ ایسا پورے یقین کے ساتھ نہیں کہا جا سکتا۔۔۔

---کیا ان پھولوں کا ماحولیات پر بھی کچھ اثر پڑتا ہے؟

پبلشر کی رائے تھی —واضح طور پر تو نہیں لیکن جہاں تک 'ادبی ماحولیات' کا سوال ہے، اس سے آئندہ مستقبل میں اثر پڑنے کا امکان ہے —وہ بھی تب جب ان پھولوں کی پہچان رکھنے والا کوئی شخص جو ناشر بھی ہو، آپ کے دروازے پر آئے، آپ کے ادب سے زیادہ ان پھولوں میں دلچسپی لے۔

ان میں اور بھی کئی سوالات تھے۔ جیسے، کیا ان پھولوں کو یہاں کی آب و ہوا راس آئے گی —؟ یا کیا یہ پھول 'ویاگرا' یا 'انرجی اور طاقت کی دواؤں میں بھی استعمال ہوتے ہیں —؟ واضح طور پر بہت سی باتوں کا ناشر محترم کے پاس کوئی جواب نہیں تھا۔

*

خزاں کی اس بوجھل صبح ایسا بہت کچھ ہوا تھا جو شانتنو کے دل و دماغ پر اپنی یادگار چھوڑ گیا تھا۔ ہر بار اپنی کتاب فروخت کرتے ہوئے وہ پر مطمئن رہتا تھا کہ شاعری بھرم

ہے۔ ادب کوئی مشغل نہیں ہے۔ ساری زندگی لاکھ ٹکے کے انعام میں گذار دینا زندگی کے تئیں کوئی انضباطی کارروائی نہیں ہے۔ یہ لاکھ ٹکے تو وہ دوسرا اور تیسرا ایڈیشن آتے ہی اپنے اے آئی او کے فنڈ میں ٹرانسفر کرلیتا ہے۔

"ساری زندگی — ایک خطابی انعام یا اعزاز کے لیے، مائی فٹ — "

شانتنو ہنستا تھا۔ اسے اس کے کئی دوست یاد تھے۔ ایک تو سگھن چکرورتی تھا۔ پان کھاتا تھا۔ نسوار لیتا تھا۔ یہ بھی خیال نہیں رکھتا کہ نسوار کہاں گر رہی ہے۔ دوسروں کو اٹھنے والی کھانسی کی بھی فکر نہیں ہوتی۔ نسوار اٹھایا۔ ناک میں ٹھونسا، فکر میں ڈوب گئے — تھوڑی دیر بعد فکر سے آزاد ہوئے تو دھوتی اٹھائی، ناک صاف کی۔ اب ایسے 'چرکوٹوں' سے چھتیس کا آنکڑا ہے شانتنو کا۔ کیونکہ ایسے کئی لوگوں سے ادبی سپریم بنے ہونے کے نام پر اس کی اچھی خاصی لڑائی بھی ہو چکی ہے۔ مثلاً اسی سگھن چکرورتی کو لیجیے اور ذرا گذشتہ نومبر کے، سردی کے وہ مکالمے بھی سن لیجیے، مثلاً — 'آپ کی نظموں میں نسوار کی مہک زیادہ ہے — '

'آپ ادب بھی سمجھنے لگے — ' یہ سگھن چکرورتی کا جوابی حملہ تھا۔

'ادب آپ کے نسوار میں ہے۔ ناک میں ڈالنے، دھوتی سے پونچھنے کے درمیان تک کی فکر اگر ادب ہے تو مجھے معاف کیجیے گا — '

'کیا — ؟' سگھن کے چہرے پر شکن پڑ گئی تھی۔

'اب کیا یہی دن باقی رہ گئے تھے کہ آپ سے ادب پر تنقیدی گفتگو بھی سننے کو ملے گی۔ بھائی — اگر آپ ادیب ہیں تو ہمیں کتّے رہنے دیجیے۔ وہ بھی گلی کا رنگ جھڑا، پلّو پڑا کتّا۔'

'تو آپ مانتے ہیں آپ گلی کے رنگ جھڑے پلّو پڑے کتّے ہیں، ادیب نہیں'

'آپ کہنا کیا چاہتے ہیں —؟ سگھن کی آنکھیں باہر نکل آئی تھیں۔ جسم کی دبلی پتلی ہڈیاں پھڑک اٹھیں۔ قہقہے لگاتے شانتنو نے اپنا جملہ مکمل کیا —'سنو سگھن چکرورتی، لڑتے ہوئے دو آدمیوں میں ایک شخص نے دوسرے سے کہا، میں نے تو آپ کو شریف سمجھا تھا۔ اس پر دوسرے نے کہا میں نے بھی آپ کو شریف سمجھا تھا۔۔۔ پہلے نے کہا، چلئے میں اپنی بات واپس لیتا ہوں۔۔۔ ہا۔۔۔ ہا۔۔۔"

گفتگو کی آخری کڑی کے طور پر ہارے ہوئے سگھن کا چہرہ اسے یاد تھا۔

"تمہارے پاس ایک خاص مقصد سے آیا تھا۔"

"کیا؟"

"کچھ پیسے چاہئے تھے —"

"پیسے اپنے پبلشر سے کیوں نہیں مانگتے؟"

"مانگتا تو ہوں پر بار بار — سگھن ناک میں نسوار ڈال رہا تھا — سچ میں ہم گلی کے رنگ جھڑے کتّے ہیں — شرمیلے کتّے — جسے ہر ایرا غیرا ناشر بھی دولتی مار کر بھگا دیتا ہے۔ کتابیں سب چھاپنا چاہتے ہیں۔ مگر پیسے دیتے ہوئے — ایک شرمیلا کتّا، جو ادب کی تخلیق کرتے ہوئے بھی شرمیلا ہی رہتا ہے — شاید اسی لیے یہ پورا نظام صدیوں سے ایسا ہی ہے۔

*

ماحول خاموش اور بے جان تھا۔ لیکن کسی نے اس خاموش اور بے جان ماحول میں دشنیت کی طرح پتھر پھینکنے کی کوشش کی تھی۔ بھلے ہی اس سے کوئی دھماکہ نہ ہوا ہو — کہیں کوئی ہلچل نہ مچی ہو۔۔۔ لیکن ایک ہلچل اس کے اندر اٹھی تھی۔ گہری خاموشی کو کچھ بوجھل مکالموں نے دھماکے کے ساتھ توڑ ڈالا تھا — فرنگی پبلشر کے بڑے سے کیبن

میں وہ اپنی نئی کتاب کے سر ورق کو کچھ بے چینی اور کچھ کچھ گہری مایوسی بھری آنکھوں سے دیکھ رہا تھا۔ نہیں کلر ٹھیک نہیں ہے۔ رنگوں کا انتخاب غلط ہے —اور اس ایبسٹریکٹ آرٹ کی کیا ضرورت تھی —لڑکی کو کسی درخت یا کنویں یا سانپ کے طور پر کیوں محسوس کیا جائے ؟ اس کی جگہ کوئی جیتی جاگتی خوب صورت لڑکی کیوں نہیں —اور یہ وہی وقت تھا جب کیبن کے خالی پڑے صوفے پر بیٹھے دو نوجوان قلمکار جوزف براڈسکی کی نظموں پر غور کر رہے تھے۔

"لوگ —مر رہے ہیں — "

"جب ہم گلاسوں میں اسکاچ انڈیلتے ہیں یا کاکروچ مارتے ہیں۔ لوگ مر رہے ہیں۔

"

شانتنو نے پلٹ کر دیکھا۔ ایک پل کو کتابوں کی پوری عمارت کسی معصوم نوجوان میں بدل کر رہ گئی، جہاں خواہشوں کے نام پر صرف ایک تلاش بچی ہو۔ سیاسی تجزیہ شروع ہوا۔ دوسری عالمی جنگ، خانہ جنگی، ٹکراؤ کی کہانیاں —ویتنام سے گرینیڈا تک — افغانستان سے عراق —چلّی سے پناما اور نکار گوا تک، فلسطین کے معصوم قتل ہوئے بچے ---اور—

'لوگ مر رہے ہیں، جب ہم اپنی بے نام خواہشوں کا سودا کرتے ہیں۔ رنگ محل بناتے ہیں۔ اعتماد کھوتے یا پاتے ہیں--- مٹن یا چکن خریدتے ہیں---لوگ مر رہے ہیں

---'

شانتنو نے پلٹ کر دیکھا —خواہش ہوئی —پل بھر کو اس مرتی ہوئی بھیانک گفتگو کا حصہ بن جائے —لوگ محبت بھی کر رہے ہیں۔ جب ہم اسکاچ انڈیلتے ہیں--- یا ٹائی کی ناٹ باندھتے ہیں۔ لوگ پارک میں، گھر میں، سڑک پر--- جزیروں میں--- صحراؤں

میں ---بیاباں میں لوگ ایک دوسرے کے بازوؤں میں سو رہے ہیں —لوگ پیار کر رہے ہیں —جنگ اور لڑائی کے باوجود —بوسہ لے رہے ہیں ایک دوسرے کا، چوم رہے ہیں۔ بانہوں میں بھر رہے ہیں، اور یاد رکھنے کی بات یہ ہے کہ یہ سب صرف وہی نہیں کر رہے ہیں جو نوجوان ہیں —وہ بھی کر رہے ہیں جو نوجوانی کی سیڑھیوں سے بہت دور، آگے نکل گئے ہیں---

یہ مناسب وقت تھا، اس پل کو جینے کا یا اس پل کو اپنے اعتماد میں لینے کا، جس نے شانتنو سے چپکے سے کہا —کہ شیطانوں سے اب بھی یہ دنیا بھری ہوئی ہے —پھانسی کے جھولے اب بھی چوراہوں پر لٹکے ہیں —اور کس نے لٹکائے ہیں —انہوں نے —جن کی باتیں کسی موت کے ہتھیار سے بھی زیادہ خطرناک ہیں۔

چھن سے ایک آواز ہوئی تھی۔

شیشے کا ایک گلاس زمین پر گرا تھا —ریسپشن گرل سے لے کر عالمی سیاست کے منظر نامے پر مرنے والوں کی تعداد شمار کرنے والے ان دو نوجوان فلسفیوں نے بھی اس سمت دیکھنے کی جرأت کی تھی —وہ ایک لڑکی تھی —نہیں عورت —بال چھوٹے —چہرہ گورا چٹا —بدن نشے سے بھرپور —جیسے چیختے ہوئے اسٹوو کے شعلے ہوتے ہیں —عمر نے جیسے سمندر کے طوفاں کو، کسی معجزہ کی طرح روک رکھا ہو---عورت کے چہرہ پر غصہ صاف جھلک رہا تھا۔ دیسائی یعنی وہ فرنگی پبلشر کچھ کہنے کی کوشش میں میمنے جیسا معصوم یا پھر چیتے جیسا شاطر لگ رہا تھا۔ عورت کے ہاتھ میں کوئی کاغذ تھا، جسے دکھا کر وہ زور زور سے کچھ کہہ رہی تھی۔

شانتنو اپنی پرانی کتاب لینے کا بہانہ بنا کر شیشے کے کیبن سے باہر نکل آیا۔

عورت خوبصورت تھی —غصے میں ابلتے چہرہ سے اس کی جوانی کے پیٹر پر کتنے ہی

گلاب مہک اٹھے تھے۔ ان کی خوشبو سے انجان شاید وہ اپنے دلائل کو واضح کرنے میں لگی تھی۔ اس کے حملے دھماکہ خیز تھے۔

'نہیں، آپ کو یہ نہیں کرنا چاہئے تھا، کم سے کم ایک مرتے ہوئے آدمی کے ساتھ تو بالکل نہیں۔'

'دیکھئے۔ ہم نے ایسا کچھ نہیں کیا۔۔۔ آپ۔۔۔ آرام سے۔ بیٹھ کر بھی باتیں کر سکتی ہیں۔' دیسائی بچنے کے لیے الفاظ تلاش کر رہا تھا۔

'نہیں، بالکل نہیں —اور آرام سے۔ آپ کہہ رہے ہیں۔۔۔ آرام سے بیٹھنے کے لیے —آپ جانتے ہیں، آرام کیا ہوتا ہے۔ ساری زندگی اپنے آرام کو ترک کر کے اور قربان کرنے کے بعد ایک عام آدمی شمل شرما بنتا ہے، آپ جانتے ہیں شمل شرما بننا کر کیا ہوتا ہے۔'

'وہ ہمارے لیے احترام اور عظمت کی علامت ہیں۔'

'آہ۔ علامت ہیں نہیں تھے —آپ نے بنایا اُنہیں تاریخ —وہ اسپتال کے بستر پر تھے، بیمار تھے۔ اور آپ کیا کر رہے تھے؟ شمل شرما کے لیے —آپ اپنی جیبیں بھر رہے تھے —اپنے مکان بنا رہے تھے —اپنا بینک اکاؤنٹ بڑھا رہے تھے۔ مگر کس کے پیسے سے۔ شمل کے پیسے سے، آپ شمل جیسے شریف لوگوں کا استحصال کرنے والے ہیں۔ آپ اپنی کمینگی سے ان کی شرافت کی چادر تار تار کرتے ہیں —عورت کا چہرہ سرخ ہو رہا تھا—میں سمجھاتی تھی شمل کو—ناشر بدل دو—لیکن وہ اپنی عظمت کے پیروں کے نشان دیکھنے میں الجھا ہوا تھا—یا پھر عظیم خیالوں کو تاریخ بنتے دیکھنے کی، ایک عجیب سی بچوں والی خواہش کی پرورش کر رہا تھا۔ لیکن کیا اتنے سے سارا مسئلہ حل ہو جاتا ہے۔ تہذیبی وراثت سے پیدا ہونے والی قیمت —اقدار کا ٹکراؤ اور دخل اندازی کی تحریر —

یہی نام دیا تھا نا، اس کے نقادوں نے اُس کے زندگی بھر لکھے ادب کو سمجھنے —سب بکواس۔ شمل نے دخل اندازی کا ادب لکھا ہوتا تو اپنی تحریروں کے لیے بھی آپ کے ساتھ بھی دخل اندازی کرتا یا پیسے مانگتا۔ مگر اب —یاد رکھئے، شمل نہیں ہے —اور میں آپ کو چھوڑوں گی نہیں —'

اس نے لمحہ بھر کو فرنگی پبلشر کی آنکھوں میں اس کٹے بکرے کو دیکھ لیا تھا، جس کے بدن سے قصائی چمڑا ہٹانے کی کوشش کر رہا تھا —بیچارہ دیسائی —شانتنو نے پہلے ہی باہر نکلنے کی تیاری کر لی تھی۔ وہ نہیں جانتا تھا، یہ کیا تھا یا اُسے ایسا کرنے کا حق ہی کیا تھا۔ یا پھر سگھن چکرورتی کے الفاظ میں، آپ سماج یا واسطوں کی پرواہی کیوں کرتے ہیں۔ آپ جو بیچ رہے ہیں، سو بیچتے رہئے —اس کے خریدار بہت ہیں۔ باقی اصول یا اقدار کی تلاش یا اصولوں کی ایجاد کی آپ کو ضرورت نہیں ہے۔ مگر — عورت کی خوبصورتی یا گفتگو کی کشش کچھ اتنی زیادہ تھی کہ وہ باہر نکل آیا تھا —اور کچھ ہی لمحوں بعد غصے سے لال پیلی وہ عورت باہر نکل کر اپنی چھوٹی زین کی طرف بڑھتی دکھائی دی۔ وہ اسٹائلش جینس اور ریڈٹی شرٹ میں تھی۔ گاڑی کی طرف بڑھتے ہوئے اس نے شانتنو کی طرف پل بھر کو دیکھا اور یہی مناسب وقت تھا جب شانتنو نے اس سے براہ راست گفتگو کے لیے خود کو تیار محسوس کیا۔

'آپ ایک منٹ مجھے دے سکتی ہیں؟'

'کیوں؟ عورت کی بھنویں تن گئی تھیں۔ آپ ریسیپشن پر کھڑے ہماری باتیں سن رہے تھے۔'

'وہاں —'

'اس سے کیا ہوتا ہے، مجھے آپ میں کوئی دلچسپی نہیں ہے —'

ہوا کے جھونکے کی طرح زین کے گذر جانے کے بعد بھی عورت کے الفاظ شانتنو کے کانوں سے ٹکرا رہے تھے —'اس سے کیا ہوتا ہے، مجھے آپ میں کوئی دلچسپی نہیں ہے ' —شانتنو سنجیدگی سے مسکرایا۔ پہلی ملاقات میں وہ اس سے زیادہ بات چیت کے بارے میں سوچ بھی نہیں سکتا تھا۔ لیکن دل کہہ رہا تھا، دوسری ملاقات بہت جلد ہونے والی ہے۔

*

اور یہ کوئی اتفاق نہیں تھا۔ نہ ہی ماحول خوموش اور بے جان تھا۔ رات کی طلسمی چادر دور تک بچھی ہوئی تھی اور اس طلسمی چادر میں بے شمار ستارے، ٹمٹماتے ہوئے یہ اعتماد پیدا کرنے کی کوشش میں لگے تھے کہ دشنیت کی طرح پتھر اچھال کر ہلچل پیدا کرنے کی کوئی ضرورت نہیں ہے۔ 45 سالہ شانتنو کے لیے اکیلے رہنا خوبصورت زندگی کا جیسے حصہ بن چکا تھا۔ لڑکیاں اس کے لیے ترغیب سے زیادہ ایک سیکس تھیں، جو اسے ایسی دلکش راتوں میں لبھاتی یا پھر بستر پر مینکا، اروشی اور گندھاری بن جاتیں، مگر مندرا —

ٹمٹماتے ستارے کبھی سانپ، کبھی کنواں، کبھی مچھلی بن جاتے، اور ہر شکل میں وہ مندیرا کے بہتے جسم کے آبشار کا نغمہ سن رہا تھا۔ مندیرا جیسے ستاروں کی گواہی میں دیکھتے ہی دیکھتے کسی بیش قیمتی فن پارے میں بدل گئی اور کہنا چاہئے، شانتنو اس وقت اپنے فن کی دلیل پر قائم تھا — کیا فن ایک تصور بھر ہے؟ صرف میوزیم میں رکھے جانے یا جگہ پانے بھر کے لیے —؟ کیا مندیرا بھی محض ایک بھرم ہے۔ صرف ایک بوڑھے وجود کے لیے محدود —

آسمان پر ٹمٹماتے ستاروں کا کارواں دھیرے دھیرے بڑھ رہا تھا — اور اب یہ تو

تارے کسی عظیم فنکار کے فن پارے میں بدل گئے تھے —اور اس فن پارے میں مندیرا آگئی تھی۔ 'میں کنواں نہیں ہوں —سانپ بھی نہیں — مچھلی بھی نہیں۔ میں تو پوری پوری غزل ہوں۔ کیوں نہیں پڑھتے ہو تم —'

شانتنو کو یاد آیا —اس دن دوبارہ دھول اڑاتی زین کے نظروں سے غائب ہوتے دیکھنے کے بعد وہ دوبارہ اس شیشے کے کیبن میں لوٹ آیا تھا۔ دیسائی اس کا منتظر تھا۔

'کہاں گئے تھے، آپ —'

'باہر، سگریٹ کا کش لینے —'

'اچھا ہی کیا —' دیسائی ہاتھ میں چیک بک لیے نیچی نگاہ کئے کسی سوچ میں گرفتار تھا — آنکھوں کے پاس چشمے کی کمانی بار بار کھسک رہی تھی۔

'ایلیسیشئن بیچ کر اچھا نہیں کیا آپ نے —' شانتنو کہتے کہتے ٹھہرا۔

'ہا —ہا —' دیسائی ہنسا — تمہیں یاد ہے —

'تمہیں یاد آتی ہے یا نہیں اس ایلیسیشئن کی —؟

'کیوں نہیں۔ کتنا لمبا ساتھ تھا۔'

'ایلیسیشئن کی یاد آتی ہے لیکن ایک بیمار قلمکار کو جو ہاسپٹل کے بیڈ پر پڑا تھا، بھول گئے اسے —

دیسائی تڑپ کر ہنسا —'تو تم نے ہماری باتیں سن لی'

'سننی پڑی —ویسے کون تھی یہ لڑکی —'

'لڑکی نہیں، عورت کہو —مندیرا ہے — نظمیں لکھتی ہے —پنٹنگ کرتی ہے، شمل کی تخلیقات میں بہہ گئی۔'

''اور دونوں نے شادی کرلی۔''

'ہاں، عمر بھی نہیں دیکھی — شمل اور اس کی عمر میں آدھے سے بھی زیادہ کا فرق تھا —'

شانتنو کہتے کہتے ٹھہر گیا کہ پیار عمر کہاں دیکھتا ہے — مگر محبت کی یہ باتیں فرنگی پبلشر سے اس وقت کرنے کی، اس کی کوئی خواہش نہیں تھی — اس نے پیار کو زیادہ نہیں جانا تھا، لیکن شانتنو پیار کو حدود میں بند دیکھنے کے خلاف تھا۔۔۔ پیار تو تیز بہتی ندی ہے اور اس بہتی ندی کو نہ تو باندھا جا سکتا ہے اور نہ ہی جوش میں بہتی اس ندی پر کوئی پل ہی بنایا جا سکتا ہے — اس نے پیار کو 'ادبی حدود' سے پرے ہی رکھا تھا۔ اس کے لیے پیار روح سے زیادہ ایک جسمانی خوبصورتی تھا اور اس خوبصورتی کی مخالفت کرنے والوں کے ساتھ وہ دھڑلے سے بھڑ سکتا تھا، خواہ وہ اس کا فرنگی پبلشر ہی کیوں نہ ہو۔

دیسائی ٹھہاکا لگا رہا تھا — 'یہ رائلٹی کا چکر بھی۔۔۔ سب شانتنو تو نہیں ہوتے —' شانتنو کو لگا دیسائی کا پورا بدن ایک کتے کی دم میں تبدیل ہو گیا ہو۔

'کیوں —'

'کیوں کہ مجھ سے زیادہ آپ جانتے یا سمجھتے ہیں — دیسائی سنجیدہ ہو رہا تھا — اس کا رنگ گورا تھا۔ آنکھوں پر کالا چشمہ — کچھ سوچنے کی کوشش میں اس کا چہرہ نیولے کے چہرہ میں بدل جاتا تھا۔ وہ ہنس رہا تھا — شانتنو، آپ بھی نا — اب بتایئے، کیا پڑی تھی مجھے ادب کا روگ پالنے کی۔ سب۔۔۔ سالے —' وہ ایک پل کو ٹھہرا۔ اپنے آپ کو شیکسپیئر، اروندھتی یا کرن دیسائی سمجھتے ہیں — سمجھتے ہیں کہ نہیں — وہ اپنے پورے پھوہڑ پن کے ساتھ ہنس رہا تھا — وہ سمجھتے ہیں کہ آسمان میں شگاف ڈال سکتے ہیں۔ وہ سمجھتے ہیں جیسے سڑک پر نکل جایئے تو ہر شخص انہیں امیتابھ بچن یا شاہ رخ خان کی طرح جانتا ہے — جیسے باہر نکلے تو سب انہیں گھیر لیں گے — دیسائی ہنس رہا تھا — آٹو گراف — پلیز آٹو گراف

—سن آف بچ — کتنی عجیب بات ہے — یہ جن کے لیے لکھتے ہیں وہی نہیں پڑھتے۔ اور یہ سمجھتے ہیں کہ ہر گھر میں ان کے قاری موجود ہیں، گلی کے کتے تک ان کے ادب کو چاٹ رہے ہیں — کتنا بکتے ہیں — کون خرید تا ہے — اس نے لمبی ناک والے شمل کی ایک کتاب کھینچی — دیکھئے پہلا ایڈیشن پانچ سو ہے — ہے کہ نہیں؟ اب پانچ سو کتاب چھاپنے میں کتنی لاگت آتی ہے یہ آپ سے زیادہ کون جانے گا — سرکاری گوداموں کو آسرا نہ ہوتا تو یہ بھی نہیں بکتی — اور مندیرا سوچتی ہے — بس شمل سے ہم کروڑوں کمارہے ہیں — محل بنارہے ہیں۔ کوٹھیاں کھڑی کر رہے ہیں، دراصل — '

دیسائی پھسپھسا رہا تھا — فریسٹریٹڈ عورت — ایک وقت آتا ہے، جب ایسی عورتیں ایک بڑے نام کو ادب کی گٹھلی کی طرح چوستے ہوئے اگل دیتی ہیں اور صرف پیڑ گننا چاہتی ہیں — پیسوں کے پیڑ — مگر کتنے پیسوں کا پیڑ بھائی — آپ سمجھ رہے ہیں نا شانتنو۔

اور یہیں دھوکہ کھا گیا تھا دیسائی۔ شانتنو شاید اس صورت حال میں اس کا سارا غصہ ہضم کر لیتا مگر دیسائی نے جس غیر مہذب انداز میں مندیرا کا نام لیا تھا وہ اسے گوارا نہیں تھا — پسند اور ناپسند کی بھی اپنی اپنی نفسیات ہوتی ہے۔ شانتنو کے چہرے پر شکن تھی، اس نے دھیرے سے دیسائی کو روکا —

'بلڈ پریشر چیک کرایا ہے؟'

'کیوں؟'

'چیک کرالو دیسائی۔ 'شانتنو کے الفاظ برف ہو رہے تھے — تم کو یاد ہے دیسائی۔ میری پہلی کتاب —

'وہ — سیکس اور لائف — '

'ہاں، اسی کے بارے میں پوچھ رہا تھا — یاد ہے پہلا ایڈیشن کتنا چھپا تھا — لاکھوں

میں —اس کے بعد بھی ہر سال نئے ایڈیشن نکالنے پڑے۔

'وہی تو—کافی دیر سے ہاتھ میں تھامی ہوئی چیک بک نکال کر دیسائی نے سامنے رکھی —یہ اس سال کی رائیلٹی کی رقم ہے۔ پسند کرو تو سارے واؤچر آپ دیکھ سکتے ہیں۔ آپ بکتے ہیں۔ اس لیے آپ کو رائیلٹی کی بھاری رقم دیتے ہوئے بھی مزا آتا ہے۔ مگر یہ ادیب — ' دیسائی کی بھنویں تن گئی تھیں —برا ہو نمیشا دیش پانڈے کا۔ جو اپنا یہ پبلشینگ ہاؤس مجھے سونپ گئی۔ ہم اچھے بھلے انگریزی بچوں کی کتابیں، جنسی مواد پر مشتمل کتابیں چھاپ رہے تھے۔ یار دوستوں کے سمجھانے میں آگئے کہ ادب بھی چھاپو۔ پیسہ تو ہے ہی، نام بھی ہے۔ بڑے لوگوں کے درشن ہوں گے 'مگر —نام بڑے درشن چھوٹے۔ وہ ایک بار پھر نفرت سے منہ سکوڑ رہا تھا۔ سب خود کو وکرم سیٹھ اور اروندھتی رائے سمجھتے ہیں۔ ارے اتنا بک کر بھی تو دکھاؤ— "

سامنے پڑی ڈائری میں مندیرا اور اس کا فون نمبر چمک رہا تھا۔ شانتنو نے اس بات چیت کو یہیں روکا —ڈائری اٹھائی —نمبر ایک لمحہ کو یاد کیا، اپنا موبائل نکالا اور سیو کر لیا —کس ارادے سے —شاید اسے خود پتہ نہیں تھا۔ اس نے واؤچر چیک کرنے کی ضرورت نہیں سمجھی، چیک لیا اور گھر کی طرف روانہ ہو گیا—

شانتنو کو لگا، ہوا تیز ہو گئی ہے بادلوں کا ایک کارواں آسماں پر منڈرایا —تارے چھپ گئے —اسے یاد آیا، گھر آ کر اس نے کئی بار مندیرا کو فون لگانے کی کوشش کی۔ لیکن ہر بار نمبر لگا کر وہ ایک گہری سوچ میں ڈوب جاتا۔ کیوں کروں؟ کیا کہوں گا؟ کیوں ملنا چاہتا ہوں، وہ بھی شمل جیسے معروف ادیب کی بیوی سے جو خود بھی ایک فنکار ہے، نظمیں لکھتی ہے —فون ایک بار پھر مل گیا۔ لمحہ بھر کو اخلاقیات نے خوشبو کا لباس پہنا۔ ایک عجیب سی ہلچل شانتنو کے پورے بدن میں ہو رہی تھی۔ انگریزی میں کچھ غصہ

بھرے لفظوں میں پوچھا گیا تھا—

ہو آر یو—

'یہ میں ہوں شانتنو—رائل کنگ پبلشر کے دفتر کے باہر سے۔'

'باہر—'وہ پل بھر کو سوچ میں ڈوب گئی—مجھے کچھ یاد نہیں آ رہا ہے۔'

'آپ شمل کی کتابوں کی رائیلٹی کے لیے—'

'اوہ، میں نے کہا تھا نا، میری آپ میں—'

'انٹرسٹ نہیں ہے—'شانتنو کھکھلایا—لیکن دوسرا تو انٹرسٹ لے سکتا ہے نا۔ میرا مطلب ہے، ادب میں—آپ اور شمل کے ادب میں—'شانتنو نے دھیرے سے کہا—ملنا چاہتا تھا آپ سے، انکار مت کیجئے گا۔

'کل صبح گیارہ بجے آجایئے۔ فون رکھا گیا۔'

قصہ کوتاہ، شمل کے گھر کا پتہ معلوم کرنے میں شانتنو کو دشواری نہیں ہوتی اور جان بوجھ کر یہ پتہ اس نے دیسائی سے نہیں مانگا تھا۔

*

جو کچھ ہوا، وہ کسی گہرے دھند سے گذرنے جیسا تھا، اور وہ بھی شانتنو جیسے شخص کے لیے جس کی پیدائش ہی ایک تجارت پیشہ خاندان میں ہوئی تھی۔ جہاں زندگی کے لیے جدوجہد کرنے کی کوئی ضرورت نہیں تھی—اور نہ ہی کسی فن کے 'گذرنے' کے لیے کوئی کھلا روشن دان ہی تھا—وہاں سب کچھ پیسہ تھا۔ صبح سے شام تک پیسے گننے والے خاندان میں کب پاکٹ بکس یا رومانٹک ناول پڑھنے کی عادت پڑھ گئی، وہ خود بھی نہیں جانتا تھا۔ شانتنو کے لیے ایسے رومانٹک ناولوں کی اپنی دنیا تھی اور یہ دنیا تنہائی میں، رات میں چپکے سے اس کے سامنے پھیلتی چلی جاتی۔ جوانی کی دہلیز تک پہنچتے وہ پیسوں سے سپنوں کی

رومانٹک دنیا تک کا سفر کر چکا تھا۔ اسی درمیان اس نے دو ایک ناول لکھ ڈالے۔ ناول کی ہیروئنیں عام طور پر وہی ہوتیں جو اس کی زندگی میں آئی ہوتیں یا پھر جو تنہائی یا سپنوں کے سفر میں اس کے ساتھ ہوتیں۔ شروع میں، گھر میں اس کے لکھنے کی مخالفت تو ہوئی لیکن بزنس مین باپ نے ایک بات اس کے دل و دماغ میں بٹھا دی کہ لکھنے سے اگر بزنس جیسا مالی فائدہ ہوتا ہے تو لکھو، ورنہ بزنس سنبھالو۔ ابتداء میں لکھے گئے ناول تو نہیں چلے لیکن دلی اور میرٹھ کے بازار میں اسے جلدی ہی کامیابی مل گئی اور پھر تو راجہ بکتا ہے جسے ناول نے دیکھتے ہی دیکھتے اسے اسے کتاب منڈی یا پاکٹ بکس کی دنیا کا شہنشاہ بنا دیا — جلدی ہی اس پر فلم بنانے کا عمل بھی شروع ہو گیا اور شانتنو کا یہ 'ادبی سفر' اس کے باپ کے بزنس سے بھی بڑا ایک پڑاؤ ثابت ہوا۔ پھر شانتنو نے پیچھے مڑ کر نہیں دیکھا۔ کئی پبلشر بدلے — پاکٹ بکس کتابوں سے الگ کے دعوت نامے بھی اس کے پاس آئے۔ اسی درمیان شانتنو اس فرنگی پبلشر کے قریب آیا۔

جو کتابوں سے زیادہ اپنے ایلیسیشئن کتّے کی تعریف میں زمین۔ آسمان کے قلابے ایک کرتا تھا۔ حالانکہ شانتنو نے ایلیسیشئن جیسی پھرتی اس کے وجود میں کبھی نہیں دیکھی جب کہ ہر بار چیک یا پیشگی رائیلٹی کی بات کرتے ہوئے وہ دیسی، رنگ جھڑے کتّے کی طرح ہی لگتا — پھر بھی شانتنو کے لیے دیسائی ایک بڑی پارٹی تھا اور اس پارٹی کو وہ کسی بھی قیمت پر چھوڑنا نہیں چاہتا تھا۔ شانتنو نے شادی نہیں کی۔ تنہا زندگی کی شان و شوکت اسے ہمیشہ سے پسند رہی۔ اور ادیب کہلانے کا بھرم، ہر بار اس میں حوصلہ سے زیادہ جوش بھر دیتا۔ ہاں یہ دھند، تب تب ہٹتی تھی جب اس کے ادیب کہلانے پر سوالیہ نشان لگایا جاتا تھا۔ ادیبوں کی ویران دنیا سے اپنی دنیا کا سچ اسے زیادہ قبول ہوتا تھا — آخر وہ بھی تو لڑتا ہے سماج سے — سماج کے توہمات سے — اسی سماج میں پیار بھی آتا ہے۔ اسی لیے اس

کے کِردار شدت سے پیار بھی کرتے ہیں۔ شانتنو نے پریم چند کو بھی پڑھا تھا۔ شرت چند کو بھی — ابتداء میں اس نے شمل کی بھی ایک کتاب پڑھنے کی کوشش کی تھی لیکن شمل اس سے پڑھا ہی نہیں گیا۔ یا کہنا چاہیے، ایسی خشک ادبی کتابیں اس سے پڑھی ہی نہیں جاتی تھی۔ کبھی کبھی تو وہ یہ بھی سمجھنے میں ناکام رہتا کہ آخر ایسی کتابیں لکھی ہی کیوں جاتی ہیں اور کون پڑھتا ہے انہیں۔

*

دوسرے دن ٹھیک گیارہ بجے وہ مندیرا کے فلیٹ کے باہر تھا۔ یہ چیز اسے بار بار پریشان کر رہی تھی۔ کبھی یہاں شمل بھی رہتا ہو گا — دھوپ کھلی کھلی تھی' پیڑ پودے خاموش تھے۔ شانتنو کو لگ رہا تھا شمل یہاں کرسیاں نکال کر بیٹھتا بھی ہو گا — گھر میں داخل ہونے اور ڈرائنگ روم کے صوفے میں دھنسنے تک، وہ مسلسل شمل کے بارے میں ہی سوچ رہا تھا۔ سامنے شمل کی بڑی سی تصویر لگی تھی — بائی پانی کا گلاس دے گئی اور کچھ ہی لمحے گزرنے کے بعد ہاتھ میں چائے کی ٹرے لیے مندیرا حاضر تھی۔ کسی ہوئی جینس اور ٹی شرٹ میں چائے کی ٹرے اس نے میز پر رکھ دی — رسمی گفتگو کا سلسلہ شروع ہوتے ہی اس نے روکھے سوالات کا حملہ شروع کر دیا۔

'آپ کیا کرتے ہیں۔'

'ادیب ہوں —'

'ادیب —' مندیرا چونکی تھی — ادیب۔ آپ تو کہیں سے بھی ادیب نہیں لگتے، ادیب تو اپنے رویئے سے ہی دکھائی دے جاتا ہے۔ لیجئے چائے پیجئے، چائے بڑھاتے ہوئے بھی اس کا حملہ جاری تھا۔ آپ جانتے ہیں، ادب کیا ہوتا ہے؟

'جی —'

'اچھانام کیا ہے آپ کا—'

شانتنو نے نام بتایا۔ دو جھلملاتی آنکھوں میں تھرتھراہٹ ہوئی۔ آنکھیں بند ہوئیں —پھر جلد ہی کھل گئیں —شانتنو —وہ پاکٹ بکس والا —مندیرا ہنس رہی تھی —راجہ بکتا ہے۔ جس پر فلم بھی بنتی تھی —ایک سی گریڈ ناول پر بننے والی سی گریڈ فلم۔ اچھا تو آپ وہ ہیں، دیسائی آپ کو بھی چھاپتا ہے۔ آپ تو بہت بکتے ہیں، اور آپ کے تو خاص ریڈر ہیں —مندیرا کی ہنسی میں غصہ تھا۔ چنیا بادام اور بھونجا کھانے والے لوگ —ٹرین میں سفر کرتے ہوئے —اس کی پلکوں میں تناؤ تھا۔ شانتنو کو تعجب ہوا۔ اتنے دھماکوں کے بعد بھی اس کی قوت برداشت باقی تھی —شاید وہ یہ سب سوچ کر آیا تھا۔ یہی فائر تو، مندیرا کی جوانی کا حصہ تھا—غصے میں اس کا پورا بدن گلاب کے ننھے سے پودے کی طرح اور بھی دلکش ہو جاتا۔ اس کے گٹھے ہوئے گداز بدن میں کنویں اور سانپ کی ساری علامتیں ایک ساتھ جمع ہو کر اس کے رگ وپے میں طوفان کھڑا کر رہی تھیں۔

'تو آپ تخلیق کار ہیں، ادیب —مندیرا ہنس رہی تھی —جانتے ہیں تخلیقی اظہار کیا ہوتا۔ کیا ہوتا ہے شمل بننا —چھوٹی سی نازک عمر میں اس کا بڑھاپا بھول کر سوچتی تھی، ایک دن اس کے جسم کے سوئمنگ پل میں چھلانگ لگا دوں گی۔ سب کچھ بھول جاؤں گی —آپ تو یہ بھی نہیں جانتے کہ سچ کیا ہوتا ہے —سماجی سروکار کیا ہوتے ہیں —شمل جیسا انسان اپنی تخلیق کے توسط سے کیسے اپنے فن کو بلندیوں پر پہنچتا ہے —آپ جانتے ہیں — آپ جانتے ہیں میں راتوں کو اٹھ کر اسے لکھتے ہوئے دیکھتی تھی۔ لکھتے وقت، اس کی انگلیاں ایک عظیم دستکار کی انگلیاں بن جاتیں اور وہ پورے وجود سے ایک بے حد معصوم بچے میں بدل جاتا۔ ایک ماہر سنگیت کار کی طرح لکھتے ہوئے اس بدن کی مشین برابر بجتی رہتی تھی۔ میں نے سنے تھے اس کے سر —اب بھی سن رہی ہوں۔ لکھتے وقت اس کا بدن

ایک عجب سے سرور میں ڈوب جاتا — کمرہ میں اسے گھیر کر جیسے نور کے فرشتے جمع ہو جاتے۔ آپ جانتے ہیں، الفاظ کیا ہوتے ہیں — الفاظ کا استعمال کسے کیا جاتا ہے — الفاظ پانی کی طرح بہانے کے لیے نہیں ہوتے — جو آپ کرتے ہیں — الفاظ سنبھال کر رکھنے کو ہوتے ہیں۔ تھوڑا تھوڑا خرچ کرنے کے لیے۔۔۔ جیسے شمل کرتا تھا — 'ہاں — وہ اس کی میز ہے۔ وہ اب بھی ہے۔ اب بھی لکھ رہا ہے۔۔۔'

مندیرا کی آنکھوں میں آنسو تھے۔ لمحہ بھر کو روشنی سی چمکی۔ تھرتھراتی مندیرا اٹھی۔ آگے بڑھی۔ کرسی کو بوسہ دیا اور پھر لوٹ آئی۔'

"آپ ادیب ہوتے تو نہیں بلاتی۔ ادیب صرف شمل تھا۔ باقی گھاس کھودنے والے 'چائے کے کپ خالی ہو گئے تھے۔ مندیرا کی آنکھوں میں اب بھی تناؤ چھلک رہا تھا۔ لیکن آپ مجھ سے ملنے کیوں آئے؟ وہ ہنسی۔ میرے لیے جدوجہد کریں گے؟ دیسائی کے خلاف؟ مجھے تسلی دیں گے؟ میرے خیال سے آپ نے اس کی ایک بھی کتاب نہیں پڑھی ہو گی۔ کیوں؟'

'ٹھیک کہتی ہیں آپ، ایک پڑھی تھی، پڑھی نہیں گئی۔'

مندیرا زور سے ہنس پڑی — یہی تو شمل کی جیت ہے، آپ کو بھی سمجھ میں آجاتا تو پھر شمل، شمل کہاں رہ جاتا، شانتنو نہ بن جاتا۔ وہ ہنس رہی تھی — اس ہنسی کے انداز میں لمحہ بھر کو دھماکہ ہوا تھا، اس کی گوری ہتھیلیاں، چوڑی کی طرح چھنک کر اس کی ہتھیلیوں سے چھو گئی تھیں۔ اُس ایک لمحہ میں جیسے سونامی سما گئی۔ مندیرا کے چہرہ کے تاثرات بدلے — گرم بھاپ دیتی ہتھیلیوں کا اپنا احساس شانتنو کے لیے ہزار جسموں کے احساس سے بھی بڑا تھا۔

مندیرا نے ایک ٹھنڈی سانس بھری۔ دراصل اس گلوبل نظام میں ہم اپنی مادری

زبان کھول بیٹھے۔ یہی المیہ ہے۔ انگریزوں کی غلامی، انگریزی کی برائی دے گئی ہمیں۔ پڑھتے، جیتے اور اپنی تہذیب میں ملاتے ہوئے ہمارے سارے اقدار اسی رنگ میں رنگ گئے، زبان بھی انہیں کی ہوگئی۔ دراصل یہ ان تمام ممالک کے مالی نظام کی کمزوری ہے، جن کی وجہ سے ان کی اپنی زبان چھن جاتی ہے۔ شمل نے صرف انگریزی میں لکھا ہوتا تو آج اس کی حیثیت دوسری ہوتی، وہ لکھ سکتا تھا، مگر اس کے اپنے تجربے، اقدار اتنے حاوی تھے کہ وہ کسی دوسری زبان میں لکھنے کے بارے میں سوچ ہی نہیں سکتا تھا۔۔۔ اور اسی لیے دیسائی جیسے لوگ۔۔۔

*

اچانک کچھ ایک حادثہ ہو گیا تھا۔۔۔ مندیرا پل بھر کو ٹھہر گئی۔ وہ سامنے والے کمرہ کی طرف دیکھ رہی تھی۔ اس کی آنکھیں یکایک سہم گئی تھی۔ کمرہ میں قطار سے، الماری سے جھانکتی کتابیں — شمل کی میز، پرانے زمانے والے کرسی، دیواروں کے جھڑتے رنگ۔۔۔ قطار سے دور تک سجے پھولوں والے گملے —کالونی کے اندر پہنچنے تک شانتنو اس ادبی خاموشی اور پیڑوں سے چھن کر آنے والی فلسفیانہ دھوپ کی کرنوں کا جائزہ لے چکا تھا۔ پوری کالونی میں، خاص کر شمل کے فلیٹ کے پاس جو چپی اور گہری خاموشی کا اس نے محسوس کی تھی وہی ہلچل وہ مندیرا کی آنکھوں میں دیکھ رہا تھا۔ فلسفے چلتے چلتے ٹھہر گئے۔ اس کی آنکھیں خوف زدہ تھیں —کان کھڑے تھے۔ جیسے کسی کی آہٹ محسوس کر رہے ہوں۔ وہ ایک ٹک شمل والے کمرہ کی طرف دیکھ رہی تھی —

'کوئی ہے۔۔۔ نہیں مجھے صبح سے اسی بات کا احساس تھا کہ کوئی ہے۔۔۔ آپ نے — مندیرا شانتنو کی طرف مڑی —اور سب کچھ غیر یقینی ڈھنگ سے ہوا تھا۔ اس نے یکایک شانتنو کا ہاتھ تھاما — صبح میں برش کرتی ہوئی یہاں آئی —وہ وہاں کھڑا تھا۔ تم نے

بھی آہٹ سنی نا۔۔۔ اور سامنے۔۔۔ وہاں شمل کے کمرے میں —وہ زور سے چیخی —
میں پوچھ رہی ہوں تم نے دیکھا یا نہیں —مندیرا زور سے چیخی۔ سمترا—'
گھر میں کام کرنے والی بائی اس کی چیخ پر دوڑ کر آگئی تھی۔ اس کے لہجہ میں گھبراہٹ تھی۔ کیا ہوا میم صاحب۔ مندیرا کی آنکھیں غصے سے سرخ ہو رہی تھیں۔ پچھواڑے کی کھڑکی بند کی یا نہیں؟ میں نے صبح ہی کہا تھا، اس کھڑکی کو بند رکھا کرو، پورے دو مہینے سے ایسا ہو رہا ہے کوئی ہے —کوئی ہے —جو یہاں تک آکر —تم نے سنا نہیں سمترا —وہ تیز آواز میں دہاڑی —گیٹ لاسٹ، جا کر کھڑکی بند کرو۔
'میم صاحب —ابھی تو بارہ بجے ہیں۔'
'بارہ بجے ہیں —' مندیرا کے چہرہ سے وحشت ٹپک رہی تھی۔ بارہ بجے —بارہ بجے چور نہیں آسکتے۔ کھڑکی کھڑی منہ کیا دکھ رہی ہو۔ جاؤ تم پہلے کھڑکی بند کرو۔ تم یہاں — اس نے مضبوطی سے کسی منظوری یا نا منظوری کی پروا کیے بغیر شانتنو کا ہاتھ تھاما۔ شمل کے کمرہ کی طرف بڑھی۔ وہ یہاں تھا تم نے دیکھا یا نہیں —نہیں پلیز بولو تم —سچ بولنا، دیکھا تھا نا تم نے بھی —یہاں —اسی کرسی کے پاس تھا وہ، سایہ نہیں تھا، وہم نہیں تھا میرا۔ جب ہم باتیں کر رہے تھے۔ وہ ہماری طرف دیکھ رہا تھا۔۔۔ مگر —مندیرا نے ہاتھ چھڑا لیا —کون ہو سکتا ہے وہ اور —کھڑکیوں پر تو جالی لگی ہوئی ہے —کہاں جا سکتا ہے وہ۔ ہو سکتا ہے۔ بات چیت میں کچھ دیر کے لیے ہماری پلکیں بوجھل ہوئی ہوں —اور اسی پلک جھپکنے کا اس نے فائدہ اٹھایا ہو مگر وہ آتا ہی کیوں ہے؟ اور کہاں چلا جاتا ہے۔ اچانک اس کا بدن جیسے پھر کانپا۔ اس کی آنکھیں وحشت سے پھیلی تھیں۔ جیسے وہ کس آہٹ کو کان لگا کر سننے کی کوشش کر رہی ہو، اچانک وہ تیزی سے پلٹی۔ اس کا ہاتھ تھاما۔ ابھی بھی وہ اس گھر میں ہے —وہ ہے، سنو، تم بھی سنو۔۔۔ اس کے پیروں کی آہٹ۔۔۔ اب وہ اوپر جا

رہا ہے، سیڑھیوں سے۔ میرے ساتھ آؤ ——! مندیرا تیزی سے مڑی۔

آگے دالان سے ہو کر سیڑھیاں چلی گئی تھی۔ تنگ سی سیڑھیاں —— سیڑھیوں پر روشنی ذرا کم تھی —— لمحہ بھر کو وہ رکی۔۔۔ اس کی طرف دیکھا۔ پھر تیزی سے اسے اشارہ کرتی ہوئی باقی سیڑھیاں بھی طے کر گئی۔ اوپر ایک کھلا کمرہ تھا، روشن دان بند تھے۔ کھڑکی پر پردہ پڑا تھا۔ دبیز پردہ۔۔۔ کمرہ میں بندھی ہوئی کتابوں کے علاوہ ٹوٹے صوفے اور بے کار کی چیزیں بھی پڑی تھیں۔ ایک صاف پلنگ بچھا تھا۔ وہ یہاں آیا تھا۔ یہ شمل کی کتابیں ہیں۔ کچھ دن پہلے۔ پبلشر نے بھجوائی تھیں۔ دیکھو، کھولی بھی نہیں گئی —— اچانک وہ چلاتی۔ دیکھو وہ ہے، ابھی بھی ہے —— وہ کانپتے لہجہ میں چیخی۔ کون ہے۔۔۔ آگے بند پردہ سے روشنی کا ایک سایہ سا زمین پر پھر رہا تھا۔ اب تمہیں تو کوئی وہم نہیں۔ وہ پھٹی آنکھوں سے اس کی طرف دیکھ رہی تھی —— کون ہے —— اور یکایک کھڑکی کے اوپر تنے مکڑی کے جالے کو اس نے دیکھ لیا تھا۔ اس کے ٹھیک پاس دیوار سے چپکی ایک چھپکلی تھی۔ وہ زور سے چیخی۔ اور یکایک اس لمحہ شانتنو کے پورے بدن میں جیسے لاوے بھر گئے۔ وہ چیخی۔ وہ پلٹی اور ایک پل کو سب کچھ بھول کر اس میں سما گئی۔ بدن میں جیسے دھماکہ ہوا۔ کمرہ میں جیسے دنیا کی سب سے خوبصورت موسیقی گونجنے لگی۔ اس کے سینے کی گولائیاں ابھی بھی سخت تھیں اور شاید دنیا کی سب سے خوبصورت عورت کی گولائیاں تھیں۔ پیر کانپ رہے تھے۔ لمحہ بھر کو شانتنو کے بدن کے اندر ہزاروں پھلجھڑیاں چھوٹ گئیں۔ پھر جیسے دھماکہ ہوا۔ وہ اچانک اس کے بدن سے الگ ہوئی، ہاتھ ہٹایا۔ غصہ سے اس کی طرف دیکھا۔ وہ زوروں سے چلائی۔

'تم ابھی تک گئے نہیں۔ پانی پی لیا۔ چائے پی لی، اب کیا کر رہے ہو۔ یہاں، گھڑی دیکھو۔ کتنا وقت ہو گیا ہے۔ میں اتنی دیر تک تم جیسے کسی شخص کو برداشت نہیں کر سکتی۔

مندیرا اس کی طرف دیکھ کر زور سے چیخی —میرا منہ مت دیکھو۔ جاؤ تم —گیٹ لاسٹ۔'

شانتنو نے جانے سے پہلے پلٹ کر دیکھا۔ اس کی آنکھیں ابھی بھی دہشت سے پھیلی تھی۔ وہ دھیرے سے کہہ رہی تھی۔۔۔ کوئی ہے —

کھلے گیٹ سے وہ باہر نکل آیا۔ باہر پیڑ پودے خاموش تھے۔ بچوں والا ایک جھولا ہل رہا تھا، شاید کچھ دیر پہلے کوئی بچہ جھولتے جھولتے ابھی فوراً ہی ہو گیا۔ باہر کی زمین نرم تھی۔ پیڑوں سے پتیاں ٹوٹ ٹوٹ کر گری ہوں گی۔ پورے ماحول میں ایک عجیب سی خاموشی، ڈری سہمی مندیرا کی زبان بن گئی تھی۔ کوئی ہے لیکن شاید کوئی نہیں تھا۔ باہر آ کر اس نے گاڑی اسٹارٹ کی لیکن اسے کسی بھی طرح کی شرمندگی یا پچھتاوا نہیں تھا۔ مندیرا کے الفاظ میں کہا جائے تو وہ ایک فیصد بھی ہرٹ نہیں ہوا تھا۔ باہر آ کر گاڑی میں بیٹھنے تک مندرا کی جلتی ہتھیلیوں کا لمس اور جسم کی گرماہٹ اس کے وجود کے ریشے ریشے میں تر چکی تھی۔ شاید اسٹیئرنگ تھامتے ہوئے وہ مسکرایا بھی تھا۔ گاڑی کے سڑک پر دوڑنے تک وہ اپنی سطح پر واقعاتی تجزیہ کے تعجب خیز دور سے گذر چکا تھا۔۔۔

لیکن سوال تھا۔ ایسا کیوں ہوا۔ کیا صرف مندیرا کا وہم تھا۔ اور مندیرا کو یہ وہم اچانک اس وقت کیوں ہوا جب اس نے دیسائی کا نام لیا۔ کیا ایسا بہت دنوں سے چل رہا ہے۔ یا کمرہ میں آنے پر ایک مرد کی موجودگی اچانک اسے اندر سے بے چین کر گئی تھی —اچانک وہ مندرا سے سانپ یا مچھلی، یا اس کور پیچ میں بدل گئی تھی، جیسے دیسائی کے یہاں دیکھتے ہوئے اس نے پہلی بار میں ہی مسترد کر دیا تھا۔ مکمل مندیرا اس کے سامنے تھی دو دن پہلے رائل پبلشنگ ہاؤس کے کمرہ میں دیسائی کو کھری، کھوٹی سناتی ہوئی —پھر یہاں —شمل کے فلیٹ میں اچانک ایک بے نام سے ڈر کا اس کے وجود میں بیٹھ جانا —

کیا یہ اتفاق تھا، یا اسے ڈرامائی انداز میں تبدیل کرنا مندیرا کی مجبوری۔ کیا ایک جھری بڑے بوڑھے بدن میں عورت کے لیے کوئی کشش باقی رہ سکتی ہے۔ وہ بھی ادب کی سطح پر۔ کب تک ؟ کتنے دنوں تک۔ بار بار خواب میں آنے والا ہیرو، پریشان اور دکھ بھرے لمحے ہیرو سے ولن بھی تو بن جاتا ہے۔ شمل کتنی بار ولن بنا ہوگا۔ مندیرا کی چھوٹی چھوٹی ضروریات کو پوری نہ کرسکنے کے حوالے سے۔ مندیرا جیسی کم عمر لڑکی ایک بزرگ ہیرو کے ساتھ اپنے خوابوں کے سفر میں کتنا وقت حوصلہ اور جوش کے ساتھ گذار سکتی ہے۔ کیا اندر سوئی ہوئی برسوں پرانی آگ کو یکایک ایک مرد نظر آگیا تھا، اس کی شکل میں۔ مکالمے چھپ گئے تھے۔ صرف لمس رہ گیا تھا۔ جیتا جاگتا، بولتا لمس — ایک ناقابل یقین اور ڈرامائی صورتحال نے شانتنو کو مندیرا کی نفسیات کی اس حقیقت سے متعارف کرا یا ہی دیا تھا کہ اب وہ نہیں ملے گی۔ لیکن کیا جو کچھ اس نے سوچا وہی سچ تھا۔ شمل کے بعد وہ نا معلوم، انجانے ڈر سے کسی نفسیاتی مرض کا شکار ہو چکی ہے۔ ایک مہینہ آندھی اور طوفان کی طرح گذر گیا۔ نہ مندیرا ملی، نہ اس نے فون کیا اور نہ ہی مندیرا نے۔ ہاں رائل پبلشنگ ہاؤس کو لے کر تنازعہ ضرور سرخیوں میں آگیا تھا۔

*

سچ یہ ہے کہ اس پورے پس منظر یا واقعہ کو کسی متعینہ تاریخ سے جوڑ کر دیکھنا مناسب نہیں ہے۔ دنیا تیزی سے بدل رہی ہے۔ شانتنو کو اس کا احساس تھا۔ سماج، رہن سہن، لباس، انٹرٹینمنٹ کے طریقے، کھان پان، فلمیں، ہیرو اور ہیروئن — سب بدل رہے ہیں۔ معجزہ سے سائنس اور نفسیات تک، زندگی میں آتی دوسری لڑکیوں سے مندیرا تک۔ وہ لمس جیسے بدن میں ٹھہر گیا تھا۔ مکالمے گم ہو گئے۔ لمس رہ گیا۔ چیختا ہوا لمس۔ جیسے اسٹو کے چیختے شعلے ہیں۔ دہکتے آواز دیتے ہوئے۔ اسے وزیولائز کیا جائے تو صرف

کلوزری ایکشن بچتا ہے مندیرا کا۔ سہمی سی مندیرا کا، جو اس کے سینے سے لگی ہے، اور جس کے پٹھے اس کے بدن سے مل کر تیز تیز دھڑک رہے ہیں۔ شانتنو کو یاد ہے، اس پر اسرار رات، جب وہ گھر کی بالکنی پر کھڑا تھا، اور آسمان پہ بے شمار ستارے لہروں کی طرح بہہ رہے تھے۔ اس نے کچھ اور بھی دیکھا تھا نہیں۔ یہ وہم نہیں تھا۔ کوئی قصہ کہانی نہیں، اس منظر نے اس حقیقت کو زندہ کیا تھا کہ کائنات میں ہم اکیلے نہیں، دور تک بچھی آسمان کی نیلی چادر میں اچانک شانتنو نے کوئی چیز دیکھ لی تھی۔ ایکسٹرا ٹریسٹریل یا ایلین۔ دنیا کے باہر کی ایک عقلمند مخلوق ۔۔۔ ایک نیا ذی روح، کہیں کوئی اڑن طشتری نہیں بلکہ بہت سے تارے مل کر جیسے ایک ایلین یا ای ٹی بن گئے ہوں۔ اچانک اس کی جگہ مندیرا کا چہرہ آگیا تھا اور اگر اس غیر معمولی حادثہ کو، کہ مندیرا خوف اور دہشت سے گھبرا کر اس سے لپٹ گئی تھی۔ کسی متعینہ تاریخ سے جوڑنا ضروری ہے تو یہ بس وہی رات تھی، جب اس نے آسمان میں ایک ایلین کو دیکھا تھا۔ اور ایلین اس کے دیکھتے ہی دیکھتے مندیرا میں تبدیل ہو گیا تھا۔ گو کہ ان دلیلوں کا جواب اب سائنس سے نفسیات تک کے پاس نہیں ہے۔ لیکن ایسا ہوا اور اس کے بعد تو مہینے بھر صرف اڑتی خبر رہ گئی۔

رائل پبلشنگ ہاؤس اور دیسائی کی مخالفت میں مندیرا کی ناراض چٹھیاں بھی چرچے میں آگئی تھیں۔ جس میں مندیرا نے سیدھا الزام لگاتے ہوئے کہا تھا —رائل پبلشنگ ہاؤس کے مالک شری اشوک دیسائی کے ذریعے شمل شرما کو دی جانے والی رائیلٹی کا سارا حساب کتاب غلط ہے۔ زندگی کے آخری چند مہینوں میں شمل بار بار دیسائی سے کتابوں کا حساب مانگتے رہے۔ لیکن دیسائی کا ارادہ دینے کا تھا ہی نہیں۔ شمل کی موت کے ایک ہفتہ بعد جب پبلشر کی جانب سے یہ حساب کتاب بھیجا گیا تو وہ اتنا دکھ پھرا اٹھا کہ اگر اپنی زندگی میں خود شمل اسے دیکھ لیتے تو وہ رائل سے الگ ہو چکے ہوتے۔

اخبار۔ میگزین مندیرا۔ دیسائی تنازعوں سے بھر گئی تھیں۔ مندیرا نے کچھ اور بھی شدید الزام لگائے تھے۔ کچھ الزامات تیکھے اور سخت تھے۔ جیسے رائل کی آمدنی کا ذریعہ کیا ہے۔ جوناگڑھ میں کروڑوں کی کوٹھی کا راز کیا ہے؟ مندیرا نے سیدھے طور پر جاننے کی کوشش کی تھی کہ یہ کیسا کاروبار ہے، جہاں مصنف گھاٹے میں رہتا ہے اور ایک دن شمل کی طرح اپنے ہی پیسوں کی بھیک مانگتا۔ اپنی جان دے دیتا ہے اور ناشر کروڑوں کی کوٹھیاں تیار کرتا رہتا ہے۔ خط میں مندیرا نے تیکھی زبان میں اپنی ناراضگی درج کرائی تھی کہ اگر ابھی بھی ملک میں انکم ٹیکس اور سی بی آئی جیسے ادارے حرکت میں ہیں تو وہ دیسائی جیسے گھوٹالہ کرنے والے ناشروں کی خدمت میں سامنے کیوں نہیں آتے۔ شمل کی کتابوں کا حوالہ دے کر مندیرا نے پوچھا تھا کہ اگر 1995 تک شمل کی کتابوں کی مجموعی رائلٹی ایک لاکھ روپئے بنتی ہے تو آج کی تاریخ میں یہ صفر کیوں ہو گئی؟ ریڈر گم ہو گئے تھے تو ناشر کو بھی گم ہو جانا تھا، لیکن ناشر تو اپنی کوٹھیاں کھڑی کر رہا تھا۔

تنازعہ شروع ہو چکا تھا، مصنفین کے بیانات آنے شروع ہو گئے تھے۔ اس دن سگھن چکرورتی آ گیا تھا۔ ناک میں نسوار ڈالتے اور دھوتی سے ناک پونچھتے ہوئے اس نے کہا تھا — ناشر کتابوں کے فروخت کے لیے اب قارئین پر بھروسہ نہیں کرتے — وہ سنجیدہ لہجہ میں بولا — ناشر سرکاری خرید پر بھروسہ کرتے ہیں۔ خرید کس طرح ہوتی ہے، اس کا علم مصنف کو بھی نہیں ہوتا اور ناشر اسی لیے مصنف کی پرواہ نہیں کرتے۔ جب تک کتابوں کی خرید عام نہیں ہو گی۔ مسئلہ بنا رہے گا۔

شانتنو نے نگاہ اٹھائی۔

سگھن سامنے بڑی کتاب کے صفحے پلٹ رہا تھا۔ مگر اس کے ہونٹ چل رہے تھے — ہمارا کیا۔ کتاب لکھی اور مکمل کتاب ایک فلاپی میں آ گئی۔ اس چھوٹی سی فلاپی سے ناشر

بازار میں کتنا بنتا ہے اس کا اندازہ آپ نہیں کر سکتے اور سچ تو یہ ہے شانتنو کہ رائیلٹی کے معاملہ میں کوئی بھی ناشر صاف و شفاف نہیں، کچھ مصنفین رائیلٹی چاہتے بھی نہیں۔ وہ خود اعلیٰ عہدہ پر رہ کر ناشر کی کتاب فروخت کراتے ہیں۔ کتنے دن چلتی ہے مندیرا کی لڑائی۔ دیکھ لینا۔

لیکن مندیرا کی لڑائی جاری تھی اور اسی درمیان مندیرا کا ایک اور خط اخباروں میں چھپ گیا تھا — افسوس دکھ کے ساتھ لکھنا پڑ رہا ہے کہ رائیل پبلشنگ ہاؤس اب میرے شوہر مرحوم شمل شرما کے ناشر نہیں ہیں۔ انہوں نے کتابوں کی سیل کے تعلق سے جو اعداد و شمار ہمیں بھیجے تھے وہ مشکوک پائے گئے ہیں۔

شانتنو کو لگا تھا، ابھی تھمے گی نہیں یہ لڑائی۔ ابھی اور آگے بڑھے گی۔ ایک نہ ایک دن تو کسی کو اس کے خلاف جنگ کا بگل تو بجانا تھا ہی۔ ممکن ہے۔ یہ لڑائی مندیرا نے شروع کی ہے تو وہ فاتح بھی ہو گی۔

لیکن — شاید ہمیشہ سے ایسا ہوتا رہا ہے۔ ہم ایک حیران کر دینے والی ایلین کی دنیا میں آج بھی رہتے ہیں۔ آج بھی رات کے کسی نازک لمحے بہت سے تارے مل کر کسی اڑن طشتری میں بدل جاتے ہیں — کوئی مندیرا بارش جیسی دھوپ کی کرنوں میں صبح کے وقت، سایہ تلاش کرتی ہوئی چیخ پڑتی ہے۔ 'کوئی ہے —'

*

اس رات وہ پھر سے باپ بن گیا تھا۔ باہر رات بہہ رہی تھی۔ آسمان پر چاندنی چھٹکی ہوئی تھی۔ اس نے جان بوجھ کر کھڑکی کھول دی تھی۔ اسکاچ ختم ہو چکی تھی۔ نشے میں شاید آدمی زیادہ سوچتا ہے پچھلی رائلٹی کی تفصیل اس کے سامنے تھی۔ اس نے کئی بار واؤچر کو الٹ پلٹ کر دیکھا۔ اسے دیسائی پر غصہ آ رہا تھا۔۔۔ شانتنو کے جی میں آیا، خالی

اسکاچ کی بوتل دیسائی کے سر پر توڑ دے۔ اور کہے —سالے۔ اسی لیے میں نے کئی بار سوچا تم لوگوں کے فراڈ سے بہتر ہے کہ اپنا الگ پبلی کیشن کھول لوں۔ اپنی کتابیں خود چھاپوں۔۔۔ واؤچر میں اس کی کتابوں کی پچھلی تفصیل غائب تھی۔ پچھلے پانچ برس کے حساب بھی اسے مشکوک لگ رہے تھے۔۔۔ ادیب کا چولا پھینک کر اس وقت وہ صرف ایک باپ بن گیا تھا۔ ایک خالص بزنس مین' شانتنو نے واؤچر ایک طرف رکھے۔ ٹہلتے ہوئے بالکنی پر آگیا۔ کچھ پل نیلے آسمان میں پھیلے تاروں کے جھرمٹ کو دیکھتا رہا۔ پھر جیب سے موبائل نکالا اور دیسائی کا نمبر ڈائل کرنے لگا دوسری طرف دیسائی تھا۔

شانتنو دہاڑ کر بولا —رات کے بارہ بج رہے ہیں سالے۔ اسکاچ کا نشہ ہرن کر دیا تم نے —شانتنو گالیاں دے رہا تھا— تیرے گھر آکر ماروں گا تمہیں۔۔۔

ہو —ہو —دیسائی فون پر ہنسنے کی کوشش کر رہا تھا— آپ آجاؤ نا —ناراض کیوں ہوتے ہو، واؤچر میں گڑبڑی ہے تو ٹھیک کر لیں گے۔ ایک اسکاچ کی جگہ دس بوتلیں لے جاؤ پیارے۔

اس کے ہنسنے پر شانتنو بھی ہنسا — میری برادری دوسری ہے فرنگی تمہارے ایلیسیشئن کی نسل کا ہوں، بھونکتا نہیں، کاٹ کھاتا ہوں —

کمرے میں آنے تک جگ مگ جگ مگ رات کے سناٹے میں مندیرا کے یہاں ہونے والی گفتگو کے کچھ زہریلے لمحے اسے یاد آرہے تھے۔ اس نادر لمحہ کی یہ کتاب جان بوجھ کر شمل نے اپنی یادداشت میں بچا کر رکھی تھی۔

'آپ نے کبھی سوچا کہ شمل جیسے ادیب کی کتابیں اتنی کم کیوں چھپتی ہیں؟'

'سب اسے ڈائجسٹ نہیں کر سکتے۔'

'لیکن وہ لڑائیاں تو سب کی لڑتے ہیں۔'

' —ہاں۔'

پھر اپنی ہی لڑائی کیوں نہیں لڑی شمل نے —میرا مطلب ہے اپنے ناشر سے۔

جیسے بے جان سناٹے میں دشنیت کی طرح کسی نے پتھر اچھال دیا ہو۔ لمحہ بھر کو مندیرا کا پورا جسم ہل گیا تھا۔

'میں ادیب نہیں؛ لیکن اس پورے معاملہ پر میں تبصرہ کر سکتا ہوں —'شانتنو نے ارجن بان چھوڑا تھا—لکھتے لکھتے آپ کا ادیب ایک شرمیلا انسان بن جاتا ہے۔ دراصل وہ کسی کی لڑائی لڑنے کے لائق نہیں رہ جاتا۔ اپنی بھی نہیں۔'

اور اس کے ٹھیک دوسرے دن ہنستی ہوئی دھوپ میں دیسائی کے بنگلے میں گیٹ کھلتے ہی اس نے دوبارہ ایلیسیشئن کے بھونکنے کی آواز سن لی تھی —

جنوری کی دھوپ کھلی کھلی لگ رہی تھی۔ باہر لان میں کرسیاں لگی تھیں۔ دیسائی ایلیسیشئن کی پیٹھ پر ہاتھ پھیرتا ہنس رہا تھا۔

تو ملکۂ بنگال نے ایلیسیشئن واپس کر دیا۔

'نہیں شانتنو —دیسائی ہنسا۔ ایک ایلیسیشئن جاتا ہے، دوسرا آتا ہے۔ اچھی نسل کے کتوں کا شوقین ہونا چاہئے بس —'

چائے کی چسکی لیتے ہوئے اس نے دھیرے سے پوچھا —اور مندیرا والا معاملہ — دیسائی ہنس رہا تھا —تم کو معلوم نہیں، سمجھوتہ ہو گیا —ایسے معاملے اٹھتے ہیں اور بند ہو جاتے ہیں۔

بریڈ کا ایک بڑا سا ٹکڑا اس نے ایلیسیشئن کی طرف پھینکا تھا، جسے ایلیسیشئن نے ہوا میں ہی اچک لیا۔

سامنے، زمین پر دھوپ میں دو سائے بن رہے تھے —آنکھوں میں اچانک مندیرا

کا چہرہ لہرا گیا—کوئی ہے—

ایلیسیشئن پلٹ کر دوبارہ بھونکا تھا۔ اور بدلے میں تازہ بریڈ کے کئی ٹکڑے دیسائی نے اس کی طرف اچھال دیئے تھے۔

*

گھر لوٹنے تک ایک عجیب سی خاموش یا بوجھل پن اس کے پورے وجود پر سوار تھا۔ ماحول ایک بار پھر ویسا ہی خاموش اور بے جان تھا۔ سنے، گل بہری اور ٹیلی کے بے رس پھولوں کو دیکھتا ہوا وہ اپنے کمرہ میں آیا تو جیسے چونک گیا۔ اکیلے رہنے کی عادت کے باوجود کہیں ایک دھماکہ سا ہوا تھا۔ بتی جلائی —کھڑکی بند تھی—۔ لیکن کھڑکی کے پردے لہرا رہے تھے۔ اس نے پلٹ کر بستر کی طرف دیکھا۔ چادر پر ان گنت سلوٹیں ابھر آئی تھیں۔ چلتے وقت ایشٹرے میں وہ سگریٹ کو بجھانا بھول گیا تھا۔ وہاں سے ابھی بھی دھواں اٹھ رہا تھا—۔ کمرہ میں سبھی ایک قطار سے لگی پینٹنگس جیسے یکایک چلنے لگی ہوں۔ اچانک اس کے اندر کچھ حرکت سی ہوئی — سہمی ہوئی آنکھوں نے ایک بار پھر پلٹ کر کھڑکی طرف دیکھا—اور لہراتے پردوں کی طرف دیکھتے ہوئے اس کی تیز چیخ نکل گئی —کوئی ہے—ہے—!'

واپس لوٹتے ہوئے

کاش عشق زبان رکھتا / تاکہ عاشقوں کے پردے اٹھ جاتے / جب زبان عشق کے راز اور انداز کو بیان کرنے کی کوشش کرتا ہے، آسمان پکارتا ہے، اے عشق کو چھپانے والے / کیوں چھپاتا ہے؟ اون اور روئی میں آگ ہے / جب تو اس کو چھپانے کی کوشش کرتا ہے، وہ اور زیادہ ظاہر ہو جاتا ہے۔

-(مثنوی مولانا روم، دفتر سوم، صفحہ 448)

تب کمپیوٹر نہیں تھا

'تم اُسے بھول گئے نا؟'

'نہیں کہہ سکتا۔۔۔'

'لیکن میں یقین سے کہہ سکتی ہوں، اِن پانچ مہینوں میں وہ تمہارے اندر کہیں نہیں ہے۔۔۔'

رات کی تاریکی میں ترانہ کی آواز برف کی مانند سرد لگ رہی تھی۔۔۔

'تمہیں ایسا یقین کیوں ہے؟'

وہ آہستہ سے ہنسی —'کیونکہ وہ صرف ایک تصوراتی دنیا ہے —ایک پرستان — پرستان تو بچوں کا ہوتا ہے۔ مگر جب تم جیسے مرد جاتے ہو تو اپنے اندر کے تمام تر چور کے ساتھ —اندر کی تمام ناکام اور دبی خواہشات کے ساتھ۔ جسے ایک بیوی کے ساتھ بھی شیئر نہیں کر سکتے تم۔۔۔ وہ تھوڑی سی سنجیدہ ہو گئی تھی۔ لیکن صرف پانچ مہینے میں اُسے

بھول جانا۔ سانیال، کم سے کم تم تو دوسرے مردوں کی طرح مت بن جاؤ — '

تاریکی مجھ پر حاوی ہو چکی ہے۔ ایک ایسی تاریکی جو چپ چاپ خاموشی سے بالکنی میں آنے کے باوجود، میرے پورے وجود پر حاوی ہے۔ سب کچھ اچانک ہوا تھا نا۔۔۔ سب کچھ — جیسے اچانک پوری دنیا بدل گئی۔ اچانک جیسے لہروں کی طرح بدلتے وقت کے ہاتھ میں جادو کا ڈنڈا آ گیا۔ وقت نے اُس جادو کے ڈنڈے کو نچایا۔

'سنو عمر۔ اتنا تیز مت بہو۔ وہیں ٹھہر جاؤ۔۔۔ نہیں پیچھے جاؤ۔۔۔؟

زندگی کے جھرنے جیسے، بہتی عمر کی ناؤ کھیتا، چالیس کی پائیدان پر کھڑا شخص پھر سے جوان تھا — وقت نے جادو کا ڈنڈا پھر سے لہرایا۔ سامنے ایک بے حد حسین اپسرا کھڑی تھی۔۔۔

لیکن شاید وقت یا جادو کے ڈنڈے کی ضرورت نہیں تھی۔ ہم وہاں، اس دنیا میں جاتے ہی رومانی ہو جاتے تھے — اُس دنیا میں جہاں بجلی کا ایک معمولی سوئچ آن کرتے ہی، کمپیوٹر اسکرین پر انٹرنیٹ کے دروازے کھل جاتے تھے۔۔۔

یہاں جادو نہیں تھا —

جادو کا ڈبّہ نہیں تھا —

عمر کا گھوڑا بھی نہیں — پراسرار، پریوں کے دیس میں لہراتی ہوئی ایک ندی ہوتی تھی — حسن کا بازار ہوتا تھا اور اچانک کسی کرشمہ، جادو کی طرح کسی بھی ملک، کسی بھی مذہب، کسی بھی کمیونٹی کی کوئی لڑکی اچانک آپ کے سامنے آکر پوچھ دیتی تھی — ڈو یو لائک رومانٹک چیٹ۔۔۔

اور ایک بے حد حسین اور پراسرار پرستان کا تصور اپنی تمام تر اداؤں اور جلوہ سامانی کے ساتھ 'کیم' یعنی 'نیٹ کیمرے' پر روشن ہو جاتا — کانوں میں مائیکروفون کے تار

ہوتے —پانی کی لہروں پر جادوئی آواز کے ساتھ، عمر کا بہتا دریا کہیں بہت پیچھے آگ کے انگاروں کے درمیان گم ہو جاتا۔۔۔

*

تب یہ دنیا شاید اس قدر نہیں پھیلی تھی۔۔۔

تب یہ دنیا شاید اس قدر نہیں سکڑی تھی۔۔۔

آسمان پر چاند روشن تھا۔ تارے ٹمٹمارہے تھے۔۔۔ نیلے آسمان پر دو ایک بادلوں کے ٹکڑے نظر آئے۔ مگر رم جھم چمکتے تاروں کے قافلوں نے جھومتے ہوئے بادلوں کی اس چادر کو اوڑھ لیا —پھر اس چادر کو وہیں چھوڑ، جھومتے کارواں کے ساتھ یہ تارے آگے بڑھ گئے۔۔۔

تب کمپیوٹر نہیں تھا۔

انٹرنیٹ نہیں تھا۔ اپسرائیں نہیں تھیں۔۔۔ عمر کی اپنی حدیں مقرر تھیں —اور ان حدوں سے تجاوز کرنا بغاوت سمجھا جاتا تھا۔ تب جادو کا گھوڑا نہیں تھا۔ مگر تب بھی تھی محبت —شاید موجودہ وقت سے زیادہ آزاد اور پلوٹونک —جسم کی جگہ سیدھے روح میں اُتر جانے والی محبت —تب چاندنی راتیں تھیں۔ سولہ برس پیچھے لوٹوں تو ہندوستان کے اچھے خاصے چھوٹے شہر کسی گاؤں یا قصبے جیسے لگتے ہیں۔ فون نہیں، ٹیلیفون نہیں۔ موبائیل تو کوئی سوچ بھی نہیں سکتا تھا۔ چھوٹے شہروں میں اپنی تمام تر دقتوں اور پریشانیوں کے باوجود بھی زندگی حسین اور پیاری لگتی تھی۔ تب محبت کی اپنی الگ شکل تھی۔ اپنی ترنگ اور اپنی لہر تھی —بارش اور خوشبو جیسے تصورات میں محبت کی گنگناتی موجوں کی طرح — اور آسمان پر دور چمکتے کسی ننھے چمکتے تارے کی طرح —مگر اس تارے کو دیکھ یا چھو لینا سب کے بس کی بات نہیں تھی—

لیکن شاید عمر کی نازک پائیدان پر ادب سے دوستی ہوتے ہی میرے لیے محبت کے معنٰی بھی بدل گئے تھے۔ ایک سنسناتی ہوا — جو آپ کے تمام جسم کو اپنی روانی میں بہالے جائے۔ بہتے یا اڑتے ہوئے آپ یہ بالکل بھی نہیں سوچیں کہ یہ کیا ہو رہا ہے — بلکہ آپ اس لمحہ کی آنچ میں اپنے تمام وجود کو ڈال دیں اور ایک ایک لمحہ کی زندگی اور فنتاسی کو محسوس کریں —

اور اچانک ترانہ کی شکل میں چھوٹے شہر میں جیسے خود کو خوش قسمت سمجھنے کا موقع مل گیا تھا — ہرنی سی ترانہ۔ اپنے وجود کی خوشبو کے ساتھ جیسے بس اسی کے لیے بنائی یا لکھی گئی ہو — چھوٹی چھوٹی دو چند ملاقاتوں کے بعد ہی ہوا میں اڑنے کا احساس — تب چھوٹے شہر کے لوگ شاید اتنے مہذب نہیں ہوئے تھے۔

یا اتنے زیادہ کمرشیل۔۔۔

باتیں اڑنے لگی تھی۔ پھیلنے لگی تھیں۔ کالج سے گھر تک قصے کہانیوں کا بازار گرم ہونے لگا تھا۔ سانیال۔ ترانہ —

ترانہ — سانیال۔۔۔

لیکن شاید ہم دونوں میں ہی بغاوت بھری تھی۔ یا ہم دونوں کے گھر والے اس بغاوت سے واقف تھے۔ اس دن ترانہ ملی تو جیسے آہستہ آہستہ اپنی روانی میں بڑھتا پیار ایک نئ خوبصورت سی کہانی لکھنے کی تیاری کر رہا تھا۔ وہ ایک چھوٹی سی تنگ ندی تھی۔ جہاں ہم کھڑے تھے۔ دور ایک ریہڑی والا پیاز اور آلو فروخت کر رہا تھا۔ دو چھوٹے گندے بچے ہماری طرف دیکھتے ہوئے ہنس رہے تھے۔۔۔

ترانہ نے میرے ہاتھوں کو چھوا — 'تم گھر کیوں نہیں آئے۔ کیوں ڈرتے ہو۔۔۔'

'نہیں۔ ڈرتا نہیں۔۔۔'

ہمیشہ کے لیے — تمہارے ساتھ کا احساس اور میرا — زندگی کے سب سے خوبصورت نشے میں، جھومتا ہوا بدن — اور چمکتی گاتی آنکھیں ۔۔۔ یہ آنکھیں ایک ویران جزیرے میں کھلیں — جہاں دور تک تمہارے علاوہ کوئی نہ ہو ۔۔۔

اور پھر اس نے پوچھا — سنو' اتنا پہلے کیوں پیدا ہو گئے — ؟ مجھ سے کافی پہلے — ؟ یہ کیسا انتقام ہے تمہارا — ؟ چلو' پیدا ہو گئے ۔۔۔ تو میرا انتظار کیوں نہیں کیا؟ میرے خواب کیوں نہیں دیکھے ؟ میری آہٹ کیوں نہیں محسوس کی؟ اس لیے کہ زمین کے ذرّے ذرّے میں، آگے کے بھی کئی شاندار برسوں تک میں کہیں نہیں تھی؟ مگر — میری خوشبو تو تھی جان ۔۔۔ میرا احساس تو تھا۔ میری دھوپ ۔۔۔ میرا سایہ تو تھا ۔۔۔ بس تم ہی محسوس نہیں کر پائے ۔۔۔'

اس نے پوچھا ۔۔۔ تم نے شادی کیوں کر لی مجھ سے پہلے ؟ میرا انتظار کیوں نہیں کیا؟

اس نے پوچھا ۔۔۔ تمہیں کون کون مجھ سے زیادہ جانتا ہے ؟ لیکن میں چاہتی ہوں تمہیں کوئی بھی مجھ سے زیادہ نہ جانے — تمہارے اندر، پھول، خوشبو اور خواب سے زیادہ میری مہک ہو — بیوی، چاند اور سورج سے زیادہ میں تمہیں دیکھوں — سرسراتی ہوا سے زیادہ میں تمہیں چھوؤں ۔۔۔ میں تمہارے اندر کسی موسلا دھار بارش سی اُتر کر بس برستی رہوں۔ تا عمر ۔۔۔'

اور اس نے کہا ۔۔۔ ہماری زندگی کی پالکی کسی ویران جزیرے میں پھولوں کی سیج پر رکھی ہو۔ مرا سر تمہارے شانے پر ہو ۔۔۔ اور تمہاری بانہیں نازک شاخوں کی طرح میرے بدن پر پھیل جائیں ۔۔۔ اور پھر اس نے پوچھا — سچ کہنا ۔۔۔ میرے سوا اس وقت کوئی اور تو تمہارے اندر سانس نہیں لے رہا ہے — ہے نا ۔۔۔ ؟

اس نے ٹھہر کر پوچھا ۔۔۔ تمہاری بیوی ؟

*

گہرے سنّاٹے اور پر اسرار اُداسی کی اپنی ایک الگ شاعری ہوتی ہے۔ ہوا کی اپنے موسیقی — خوشبو کے اپنے سر تال — اور محبت کے اپنے راگ ہوتے ہیں۔ ممکن تھا یہ کہانی جنم ہی نہیں لیتی۔ وہ بھی میرے یعنی سیلان جسے شخص کے لیے جس کی زندگی کے لیے ٹھہرے ہوئے پانی یا سمندر کی، خاموش لہروں کی مثال ہی دی جا سکتی ہے۔ لیکن معاف کیجئے گا، اس کہانی کے شروع ہونے کا وقت سنگین ہے۔ اور اس کہانی کے لیے آج کے سنگین وقت اور وقت سے جڑے انسانی حقوق کو گواہ بنانا ضروری — اور اس سے بھی ضروری یہ — کہ محبت کی رواں لہروں پر تیرتے محبوب کا یہ سوچنا۔۔۔ کہ ہم پرندے یا جانور کیوں نہیں — اور انسانی حقوق کا آنکھیں تریر کر یہ دیکھنا کہ یہ مردانہ سماج تو ہمیشہ سے حقوق نسواں کا استحصال کرتا رہا ہے — لیکن معاف کیجئے گا یہاں کسی عورت کے حقوق کا استحصال نہیں ہوا ہے — بلکہ خاموشی سے چالیس پار کے ایک شوہر کی زندگی میں آہستہ سے ایک اپسرا آ جاتی ہے — وہ اپسرا پوچھتی ہے۔۔۔ میرا حق تو صرف محبت ہے ۔۔۔ تو یہ حق مجھے کیوں نہیں دیتے تم۔۔۔ اور اس سے بھی زیادہ یہ جاننا ضروری ہے کہ وہ عورت 'کوئی بیوی نہیں تھی — ایک 22 سال کی دوشیزہ تھی' جس کی آنکھیں میرے یعنی سیلان کے لیے ہر لمحہ بارش، خواب اور اندر دھنش بن جاتے تھے۔

اس نے ٹھہر کر پوچھا۔۔۔ مجھے میرا حق لاؤ۔

جواب میں کہا گیا۔۔۔ یہ حق کسی اور کا ہے۔

'نہیں ؟'

'حق دوسرے کا ہوتا تو تم یہاں نہیں ہوتے۔ بولو، کیوں ہو یہاں تم۔ اس کے پاس کیوں نہیں ہو، جس کے پاس تمہیں ہونا چاہیے — '

شاید وہ کھلکھلائی تھی ۔۔۔ لیکن وہ اب بھی پوچھ رہی تھی ۔۔۔ اور اس نے پوچھا ۔۔۔ 'میرا حق مجھے دیتے ہوئے ڈرتے کیوں ہو۔ محبت کا یہ حق کھو چکے ہوتے تو کیا میں یہاں ہوتی — تمہارے پاس — تمہاری سانسوں کے قریب ۔۔۔ تمہاری جنبش، تمہاری بیتابیوں میں — تمہاری حیرانیوں میں ۔۔۔ اور تمہارے ہاتھوں کی انگلیوں میں ۔۔۔ جو کمپیوٹر پر ٹائپ کرتے ہوئے حرف سے محبت اور لفظ سے شدت بن جاتے ہیں ۔۔۔ آنکھوں سے خواب اور ہونٹوں سے نغمہ بن جاتے ہیں۔'

اور پھر اس نے کہا۔ سنو سیلان ۔۔۔ میں اڑتی ہوں۔ تیرتی ہوں۔ شبنم کے دھاگے سے لہروں کے جال بنتی ہوں۔ وقت چھوٹے چھوٹے رنگین پروں والی تتلیوں کی طرح اڑتا ہے — میرے آس پاس۔ ان تتلیوں کو تمہارا احساس سمجھ کر اپنی مٹھیوں میں جکڑ لیتی ہوں۔ سارے کا سارا دن میرے جسم پر 'ڈینے' ہوتے ہیں۔ ست رنگے آسمان میں اڑنے کے لیے اور ساری رات ۔۔۔ میں تتلیوں میں اڑتے وقت کو تمہارے احساس کے ساتھ — ہرے ربن سے اپنے جوڑے میں بند کر لیتی ہوں ۔۔۔

اور پھر اس نے پوچھا ۔۔۔ 'تمہارے بیٹے کو پتہ ہے کہ تمہاری زندگی میں اس کی ماں کے علاوہ بھی کوئی آ گیا ہے ؟'

یہ وہی وقت تھا، جب وینس کا دل دھڑکا تھا — اور سیاروں کے جھرمٹ میں نویں سیارے کے روپ میں جانے گئے پلوٹو کو دیس نکالا دیا گیا تھا۔

*

میں نے خاموشی سے نیٹ بند کر دیا۔ کچھ دیر تک خاموشی سے کمپیوٹر کے خالی اسکرین کو دیکھتا رہا ۔۔۔ حرف غائب تھے۔ نہیں۔ حرف چمک رہے تھے ۔۔۔ اور ان حروف کے میل سے آہستہ آہستہ سپنوں کی وادی سے آئی کسی دوشیزہ کا چہرہ بن رہا تھا —

مہک احمد --- آنکھیں جیسے سیلان کی آنکھوں کے جزیرے میں گم --- پھول کی پنکھڑیوں سے ہونٹوں پر کے سارے لفظ جیسے بس صرف اسی کے لیے تھے--- جسم میں کپکپی تھی۔ میں اٹھا۔ بازو والا دروازہ کھولا اور بالکنی سے جھانکتے نیلگوں آسمان میں، مہک احمد کے ٹائپ کئے الفاظ کو اندر تک محسوس کرنے لگا—وہ جیسے بالکل سامنے تھی اور پوچھ رہی تھی —کتنا پیار کرتے ہو مجھے---؟

جیسے تارے ٹوٹے۔ جیسے دھماکہ ہوا۔ جیسے بدن میں لرزش ہوئی---

'کیم' پر ٹائپ کرتے دنیا کے سب سے حسین ہاتھوں میں تھرتھراہٹ تھی اور آنکھیں پاکیزہ اور شرارتی، دونوں طرح کی مسکراہٹ لیے اس کی طرف دیکھ رہی تھی

'بولتے کیوں نہیں۔ کتنا پیار کرتے ہو مجھے---'

'نہیں کرتا---' میں نے آہستہ سے دو لفظ ٹائپ کیے۔ وہ موسلا دھار بارش کی طرح برس گئی--- 'کرتے ہو' مگر ڈرتے بھی ہو--- اچھا، ترانہ کتنا پیار کرتی ہے تمہیں---؟'

'بہت۔'

'مجھ سے زیادہ۔'

'ہاں۔'

'نہیں —مجھ سے زیادہ نہیں کر سکتی---' وہ مطمئن تھی--- مجھ سے زیادہ کوئی نہیں کر سکتا۔ خود تمہارے جسم میں دھڑکنے والا دل بھی نہیں--- نگاہوں سے محبت کا ترانہ چھیڑنے والی آنکھیں بھی نہیں--- اور —میرا نام لینے والے تمہارے ہونٹ بھی تمہیں اتنا پیار نہیں کر سکتے جتنا میں کرتی ہوں---

مہک رک گئی ہے —'کیم' پر میرے اندر چل رہی 'یہ سونامی' یا طوفان کو دیکھا جا

سکتا ہے۔ آنکھوں میں ایک لمحہ کو ہزاروں پر چھائیاں آکر رخصت ہو گئیں۔۔۔ دوبارہ اس کے ہاتھ ٹائپ پر ہیں۔ میرا دل انجانے سوالوں کے سیلاب سے دھڑک اٹھا ہے۔۔۔

اس نے پوچھا۔۔۔ اچھا سنو۔۔۔ کتنا چھوا ہے ترانہ نے تم کو۔۔۔ میری بھی خواہش ہوتی ہے۔ ساون بن جانے کی۔ بارش بن جانے کی۔۔۔ ترانہ کی انگلیاں تمہارے بدن پر کیسے مچلتی ہیں۔۔۔ بہت آہستہ۔۔۔ بہت خاموشی سے —پیڑ کے سبز پتّے پر گرنے والی اوس کی بوندوں کی طرح —کتنا دیکھا ہے اس نے تمہارے جسم کو —کتنا جانا ہے ترانہ نے —صرف اتنا ہی نا، جتنا ایک بیوی نبھائے جانے والے رشتوں کی بنیاد پر جان سکتی ہے — صرف اتنا ہی نا، جتنا کہ ایک جسم کا درد یا بھوک ہوتی ہے۔۔۔ صرف اتنا ہی نا، کہ ایک وقت، اس بھوک میں ایک ساتھ واسنا کی لہریں بھی شامل ہو جاتی ہوں گی —لیکن۔۔۔ وصال کے کسی بھی لمحے وہ کتنا تم کو دیکھتی ہے۔ تمہارے روم روم میں کتنے خواب دیکھ پاتی ہے —؟ تمہاری سانسوں کی ہلچل میں کتنا ڈھونڈ پاتی ہے تم کو؟ ترانہ تم میں ہر بار ایک نئے سیلان کو دیکھنے کی کوشش کرتی ہے یا نہیں۔۔۔؟ ایک نئے گیت، نئے سپنے، اور نئے سیلان کو۔۔۔

مہک ٹاپڑ کرتی جارہی تھی اور جیسے ہر لمحہ حیرتوں کی بارش میں، میں نہاتا جارہا تھا— کیا ہے یہ؟ مہک کے آتے ہی اتنا بے بس کیوں ہو جاتا ہوں میں۔ اندر سے سوالوں کے کیکٹس خاموشی سے سر نکال رہے تھے۔۔۔ ایک بارہ سال کا بیٹا ہے تمہارا۔۔۔ مکمل جوانی کی دہلیز پر قدم رکھنے کی تیاری میں —مہک اس سے دس ہی سال تو بڑی ہے۔ ایک ہندوستانی خاندان میں جنم لینے کے بعد عمر کی چالیس بہاروں کو پار کرنے کا مطلب جانتے ہو؟ ایک سنجیدہ شخصیت۔ خاندان کے لیے۔۔۔ بچوں کے لیے اپنی ذمے داریوں کو محسوس کرنے والا —اس عمر میں آنے کے بعد تو ایک پختہ مرد سانس لیتا ہے —جسے

تمہارے مہذب سماج میں عزت و احترام کی نظروں سے دیکھا جاتا ہے۔۔۔ کیونکہ یہ سماج جانتا ہے، یہ شخص ہمارے مہذب سماج کی علامت ہے —یہ شخص محبت نہیں کر سکتا۔ کسی دوسرے کے ساتھ سیکس کے بارے میں سوچنا اس کے لیے کسی قیامت سے کم نہیں۔ اور یہاں کسی بھی طرح کے ناممکنہ حادثے کے لیے کوئی جگہ نہیں۔ پھر بھی مہک آ چکی تھی۔ ایک ایسے چور دروازے سے، جو پتہ نہیں میرے اندر کیسے کھلا رہ گیا تھا۔۔۔ وہ آگئی تھی۔۔۔ وہ اپنی محبت کا حق مانگ رہی تھی۔۔۔

ترانہ —اور سوال

محبت ایک عجیب سا سچ ہے کہ اس سچ کو جانے والے راستے بھی نہ سمجھ میں آنے والے اور خوشبو سے مہکے ہوتے ہیں —اور محبت کی طرح، محبت سے آنے والی زمینی اور جغرافیائی تبدیلیاں بھی اسی سچ کا ایک حصہ ہیں —ارتقاء کی اس لمبی ریس میں ہماری اس عالمی برادری کے ساتھ چمتکار اور معجزے کی ایک نہ ختم ہونے والی قطار بھی شامل ہے۔ معجزے سے ایجاد تک، برین کو داؤن کوڈ کئے جانے سے لے کر انسان کے کلون بنائے جانے تک —جادو کی اس نگری میں عرصہ پہلے وینس کا دل دھڑکنا بند ہو گیا— آسمان پر چمکتا ایک ننھا سا روشن تارا، جس کا نام محبت تھا، ٹوٹا اور اس کی کرچیاں دور تک آسمانی چادر میں پھیلتی چلی گئیں۔ اور یہ وہی وقت تھا، جب محبت کی یہ نئی کہانی لکھی جا رہی تھی۔ اور یہ وہی وقت تھا، جب کہکشاں میں پھیلی ہوئی نہ ختم ہونے والی اداسی ہماری اور آپ کی اس دنیا سے پوچھ رہی تھی۔۔۔ کہ محبت گم کہاں ہو گئی —اور برسوں بعد ایجاد و اختراع، معجزہ اور جراسک پارک کے اس عہد میں۔ ایک نئی کہانی خود بہ خود شروع ہوتی چلی گئی — سیلان کے روپ میں —ترانہ کے روپ میں —یا پھر مہک احمد کے روپ میں —

لیکن اس بار یہ کہانی مختلف تھی۔

جیسے اس دن — خاموشی کے جلتے ریگستان میں پانی کی ایک بوند ٹپ سے گری اور بھاپ بن کر اڑ گئی۔

مہک غائب تھی — اور ترانہ اپنے مکمل وجود کے ساتھ وینس کا دھڑکتا ہوا دل بن گئی تھی —

'اچھا تم نے کیا سوچا؟' ترانہ کی آنکھیں میری آنکھوں میں جھانک رہی تھیں۔

'پتہ نہیں۔'

ایک ایمانداری تو ہے تم میں کہ محبت کا اظہار کرنے سے نہیں گھبراتے کہ تمہیں بھی مہک سے پیار ہے۔۔۔

میں خاموشی سے خلاء میں دیکھتا رہا۔

'اچھا بتاؤ، تم اس سے رومانی باتیں بھی کرتے ہو؟'

'ہاں۔۔۔'

'بہت؟'

'شاید۔'

'سامنے ہوتے تو شاید اس کا ہاتھ بھی تھام لیتے۔۔۔' ترانہ کی آواز برف جیسی یخ تھی —

'شاید۔۔۔'

'شاید نہیں۔ تھام لیتے۔ یا ممکن ہے، اس سے بھی آگے —' وہ کہتے کہتے رکی۔۔۔ مہک سے بات کرتے ہوئے ایک لمحہ کو بھی میری یاد نہیں آئی۔۔۔ مان لو۔ ایک دن میں تم نے اس کے ساتھ تین گھنٹے گذارے تو ایک مہینے میں ۹۰ گھنٹے ہوئے نا۔۔۔ یاد ہے سانیال —

ترانہ نے میرے ہاتھوں کو تھام لیا۔ اس کی آنکھیں پرانی یادوں کو محسوس کرتے ہوئے تھوڑا سا نم تھیں —یاد ہے۔۔۔ تم کہا کرتے تھے۔۔۔ جو مرد اپنی بیوی کے علاوہ، باہر کی دنیا میں کسی دوسری عورت سے ملا۔ اُسی پیار کے جذبے سے۔۔۔ تو سمجھو اس نے اپنا ایک عضو کاٹ لیا۔ یاد ہے نا۔۔۔ بار بار ملتا رہا تھا تو۔۔۔ باہر کی دنیا میں۔ پرائی عورتوں سے۔۔۔ تو اس کے سارے عضو کٹ گئے۔ یاد کرو کہتے تھے نا۔۔۔ یہ بھی کہتے تھے۔۔۔ کہ پھر ایسا آدمی، اسی پختہ جذبے کے ساتھ، اپنی بیوی سے بانہیں پھیلا کر کیسے مل سکتا ہے ؟ اور اپنے بچوں سے ؟ کیونکہ اپنے پیار کے سارے اعضاء کو کھو چکا ہے وہ۔۔۔ ترانہ نے اس کی طرف دیکھا — مسکرائی تمہارے اعضاء تو سلامت ہیں نا سانیال؟ میرے لیے ؟ اور میرے بچوں کے لیے۔۔۔؟

میرے اندر جیسے میری اپنی چیخ ہی برف کی متعدد سلّیوں کے درمیان لہولہان تھی۔۔۔ اس ایک لمحہ اپنے ہی درد سے لڑتے، ابھرتے شاید میں نے کوئی فیصلہ لے لیا تھا۔

'وہ نیٹ کا سچ ہے، جسم کا نہیں۔۔۔'

'اوہ!'۔۔۔ ترانہ زور سے ہنس پڑی۔

'نیٹ سارے کرتے ہیں۔ کون نہیں کرتا۔ لوگ تو ایسی باتیں اپنی بیویوں سے شیئر بھی نہیں کرتے۔۔۔'

'میں لوگوں کو نہیں جانتی جان۔ سانیال کو جانتی ہوں'۔۔۔ ترانہ کی آواز میں کہیں بھی غصہ کا اظہار نہیں تھا۔۔۔ تم نے کہا، وہ نیٹ کا سچ ہے۔ جسم کا نہیں۔ تم اس سے رومانٹک چیٹ بھی کرتے تھے ؟

ہاں۔۔۔

ہاتھ تھامتے تھے۔۔۔؟

ہاں۔۔۔

کس (Kiss)۔۔۔؟

شاید۔۔۔

شاید نہیں ہاں بولو

ہاں۔۔۔

ہونٹوں پر۔۔۔

ہاں۔۔۔

چلو ہونٹوں پر، آنکھوں پر یا تمہاری مرضی۔ کیونکہ پیار کے کسی بھی لمحے کی شدت کو بیان کرنا آسان نہیں ہوتا۔ مگر تم شاید سامنے ہوتے تو۔۔۔ وہ سب کرتے نا سانیال ۔۔۔؟'

'سامنے ہوتے تو نا۔۔۔؟'

'سامنے ہوتے تو شاید سنامی بن جاتے۔۔۔ ہے نا۔ ڈرو مت سانیال۔۔۔ کبھی کبھی بہت چھوٹی چھوٹی باتیں کرنے کو جی چاہتا ہے۔ کل دیر تک سوچتی رہی۔ ہاری کہاں ہیں؟ سولہ برسوں میں تمہارے اندر کہاں ایک خلا چھوڑ دیا۔ کہاں سانیال 'بتاؤ مجھے نہ۔ اس سے یہ مت سمجھنا کہ میں تمہیں روکوں گی۔ سمجھاؤں گی۔ کیونکہ محبت تم سے میں نے کیا ہے۔ میں نے بہت محبت کی ہے۔ سانسوں سے سانسوں کی محبت۔ پہلی سانس سے آخری سانس کے سارے پھول۔ بس اسی کچی عمر میں تمہارے نام چن لیے —روکوں گی نہیں۔ سوچ لوں گی کہ شاید اتنی ہی محبت لکھی تھی میری تقدیر میں —کیونکہ جہاں محبت پر روک یا بندھن لگ جائے، وہاں محبت نہیں ہوتی۔ خود غرضی آجاتی ہے۔۔۔

'پھر یہ سب۔۔۔'

'تم بتاؤ۔ کیا سوچا ہے تم نے۔۔۔'

'میری آواز جیسے گلے میں پھنس گئی —مہک شادی کرنا چاہتی ہے مجھ سے۔۔۔'

'تو۔۔۔'

'وہ کہتی ہے، وہ انڈیا آجائے گی۔۔۔'

'تو لے آؤنا۔۔۔'ترانہ نے آہستہ سے میرا ہاتھ تھام لیا—لے آؤ مہک کو۔۔۔

'اور تم۔۔۔؟'

ترانہ آہستہ سے ہنسی۔۔۔ جانتے ہونا اپنی ترانہ کو —بچپن سے بٹوارا کبھی پسند نہیں آیا۔۔۔بس مہک کا ہاتھ تمہارے ہاتھوں میں پکڑا کر چپکے سے نکل جاؤں گی۔'

اس نے سر گھما لیا تھا۔۔۔

*

میرے اندر جیسے زور سے بادل گرجے تھے۔۔۔ اور اس درمیان سولہ برسوں کی ترانہ کا ہر رنگ وروپ —ہر سنگار نظروں کے سامنے تھا۔۔۔ لگا، پرستان میں جانا کہیں زیادہ آسان ہوتا ہے۔ پتھر جیسی حقیقت پر چلنا مشکل —آنکھوں میں کہیں چھن سے مہک کی پایل بج گئی—اور آنکھوں کی پتلیوں پر ترانہ چھا گئی۔۔۔ تو لے آؤنا اسے۔۔۔

*

مجھے نہیں معلوم، داستان، قصے کہانیوں کی اب تک کی تاریخ میں ایک بیوی نائیکا یا ہیروئن کیوں نہیں بنتی—؟

مرد کی زندگی میں آنے والی دوسری یا تیسری عورت ہی 'نائیکا' یا ہیروئن کیوں بنتی ہے۔ کیا صرف اس لیے کہ ایک مکمل زندگی کے ساون اور سپنے اپنے مرد کو بانٹتے ہوئے

وہ کہیں کھو جاتی ہے۔ مگر اپنی تکمیل کے ساتھ ایک ہی گھر میں ہر لمحہ، دکھ سکھ کی سب سے بڑی ہیروئن وہی رہتی ہے۔

میں کسی بھی طرح کے الیوژن یا ڈائیلما میں نہیں تھا—

محبت کے جھرنے اور بارش سے الگ میں ترانہ کے تمام رنگوں کو پڑھنے کی کوشش کر رہا تھا۔ اور اس دن —شاید میرے جذبات مہک تک پہنچ گئے تھے۔ اس نے آخری بار پوچھا تھا—

'بولو۔ میں دہلی آجاؤں؟ میں تم پر بوجھ نہیں بنوں گی سانیال۔ معاشی طور سے بھی نہیں۔ بس تمہارا ساتھ، تمہارا وجود چاہئے۔ ہاں۔ یا نا۔۔۔ مجھے اسی لمحے تمہارا جواب چاہئے۔'

میرے اندر کسی بھی طرح کے پٹاخے یا آتش بازی کے چھوٹنے کی کوئی آواز نہیں تھی۔۔۔

میں نے آہستہ سے ٹائپ کیا—بہت سوچ سمجھ کر—'نہیں۔'

مہک 'سائن آؤٹ کر گئی تھی۔ کیم پر اندھیرا تھا۔ مہک غائب تھی—

پھر وہ نہیں ملی۔۔۔

اور دیکھتے ہی دیکھتے لمحے، مہینوں کا سفر کر گئے۔ شاید پانچ مہینے گزر گئے تھے۔

*

شاید یہ وہی وقت تھا، جب آسمان پر ایک ٹوٹتے تارے کو دور تک لکیر، پھر صفر میں تبدیل ہوتے ہوئے دیکھ کر میں گھبرا گیا تھا۔۔۔ لیکن شاید ایسی ہی کسی دھند، کسی خاموشی سے ایک نہ بھولنے والے، آنسوؤں میں ڈوبے گیت کی تخلیق ہو جاتی ہے۔۔۔ یا پھر صدیوں میں کوئی ایسا ہی پیار، تاج محل جیسی زندہ تخلیق دے کر محبت کرنے والوں کے

لیے ایک مثال بن جاتا ہے۔

*

کوئی کوئی پیار

'تاج محل' ہو جاتا ہے۔

لیکن شاید تب سوچا نہیں تھا، آسمان میں ٹوٹتے ہوئے تارے میں آنسوؤں میں ڈوبے ہوئے گیت کو سننا اور پھر محبت کی علامت تاج محل کو محسوس کرنا، آنے والے دنوں میں مجھے اس طرح حیران بھی کر سکتا ہے —

ترانہ پوچھ رہی تھی۔ تم اسے بھول گئے نا؟

'شاید۔۔۔'

'اگر وہ سچ مچ آجاتی تو؟'

'نہیں جانتا؟'

'جھوٹ بولتے ہو۔۔۔' پیار کے لمحاتی احساس سے اس کی آنکھیں شرارتی بن جاتیں — وہ آتی تو خود پر قابو نہیں رکھ پاتے۔

'نہیں کہہ سکتا۔'

'ایسا کیوں ہوتا ہے۔ سب کچھ ٹھیک ہوتے ہوئے بھی اچانک زندگی میں خاموشی سے کوئی دوسرا کیوں آجاتا ہے — وہ ٹھٹھکی — کہیں کوئی کمی نہیں تھی، شاید؟ کہیں کوئی خالی پن بھی نہیں چھوڑا تھا ہم نے — جیسے ان رشتوں میں اکثر ایسے خالی پن رہ جاتے ہیں — خالی دروازے جیسے — جس چور دروازے سے کوئی بھی آپ تک چھلانگ لگا سکتا ہے — لیکن شاید ایک بار ملی زندگی کا اپنا کوئی آزاد صفحہ بھی ہوتا ہے۔ اس صفحے پر کسی دوسرے کا نام لکھتے ہوئے شاید کوئی 'گلٹ' یا پچھتاوا بھی نہیں جاگتا — کیونکہ یہ اپنے اور

اپنے دل کے درمیان کی بے حد اکیلی اور ذاتی سڑک ہوتی ہے، جس پر اس کی بیوی اور بچے نہیں چل سکتے۔

ترانہ اس کی طرف مڑی —اچھا مان لو۔ وہ اچانک کسی لمحہ تمہارے سامنے آکر کھڑی ہو جائے تو—؟ کیا کروگے تم سانیال—؟ منع کر دوگے—؟ جانے کو کہوگے یا کہو گے کہ اس سے کوئی رشتہ نہیں ہے تمہارا یا پھر... بولو...؟

آسمان میں کتنے میزائل ایک ساتھ چھوٹتے چلے گئے تھے۔

*

بشنو از نے چوں حکایت می کند
واز جدائی ہا شکایت می کند
(مولانا روم کی مثنوی سے)
(بانسری سے سنو وہ کیا بیان کرتی ہے'
ہماری جدائیوں کا شکوہ بیان کرتی ہے۔)

وہ ایک عام سی صبح تھی۔ لیکن شاید وہ بے حد عام سی صبح نہیں تھی۔ وہ بیحد عام سی صبح ہو بھی نہیں سکتی تھی —اور خاص کر سانیال کے لیے —کہ بس ایک رات پہلے ہی مہک کے گم ہو جانے کا تذکرہ ہوا تھا۔ ایک رات پہلے تک سب کچھ معمول پر تھا۔ دریا کے پانی میں پتھر کی اچھال کے بعد تیز بھنور تو بنے تھے لیکن پھر سناٹا چھا گیا تھا —لہریں خاموش تھیں —اور اچانک اس خوبصورت، جگمگاتی صبح جیسے پانی میں ایک کے بعد ایک کتنے ہی پتھر اچھال دیئے گئے... اور ندی کے پانی میں لہروں کے کتنے ہی جال بنتے چلے گئے۔

صبح سات بجے کی دستک...

بیل کی گھنٹی جیسے کسی انجانے طوفان کو لے کر آئی تھی۔ دروازہ کھولنے والا بیٹا حیرت سے سامنے کھڑی عورت کو دیکھ رہا تھا— سانولا چہرہ، آسمانی رنگ کی قمیض اور اس سے میچ کرتی شلوار۔ کندھے سے جھولتا ہوا دوپٹہ۔۔۔

'تم آصف ہونا۔۔۔؟'

ترانہ کے سامنے آنے تک وہ اس کے گلے سے لگ کر بہنوں کی طرح رو پڑی تھی ۔۔۔ اور آپ ترانہ۔۔۔؟ میں مہک ہوں۔ پاکستان سے کل رات ہی آگئی۔ سانیال کہاں ہے؟

جیسے کمرے میں اچانک تیز زلزلہ آگیا ہو۔ بیٹا حیرت سے اس کی طرف دیکھ رہا تھا۔ ترانہ کی آنکھیں ابھی بھی معصومیت میں ڈوبی یا اپنی کیفیت کو چھپاتی ہوئی اس کی طرف دیکھ رہی تھیں — میں باہر نکلا تو دو پر اسرار آنکھیں جیسے مجھے دیکھ کر طلسماتی کہانیوں سے نکلی، پتھر والی ساحرہ میں تبدیل ہو چکی تھیں۔ وہ انگلی سے میری طرف اشارہ کرتی رہی تھی — لفظ گونگے تھے اور چہرہ، جسم جیسے جذبات کی کتاب بن گئے تھے — ایسی کتاب جو شاید آج تک کسی بھی انسانی زندگی کو نصیب نہ ہوئے ہوں گے۔

مہک کی آواز میں لرزش تھی۔۔۔

'ترانہ، ہم کیا دو منٹ کے لیے اکیلے میں مل سکتے ہیں۔ باتیں کر سکتے ہیں۔۔۔؟

بیٹا، ماں کی بانہوں میں سہما سا تھا— ترانہ مسکراتی ہوئی کہہ رہی تھی۔۔۔

'ہاں۔ کیوں نہیں۔۔۔'

لیکن شاید ترانہ کی آنکھیں میری طرف دیکھ پانے میں کامیاب نہیں ہوئی تھیں — یا میں ترانہ، یا بیٹے کی طرف دیکھ پانے کی ہمت نہیں کر پا رہا تھا— وہ کب اور کیسے میرے قریب آکر کھڑی ہو گئی، مجھے پتہ بھی نہیں چلا۔

'تمہارا کمرہ کون سا ہے؟'

اس کی آواز برف جیسی تھی۔ پاکستانی لباس سے اٹھنے والی خوشبو، ہندوستانی خوشبو سے مختلف نہیں لگی۔

**

کمرہ جیسے دنیا کے کسی آٹھویں عجوبے میں تبدیل ہو گیا تھا — اندر تک جیسے آگ میں ڈوبی ایک لہر تھی — شاید جس نے میرے پورے وجود کو اس وقت جلا کر رکھ دیا تھا۔ لفظ کسی سرنگ یا گپھا میں کھو گئے تھے۔ باہر بیٹے یا ترانہ کے بارے میں کچھ بھی سوچ پانا مشکل تھا۔ کمرے میں یکایک زلزلہ آ گیا تھا۔

وہ مجھے چھو رہی تھی۔۔۔ انگلیوں کے پور پور کو، ناخن کو۔۔۔ میرے لباس کو۔۔۔ میرے وجود کو۔۔۔ میری روح کو یا میری سانسوں کو۔۔۔

'تم سانیال ہو۔۔۔ نا۔ کیسے یقین کروں خود پر۔۔۔ نہیں، اتنی خوش قسمت نہیں ہو سکتی میں۔۔۔ تم۔۔۔ اتنے قریب۔ اتنے پاس۔ نہیں۔ روکو مت۔۔۔ چھونے دو مجھے۔ یہ تمہاری انگلیاں ہیں۔ یہ تمہارا لباس۔ تمہیں دیکھ سکتی ہوں۔ چھو سکتی ہوں۔ اتنی قریب ہوں تم سے اور تمہیں دیکھتے ہوئے۔۔۔ زندہ کیسے ہوں۔۔۔ سانیال — کاش، مجھے موت آ جاتی، اس لمحے۔۔۔ تمہیں تم دیکھتے، محسوس کرتے اور جیتے ہوئے۔۔۔ تم نے کبھی سوچا نہیں تھا نا، کہ مہک یہاں بھی آ سکتی ہے۔ ایک دن تمہارے دیس، تمہارے شہر، تمہارے گھر میں — اپنی سانسوں کی گونج میں خاموشی سے ایک گھروندہ بنا کر رکھ لیا تھا تمہیں — سوچا بھی نہیں کہ ایسا کرتے ہوئے تمہیں کوئی تکلیف تو نہیں ہو گی — تم ٹھیک ہو نا۔۔۔ بولتے کیوں نہیں سانیال۔'

'تم کیسے آئی۔۔۔' آہستہ سے کوہ قاف کی وادیوں سے جیسے کوئی آواز گونجی ہو۔

جیسے جسم میں سمائی سانسوں نے سب کچھ بھول کر اس کے نام کا کلمہ پڑھنا شروع کر دیا ہو۔

'یونیورسٹی کی طرف سے دہلی کی قدیم عمارتوں کو دیکھنے کے لیے 20 لڑکے اور لڑکیوں کا ایک وفد آیا ہے۔ ہم کل رات ہی آ گئے تھے۔ رات کا ایک ایک لمحہ جیسے تمہارے نام کی جاگتی تسبیح بن گیا تھا۔ ساری رات تمہارے ہونے کی عبادت سے گزرتی رہی۔ پھر سورج کی پہلی کرن کے ساتھ سجدے سے فارغ ہوئی اور کسی کو بتائے بغیر۔۔۔'

'تم نے کسی کو بتایا بھی نہیں۔۔۔؟'

'نہیں۔۔۔'

اگر کسی نے تمہاری تلاش شروع کی۔۔۔؟ زلزلے کا یہ پہلا جھٹکا تھا۔

وہ معصوم سی اب بھی میری انگلیوں کو چھو رہی تھی۔ 'حنا جانتی ہے تمہارے بارے میں۔۔۔ مگر زیادہ نہیں۔۔۔'

'حنا کون ہے؟'

'میری ایک دوست۔۔۔' وہ آہستہ سے بولی۔۔۔ آج دس بجے ہمیں پولس ہیڈ کوارٹر بھی جانا ہے۔۔۔ فارملٹی پوری کرنے۔۔۔ لیکن میں تو جا ہی نہیں سکتی۔۔۔'وہ کانپ رہی تھی۔۔۔ اس کی آنکھیں بند تھیں۔۔۔ بس تمہارے ہونے کے احساس کو خود میں سمیٹ لینا چاہتی ہوں۔ پھر۔۔۔'وہ آہستہ سے بولی۔۔۔ دنیا میں آنکھیں کھولنے کا مقصد پورا ہو جائے گا میرا۔۔۔'وہ بچوں کی طرح میری طرف مڑی۔۔۔ پھر کمرے کو دیکھنا شروع کیا۔۔۔ یہ تمہارا بستر ہے نا۔ تم اسی بستر پر سوتے ہو نا۔۔۔ لیٹ جاؤں؟ تھوڑی دیر۔۔۔ بستر کی شکن میں بھی تم ہو گے —ہے نا سانیال؟ تمہارا لمس ہو گا۔۔۔ لے لوں یہ سارے کے سارے لمس۔۔۔ بولو نا۔۔۔؟

جھٹکے سے وہ آگے بڑھی اور بستر پر لیٹ گئی۔۔۔ لمحے بھر کو آنکھیں بند کر لیں۔۔۔

پھر اٹھی۔۔۔ آنچل برابر کیا۔ وہ ہنس تھی۔ نہیں وہ رو رہی تھی۔۔۔ 'چلو اپنے گھر بھی آ گئی۔ اپنے بستر پر بھی سو لیا۔۔۔ مجھے رکھ لونا یہیں۔۔۔ ؟ مجھے کہیں مت جانے دو۔۔۔ میں تو بس تمہارے لیے آئی ہوں۔ مجھے روک لونا یہیں۔۔۔ مجھے مت جانے دو۔'

کہیں دور مولانا روم کی بانسری کے سر گونج رہے تھے۔۔۔ بانسری سے سنو، وہ کیا بیان کرتی ہے۔۔۔ بانسری نے ان لمحوں کو قیامت کے لمحوں میں تبدیل کر دیا تھا۔ میرا چہرہ کسی بت کا چہرہ تھا۔ باہر ترانہ اور بیٹے کے بارے میں سوچتے ہوئے اندیشے کے ہزاروں گھنے بادلوں کے درمیان کہیں خود کو محسوس کر رہا تھا۔۔۔ اور مہک قریب، بند آنکھیں لیے میرے سینے پر سر رکھے، آنکھیں بند کیے جیسے کسی اور ہی دنیا میں گم تھی ۔۔۔ میں شاید کانپ رہا تھا۔۔۔ آہستہ سے اپنا کانپتا ہاتھ اس کی پیٹھ پر رکھا تو وہ جیسے میرے سینے، میری سانسوں میں گم ہوتی چلی گئی — لیکن اندیشے، سوالوں کی برچھیاں لے کر کھڑے تھے۔۔۔ 'مہک نہیں گئی تو؟ مہک کو جانے کے لیے کیسے کہوں؟ مہک کے نہیں جانے سے کتنا بڑا ہنگامہ کھڑا ہو سکتا ہے۔' معاملہ پاکستان سے آئی ہوئی ایک لڑکی کا ہے۔ اور لڑکی غائب؟ پھر؟ دہشت گردی سے لے کر سوسائیڈ بم تک کتنی کہانیاں اس ایک لمحے مجھے پریشان کر گئی تھی۔ مگر شاید مہک سے کچھ بھی کہہ پانا ممکن نہیں تھا۔ اور سچ تو یہ ہے کہ یہ بھی نہیں چاہتا تھا کہ مہک میرے وجود سے الگ ہو۔۔۔ اس کی محبت، معمولی نشے سے آگے بڑھ کر، عبادت بن کر میرے وجود میں گھل رہی تھی۔۔۔ پھر جیسے وقت ٹھہر گیا۔۔۔ وہ ایک جھٹکے سے کھڑی ہوئی۔ میری طرف مڑی۔ پتھرائی آنکھوں میں آنسوؤں کا ایک جزیرہ آباد تھا۔

'جا رہی ہوں۔ تمہیں پریشان نہیں کروں گی۔۔۔ اپنے محبوب کو پریشان دیکھ بھی نہیں سکتی۔ مگر تمہیں ایک بار دیکھنا ضروری تھا۔ تمہیں چھونا۔ تمہارے لمس کو اپنے اندر

محفوظ کرنا۔۔۔'

اس کے چہرے پر انوکھی سی مسکراہٹ تھی۔۔۔ مجھے روکنا مت۔۔۔ اور ہاں۔ اس غلط فہمی میں مت رہنا کہ میں پاکستان واپس چلی جاؤں گی۔۔۔'

وہ آہستہ سے ہنسی۔۔۔ 'تمہارے دیس' تمہارے شہر میں رہ نہیں سکتی۔ لیکن۔۔۔ مر تو سکتی ہوں نا۔۔۔!'

آگے بڑھ کر اس نے اپنے گرم ہونٹ میرے ہونٹ پر رکھ دیئے۔ پھر تیزی سے کمرے سے باہر نکل گئی۔ اس سے پہلے کہ میں کچھ سمجھ پاتا، محسوس ہوا، جیسے پاؤں کے نیچے کی زمین کانپ رہی ہو۔ بانسری کی آواز قریب آگئی تھی۔

'جب تو نے مجھے مست کر دیا، مجھ پر حد جاری نہ کرو
شریعت مستوں پر حد جاری نہیں کرتی ہے۔
چونکہ مستم کردۂ حدّم مزن
شرع مستاں رانیاد حد زدن

شاہی گلدان

شاہی گلدان نئے گھر میں قدم رکھنے کے بعد بھی موجود تھا۔ اور صرف موجود ہی نہیں تھا بلکہ اپنی موجودگی ثابت کرنے کے لیے بھی ہمیں پریشانیوں میں ڈال گیا تھا۔ اب اسے رکھا کہاں جائے۔۔۔

'رکھنے' کی یہ بات ابّا کو کچھ ایسے ناگوار گزرتی تھی' جیسے کسی نے اچانک شاہی تاج ان کے سر سے چھین لیا ہو۔

'کیا مطلب'۔۔۔ ارے شاہی گلدان ہے۔ کیوں نہ اسے ڈرائنگ روم میں رکھ دیا جائے۔'

'ڈرائنگ روم؟' فرحین کے لیے اپنے نئے گھر کے خوبصورت ڈرائنگ روم میں اس کی کہیں کوئی جگہ نہیں تھی۔ کیونکہ گھر آنے والے رئیس زادے اور دوست نہ اسے کوئی اینٹک پیس سمجھتے اور نہ اس سے وابستہ کہانی میں ان کی آنکھیں گم ہو چکی شہنشاہیت کی سڑک تک جانے کی ہمت کر سکتی تھیں۔ بس وہ کھل کر ہنس دیتے —'بھابھی۔۔۔ تم بھی نا ۔۔۔ کسی کباڑی بازار سے لیا گیا۔۔۔'

اشرف کے لیے اس شاہی گلدان کی کشش صرف اتنی تھی کہ ابا کا احترام اس عمر میں کچھ زیادہ ہی بڑھ گیا تھا۔ اور ابّا وقت کے ساتھ آج بھی شہنشاہیت کے اسی قلعے میں قید تھے، جہاں سے شاید باہر نکلنا اب اس عمر میں ان کے لیے آسان نہیں رہ گیا تھا۔

ہاں، اگر اس نشانی سے جڑی نفرت کو دیکھنے کی بات تھی تو وہ بس امّی کی آنکھوں میں

دیکھی جاسکتی تھی — جہاں گلو کو ماتو اتر آیا تھا، مگر آنکھوں میں چھائے گھنے اندھیرے کے کہرے کے باوجود شاہی گلدان کی تاریخ تک، بے رحم ماضی کے اوراق پلٹتی ان کی آنکھیں اگرچہ کچھ بول نہیں پاتیں، لیکن خاموشی میں ساری کہانی سناڈالتیں۔۔۔ 'کہ لو کہاں کا شاہی گلدان۔ بچوں نے تو ایک گھر بنالیا اور ایک ہم تھے کہ شادی کے بعد تمہارے چھپّر کھٹّے میں آئے تو ساری زندگی تنگی کے سائے میں اسی چھپر کھٹ میں گذر گئی۔ بس لے دے کر زندگی بھر اس شاہی گلدان کی کہانی کہتے رہے۔۔۔ کہ بڑے بادشاہوں کے خاندان کے ہو۔ لیکن کہاں کے بادشاہ۔ تین وقت کی روٹی تو سڑک کا بھکاری بھی پیدا کر لیتا ہے۔۔۔'

*

میرا نام اشرف ہے۔ اشرف جہانگیر۔ بچپن میں تاریخ کی کتابیں مجھے پسند نہیں تھیں۔ بڑا ہوا تو تاریخ سے نفرت ہوگئی۔ تاریخ میرے لیے ایک خوفناک آئینے کی مانند تھا، جس میں اپنی صورت دیکھنے کا احساس ہی مجھ میں خوف بھر دیتا تھا۔ تاریخ کے اوراق مجھے بے رحم لگتے تھے۔ کیونکہ بچپن کی دہلیز پر قدم رکھتے ہی گھر کی ٹوٹتی محرابوں سے جھانکتی خاموشی مجھے زخمی کرتی تھی۔ ابّا نے میری پیدائش کے بعد ہی خود کو مسجد کے حوالے کر دیا تھا۔ تنگی کے اس ماحول میں جب امّی کا چڑچڑاپن اور غصہ ابّا کے کمزور وجود پر ظاہر ہوتا تو ابّا سب کچھ بھول کر بس اس شاہی گلدان کو لے کر اپنی بے چارگی دکھانے آ جاتے۔

'لو میں کیا کروں۔ سب تقدیر کے کھیل۔' کسے معلوم تھا کہ تیموریہ خاندان کا زوال آجائے گا اور ایک دن ان کی اولادیں پیسے پیسے کو ترس جائیں گے۔۔۔

صبا مجھ سے دو سال چھوٹی تھی۔ امّی ابّو کو لڑتے دیکھ بس خاموشی سے اپنے کمرے

میں بند ہو جاتی — اور تکیے پر گر کر آنسو بہانا شروع کر دیتی۔

تاریخ کے بے رحم اوراق پر 'تیمور یہ ٹھونگا بھنڈار' کی ایک ہلکی سی جھلک دیکھتا ہوں اور جھلک میں ابّا کی بد قسمتی کی اُس کہانی کو محسوس کر سکتا ہوں، جب انہوں نے شروع، شروع ایک چھوٹی سی دکان میں ٹھونگا کا یہ کاروبار شروع کیا تھا۔ پیٹ کی دوزخ کو شانت کرنے کے لیے شاہی تخت سے ٹھونگے کی طرف ہجرت کرتے ہوئے کتنا کچھ ٹوٹ گیا تھا ان کے اندر۔ تاریخ کے اس بے رحم قلعے میں جھانکتے ہوئے وہ آنسو آج بھی نظر آجاتے ہیں، جو صبح ابّا کی خشک آنکھوں میں نظر آیا کرتے تھے۔ سرخ پھولی آنکھیں رات کی ساری روداد سنا ڈالتیں کہ 'شاہی حجرے' سے حال کے مقبرے کو دیکھنے کا تصور کیسے ہوتا ہے — ابّا حال سے پریشان تھے اور تاریخ اُنہیں خوش کرتی تھی۔

شاید انہی دنوں تاریخ سے نفرت کی کہانی کی شروعات ہو چکی تھی۔ تاریخ کی یادگاریں اور مقبرے مجھے بس ان گھنونے مکڑی کے جالوں کی طرح لگتے، جن میں پھنس کر کسی کیڑے کی موت ہو گئی ہے۔ اس وقت کی جدوجہد میں ہم بھی انسان کہاں تھے۔ کیڑے تھے — مردہ کیڑے اور شاہی داستانیں سنانے والا ٹوٹا پھوٹا گھر کسی مقبرے کی طرح لگتا، جس سے نجات حاصل کرنے کی فکر لمحہ لمحہ بڑھتی جا رہی تھی۔

کیا تاریخ کو کسی تشریح و توضیح کی ضرورت ہوتی ہے؟ یا تاریخ کسی نہ کسی صورت میں زمانہ اور عہد کے مطابق خود کو نئے سانچے میں ڈھال لیتا ہے۔ میری بڑھتی عمر کے ساتھ گھر کے اجنبی سے ماحول میں امید کی ایک نئی کرن چمکی تھی — اور ساتھ ہی تبدیل شدہ تاریخ یا اس کی تشریح کا ایک نیا چہرہ دیکھا تھا میں نے۔ دو جگہ سے میری بحالی کی خبر آئی تھی۔ ایک جگہ نئے کالج میں لکچرر کے طور پر اور دوسرا ایک ریپوٹیڈ فرم میں فیلڈ افسر کے طور پر — میں نے یہ بات ابّا اور گھر کے کسی فرد کو نہیں بتائی۔ کیونکہ ان میں سے

ہی کسی ایک کو جوائن کرنے کے فیصلے پر پہنچنا تھا مجھے۔ یہ احساس تھا کہ غربت کی اس تاریخ میں تھوڑی سی تبدیلی تو آئے گی۔ مگر یہ تبدیلی ایک نئی شکل میں بھی آئی تھی ــــ یا تبدیلی ایک نئی تعریف کے ساتھ آئی تھی۔

اُنہیں دنوں شہر کے ایک کالج میں طالب علموں کی دو جماعت کے درمیان جھگڑا ہوا اور یہ جھگڑا اتنا طول پکڑا کہ سارا شہر اور شہر کی چھوٹی چھوٹی سڑکیں دہشت میں ڈوبے نوجوانوں کی چیخ وپکار سے لرز گئیں۔ جلدی جلدی دکانیں بند ہونے اور شٹر گرنے لگے۔ جو دکانیں کسی وجہ سے کھلی تھیں وہ لوٹ لی گئیں۔ لوگ چھتوں سے، کھڑکیوں سے تماشہ دیکھ رہے تھے۔ اس وقت شہر کے کالجوں میں مشتعل طالب علموں کی ایسی جھڑپیں کوئی نئی بات نہیں تھی۔

میں کمرے سے باہر آیا تو اماں اور صبا گھبرائے ہوئے میری طرف دیکھ رہے تھے۔

"ابا نہیں آئے۔۔۔؟"

پتہ نہیں۔۔۔ کہاں ہوں گے؟

سڑک سے آرہی چیخ وپکار کی آوازوں کے درمیان کی میں خوفزدہ تھا۔ دو گھنٹے بعد ابّا لوٹ آئے۔ آواز میں لرزش۔۔۔ یہ بتانے کہ کمبخت نے دکان لوٹ لی۔ ٹھونگے سڑک پر پھینک دیئے۔ مشین کے کل پرزے الگ کر دیئے۔ ڈرائنگ روم میں رکھے شاہی گلدان کو دیکھتی ابّا کی آنکھیں پڑھتا ہوا میں تاریخ اور تشریح وتوضیح کی نئی سڑک سے گزر رہا تھا۔ ابّا خوفزدہ اور پریشان ہونے کا ناٹک کر رہے تھے۔ ابّا کہیں سے بوجھل یا پریشان نہیں تھے۔ اس بات سے بھی نہیں کہ دکان لوٹ لی گئی تو اب یہ گھر کیسے چلے گا۔ ان کی نظریں ایک ٹک شاہی گلدان پر گڑی تھیں اور اسی احساس نے مجھے تاریخ کی نئی تعریف سے متعارف کرایا تھا۔ موجودہ وقت کے بھیانک اوراق کی جگہ انہوں نے سنہری تاریخ کو ترجیح

دی تھی۔

'اب کیا ہو گا؟' اما نے آنگن سے بر آمدے میں بھاگتے چمگادڑ کو دیکھ کر گردن جھکالی تھی۔ تب میں آہستہ سے بولا تھا—اب ابّا کو کچھ بھی کرنے کی ضرورت نہیں ہے۔ کیونکہ میری نوکری لگ گئی ہے۔

نہیں، شاید اس لمحہ ابّا کی آنکھوں میں جو چمک لہرائی تھی، وہ ان تیموریہ بادشاہوں کی آنکھوں میں بھی نہیں ہو گی، جب وہ جنگ کے میدان سے فتح کے احساس کے بعد محل لوٹتے ہوں گے۔

*

محبت آپ کی زندگی کو با معنی بنا دیتی ہے۔ شاید اب بہتر اور معقول وقت ہے کہ اس دبلی پتلی سی، لمبی سی فرحین کا تذکرہ بھی کر دیا جائے۔ میری چھت کے سامنے والی چھت پر آنچل کا کونا بار بار ہونٹوں سے دبائے اور بار بار آنچل کے سرکنے سے پریشان۔ میری نگاہوں کا سامنا ہوتے ہی گھبرا جانے والی فرحین۔ کب صبا کی دوست بن کر گھر آنے جانے لگی، پتہ بھی نہیں چلا۔ لیکن اپنی آمد سے اس نے گھر کے سارے لوگوں کا دل جیت لیا تھا—ابّا کے سر میں تیل دیتی ہوئی۔ کبھی امی سے چھین کر روٹیاں بناتی ہوئی۔ صبا کے بال سنوارتی یا گھر کے چھوٹے چھوٹے کام میں اپنی حصہ داری کا احساس دلاتے ہوئے اس نے خاموشی سے جیسے اعلان کر دیا تھا—'میرا گھر ہے، میں جو کچھ کر رہی ہوں اپنے گھر کے لیے کر رہی ہوں —پہلے تھوڑی سی بات چیت پھر جھجھک۔ پھر ابّا امّی اور صبا کی موجودگی میں تھوڑا سا مذاق۔'

"نماز کیوں نہیں پڑھتے ہیں یہ۔۔۔؟"

"زیادہ کتابیں پڑھنے سے کیا ہو گا؟"

"کم سے کم جمعہ کے دن تو مسجد جایا کریں۔"

"ابّا آپ تو بولا کریں۔"

یا پھر صبا سے کہ تمہارے بھیّا ہر وقت غصے میں کیوں رہتے ہیں؟

اور ایک دن خاموشی سے گھر کے ایک گوشے میں، میں نے اس فرحین کی بچی کو تنہا پاکر اچانک سینے سے بھینچ لیا تھا—'اوئی اللہ' کہہ کر بھاگنے کے بجائے وہ جیسے میرے سینے میں خرگوش کی طرح دبک گئی تھی۔ آنکھیں نیچی کیے۔ لرزتی ہوئی۔ مگر جیسے برسوں سے پیاسی ندی کو تھوڑا سا سکون ملا تھا۔

وہ آہستہ سے بولی تھی—'کوئی آجائے گا۔'

"پھر آپ شرارت کرتی ہی کیوں ہیں؟"

اس کے کان کی لویں سرخ تھیں۔ آنکھوں کی پتلیاں لرزتی ہوئی۔ آنچل ذرا سا سرکا تھا۔ وہ ہونٹ دابے آہستہ سے بولی۔

'نماز پڑھنے جایا کیجئے، گھر میں رونق رہتی ہے۔'

دیکھئے فرحین۔۔۔ میں نے ایک جھٹکے سے اسے بانہوں میں دوبارہ بھینچا تھا—میں مذہب کا احترام کرتا ہوں۔ تم اس ٹوٹتے اجڑتے گھر کی ویرانی دیکھ رہی ہو نا۔۔۔ اس گھر نے اور اس گھر سے پیدا شدہ بہت سارے سوالات نے میرے اندر کے مذہب کو کب مجھ سے دور کر دیا، میں نہیں جانتا—مگر ڈرو مت۔ میں اتنا دور نہیں گیا کہ واپس بھی نہ آسکوں، مگر مجھے میرے عقیدوں کے لیے مجبور مت کرنا۔'

جاتے جاتے، وہ سہمی سہمی سی آنکھوں سے اتنا کہہ گئی تھی۔ چلو تمہارے بدلے کی نماز میں پڑھ لوں گی۔ تمہارے لیے اللہ میاں سے معافی بھی مانگ لوں گی۔

آنچل برابر کرتی فرحین تیزی سے بھاگی تھی—ٹھیک اسی لمحہ جلد بازی میں دیوار

سے ٹکرانے کے دوران سوکھی سفیدی کا ایک بڑا جھول گرا تھا۔ شاید یہ حال کی دستک تھی۔ اور تاریخ کا ذراسا حصہ اس لمحاتی رومانی ماحول کے احساس سے ٹپک گیا تھا۔

پرانے گھروں کی دیواروں پر چھپکلیاں اتنی کیوں گھومتی ہیں۔ اچانک ہی میری نظر دیوار کی جانب گئی تو وہاں دو چھپکلیاں چونکّی نگاہ سے میری طرف دیکھ رہی تھیں۔۔۔ میں چھت کی کمزور اور بارش میں لرز رہی دیواروں کو دیکھ رہا تھا۔ آس پاس کی دیواریں بھی چولہے کے دھوئیں سے سیاہ پڑگئی تھی۔۔۔ چھت کو سہارا دینے کے لیے بانس کے موٹے لٹھے لگے تھے۔ اب یہ لٹھے صدیاں گزارتے ہوئے تھکے اور پکے آم کی طرح گرنے کے انتظار میں تھے۔ ایک خوشبو ابھی چپکے سے مجھے چھو کر گئی تھی۔ ایک مکان پرانا پڑ گیا تھا۔ ابّا کے ٹھونگے لوٹ لیے گئے تھے —اور بے نور شاہی گلدان کی تاریخ کی چمک ابّا کی آنکھوں کو سحر زدہ کر گئی تھی —فرحین جاتے جاتے اپنے جسم کی خوشبو اور انگارے میرے جسم میں چھوڑ گئی تھی —اور دونوکریوں میں سے ایک کو چننے کے خیال میں، اسی لمحہ دہلی والی ریپوٹیڈ مگر پرائیویٹ فرم کو دل ہی دل میں اپنی منظوری دے دی تھی۔۔۔ چھوٹے آنگن سے بڑے آنگن کا سفر —سیاہ تاریخ سے دہلی کی زندہ اور موجودہ تاریخ کو دیکھنے کی باری تھی —جہاں قدم قدم پر تیموریہ بادشاہوں کی نشانیاں خوبصورت ماضی کی دستکیں سنا رہی تھیں۔

مٹھی بھر تاریخ

گھر میں میرے دہلی جانے کی خبر پھیل گئی تھی۔ اس لیے رات دسترخوان پر طلباء کے ہنگامے یا ابّا کی دکان لوٹنے کی کہانی کہیں نہیں تھی۔ ابّا کی آنکھوں میں ماضی کی حسین سڑک نظر آرہی تھی، اور ماضی کی ان سڑکوں پر قلعہ معلی کی لال اور سفید برجوں کے کلس چمک رہے تھے۔۔۔

'تو تم دہلی جا رہے ہو۔۔۔'

ابّا کی آواز ایسی تھی، جیسے اپنے آبا و اجداد کے گھر جا رہا ہوں —اپنا پشتینی مکان دیکھنے۔

رات کے کھانے کے بعد ہم چھت پر آ گئے —آسمان پر چاند روشن تھا۔ بادلوں کا دور دور تک کہیں پتہ نہیں تھا۔ چھت پر پلنگڑیاں بچھ گئی تھیں۔۔۔ ایک پر میں، ایک پر صبا اور سامنے والے کارنس کے قریب ابّا کی پلنگڑی بچھی تھی۔ ابّا چاند نہارتے ہوئے جیسے شاہی گلدان کی تاریخ میں گم ہو چکے تھے۔۔۔

"مئی کا مہینہ تھا وہ۔۔۔ اب بھلا کیا یاد رہے گا۔ باتیں بھی پرانی پڑ گئیں۔ اور ایک دن باتیں بس پرانی ہو کر کھو جاتی ہیں۔ پشتینی کہانیاں بس ماہ و سال ہوتی ہوئی ایسی معلوم ہوتی ہیں جیسے سارا واقعہ ابھی ان آنکھوں کے سامنے گزرا ہو۔۔۔

صبا اٹھی۔ ابا کے پائتانے بیٹھی۔۔۔ آہستہ سے سر دبانے لگی۔ ابّا کی آنکھیں بند تھیں۔

'بہت بھاری غدر ہوا تھا۔ غدر۔ لیکن ایک تاریخ کے گزر جانے کے بعد صرف تاریخ کے چھینٹے رہ جاتے ہیں۔ اور ان چھینٹوں کو اگلے زمانے کے لوگ اپنے اپنے طریقے سے دہراتے ہیں۔ غدر تو بس غدر تھا۔ کون غدّار تھا، اپنے یا انگریز۔ کہنا مشکل — 90 سال کے بوڑھے پینشن یافتہ بادشاہ کو کمی کس بات کی تھی —بیٹھے بٹھائے لاکھ روپے مل جاتے تھے —انگریز حاکم ان کی صلاح سے ہی کام کیا کرتے۔ سات یا آٹھ بجے ہوں گے۔ بادشاہ تسبیح خانے میں تھے۔ شاید نماز پڑھ چکے تھے —کھڑکی کے پاس آئے تو دریائے جمنا سے دھوئیں کے بادل منڈرا رہے تھے۔ بادشاہ نے انجانے خطرے کی بو سونگھ لی۔ گھبرائے ہوئے واپس آئے۔ اونٹ برداروں کی ٹولی کو بھیجا کہ ماجرا کیا ہے۔ اونٹ

بردار واپس آئے اور گھبرائے لہجہ میں بتایا کہ میرٹھ سے غدّاروں کی پلٹن آئی ہے۔ تلواریں گھماتے، گھوڑے دوڑاتے پاگل فوجی ہیں جو میرٹھ سے ہنگامہ کرتے ہوئے آ رہے ہیں۔ صاحب لوگوں کے بنگلے جلا دیئے گئے۔ جو انگریز سامنے آیا، اس کا قتل کر دیا گیا۔۔۔ سارے شہر میں بھگدڑ مچ گئی۔ میرٹھ سے آئے انقلابی شہر میں داخل ہونا چاہتے تھے۔ انگریزوں نے ہوشیاری سے اسے بند کرا دیا۔ دہلی پر موت برس گئی۔ غدر کی آگ دور تک پھیل گئی اور اس مار کاٹ، تباہی کے بعد تھوڑا سکون ملا تو یہ آوازیں گردش کر رہی تھیں۔ خلق خدا کا، ملک بادشاہ کا۔۔۔ لیکن تجربوں کی لمبی راہ داری سے گزرنے والا بوڑھا بادشاہ جانتا تھا کہ ان غداروں نے ان کی زندگی کے چین و سکون کے دن چھین لیے ہیں۔ آنے والے دن بربادی کی کہانیاں لے کر آئیں گے۔ اور وہی ہوا تھا۔۔۔

ابّا نے گلا کھکھارا۔۔۔ ایک لمحے کو چپ ہوئے پھر جیسے ایک بار پھر وہ تاریخ کی تاریک گپھاؤں میں قید تھے۔

'بادشاہ کی مجبوری تھی، غداروں کا ساتھ بھی دینا تھا اور نہیں بھی دینا تھا۔ ان سے دوبارہ بادشاہ بننے اور انگریزوں کو بھگانے کی اپیل کرنے والی ان کی ہی رعایا تھی —اور اس وقت بادشاہ کی مجبوری تھی یا تیموریہ سلطنت کی سنہری تاریخ کا دباؤ کہ بادشاہ ان غداروں سے ناراض ہوتے ہوئے بھی ان کی ہر بات ماننے کو مجبور تھے۔۔۔ اور پھر۔۔۔ بھلا انگریز مکاروں کے سامنے، یہ جذباتی ہندوستانی کب تک چلتے — کشمیری گیٹ، کابلی گیٹ سے انگریزی فوجیں شہر میں داخل ہو گئیں۔۔۔ چاروں طرف مار کاٹ مچ گئی۔

پھر وقت نے کروٹ بدلی، شاہ زیب، ہمارے خاندان کا شجرہ ان سے ہو کر گزرتا ہے۔ ٹنّی بیگم پائیں باغ میں تھی۔ بیگمات اور محل کی عورتوں کو ایک بڑے سے ہال میں جمع کیا جا چکا تھا۔ خبر ملی تھی کہ بادشاہ نے ہمایوں کے مقبرے میں، چھپنے کی تیاری کر لی ہے

اور حکم ہوا ہے کہ اپنی اپنی جان بچانے کی کوشش کی جائے کیونکہ انگریزوں کا قہر کسی وقت بھی محل پر ٹوٹ سکتا ہے۔ محل میں افراتفری کا ماحول تھا۔ جان بچانے کی ناکام کوشش کی جارہی تھیں۔ شاہ زیب جانتے تھے کہ اس غدر کے ماحول میں اپنے عزیز ایک دوسرے سے بچھڑ جائیں گے۔ زخمی انگریزوں کے دل میں ہمدردی کہاں — لیکن وہ محل سے کسی شاہی نشانی کے بغیر نکلنا نہیں چاہتے تھے اور یہی شاہی گلدان۔۔۔

محل چھوڑتے ہوئے بس یہ شاہی نشانی کپڑوں کی ایک پوٹلی میں عقیدت کے ساتھ باندھی۔ ٹنّی بیگم کا ہاتھ تھاما اور باہر نکل گئے۔۔۔ تب تک خبر آچکی تھی کہ بادشاہ قیدی بنا کر دہلی لائے گئے۔ شہزادوں کو خونی دروازے کے نزدیک گولی مار دی گئی۔۔۔ اور تینوں شہزادوں کے سر نڈھال بادشاہ کے سامنے 'سرخوان پوش' سے ڈھک کر بھجوائے گئے۔۔۔ اُف یہ ظلم کی انتہا تھی۔'

شفاف آسمان پر بادلوں کے کچھ ٹکڑے اچانک آ گئے تھے۔ اور ان ٹکڑوں نے اچانک چاند کو اپنی آغوش میں لے لیا تھا۔

ابّا سونے کی تیاری میں تھے۔۔۔ 'اور اس کے بعد سے یہ شاہی گلدان'۔۔۔ وہ بیحد آہستہ سے بولے —'آخری نشانی۔۔۔ اسے دیکھ لیتا ہوں تو پھر اپنی بربادی یاد نہیں رہتی۔

'

ابّا ایک بار پھر ماضی کی گپھاؤں میں چلے گئے۔ اور مجھے دہلی جانے کی تیاری مکمل کرنی تھی۔

تاریخ اور تشریح و توضیح

میں جانتا تھا، ہر عہد اپنے حساب سے تاریخ کی تشریح و توضیح پیش کرتا ہے۔ کبھی وقت اسے خونخوار اور ناقابل برداشت بنا کر پیش کرتا ہے تو کبھی تاریخ کے خوفناک

چہرے میں اپنے لیے پانی جیسا ایک شفاف چہرہ بھی ڈھونڈ لیتا ہے۔ لیکن دہلی جانے کے بعد کے تجربے ماضی کی اس سنہری تاریخ سے اس طرح بھی جڑ سکتے ہیں، مجھے اندازہ نہ تھا۔ اس لیے اس تحریر میں صرف شاہی گلدان کی تاریخ نہیں ہے، بلکہ اس تاریخ سے جڑی شاخیں بھی ہیں، جنہیں چھوٹی چھوٹی ندیوں کی طرح ایک بڑی تاریخ یعنی سمندر میں سما جانا تھا۔ نہیں، شاید اس طرح آپ اس بات کی حقیقت نہیں سمجھ پائیں گے جو میں کہنے جا رہا ہوں۔ اس لیے تھوڑا ٹھہر ٹھہر کر مجھے ساری تفصیل صاف کرنی پڑے گی۔ دہلی جاتے ہوئے ابّا خوش تھے۔۔۔

"لو تاریخ نے ہمیں ایک موقع اور دیا۔۔۔؟"

'لال قلعہ پر پرچم کشائی کا یا شاہی قلعے میں اپنا پشتینی تخت تلاش کرنے اور شہنشاہیت کے اعلان کا۔۔۔' میں بہت آہستہ سے بولا تھا۔

*

دہلی کے چار پانچ برسوں کی زندگی میں اپنے لیے ایک خوبصورت 'فلور' حاصل کرنے میں مجھے زیادہ مشکلوں کا سامنا نہیں کرنا پڑا۔ ہاں، وہ کہانی آپ شروع میں ہی سن چکے کہ ابّا شاہی گلدان کو ڈرائنگ روم میں نشانی بنا کر رکھنے کی ضد کر رہے تھے اور اپنی بات کو عملی جامہ پہنانے میں کامیاب بھی ہوئے تھے۔ صبا کی شادی ہوگئی اور وہ اپنے سسرال میں خوش تھی۔ فرحین نے گھر کی ذمے داری سنبھال لی تھی۔ ان چار پانچ برسوں کی خوشیوں اور الجھنوں نے کچھ کچھ دہلی وال تو مجھے بنا ہی دیا تھا — اب یہ اشرف جہانگیر بہت حد تک بدلا ہوا، شاید مضبوط ہونے کی حد تک، تاریخ سے آنکھ ملانے کی ہمت کر رہا تھا۔ شروع میں فرحین نے بھی جاب کرنے کا خیال کیا تھا — مگر آرام دہ زندگی کے احساس نے اسے 'جاب' پر گھر کو فوقیت دی تھی —

گھر کے باہر برآمدے میں پھولوں کے گلدستے ایک قطار سے سجے تھے۔ اس دن چھٹی کا دن تھا۔ لیموں کے بونسائی پودے کو لے کر فرحین سے میری تھوڑی سی جھڑپ ہوئی تھی۔

'پاگل ہو، پودا سوکھ جائے گا۔۔۔'

'نہیں سوکھا تو۔۔۔؟'

'سوکھ جائے گا۔۔۔'

'اور نہیں سوکھا تو۔۔۔؟'

'چلو وقت آنے پر دیکھیں گے۔'

چھٹی کے دن فرحین برآمدے میں آئی۔ پھر تیزی سے میرا ہاتھ پکڑ کر مجھے برآمدے میں کھینچ لے گئی۔ گلدستے کے پودے میں چھوٹے چھوٹے لیموں کے جاگنے کی پہلی آہٹ مل چکی تھی۔ میں بھونچکا تھا۔ اچانک مجھے یقین نہیں ہوا۔ فرحین ہنسے جا رہی تھی۔ جیسے تاریخ نے اپنے پاؤں پھیلائے۔ جیسے وجود میں برسوں سے سوئی ہوئی شہنشاہیت چپکے سے جاگی۔ میں جو کہہ رہا تھا، شاید مجھے بھی نہیں پتہ تھا کہ میں کیا کہہ رہا ہوں۔۔۔ مذاق ہی سہی۔۔۔ مگر میرے اندر سے شاید کوئی شکست یافتہ شہنشاہ بول رہا تھا۔

'ہاں، چلو ہار گیا۔ بولو کیا مانگتی ہو۔ چاہو تو آزاد ہو جاؤ۔ طلاق لے لو مجھ سے۔"

'طلاق'— فرحین کانپ گئی۔ اچانک نکلے اس مکالمے سے جیسے ہوا ٹھہر گئی۔ پودے سے جھانکتے ننھی لیموں کی کونپلوں نے جیسے ٹھنڈی ہوا کے خوف سے خود کو ہلکے ہرے پتوں میں چھپا لیا۔۔۔

'کیا۔۔۔ کیا بولے تم۔۔۔' فرحین ڈری ہوئی آنکھوں سے میری طرف دیکھ رہی

تھی۔

نہیں، مجھے خود حیرت تھی۔ اس بے تکی بات کا یہاں کوئی مطلب نہیں تھا۔ شاید نیوز چینلوں پر آنے والے مسلسل اس طرح کے مکالموں نے مجھے اس حیران کن لمحہ ایک سنگدل حکمراں میں تبدیل کر دیا تھا۔

تو کیا میرے اندر سچ مچ ایک تاناشاہ چھپا تھا۔ ایک ایسی بات جس کا میں نے تصور بھی نہیں کیا تھا۔ ایک ایسی بات جس نے قہقہہ لگاتی فرحین کی آنکھوں میں ایک بھیانک ڈر پیدا کر دیا تھا۔ میں نے شاید تاریخ کی نکلتی شاخوں میں اس بونسائی لیموں سے نکلے یا ٹپک رہے خون کو دیکھ لیا تھا۔

اس رات فرحین کی آنکھیں نم تھیں۔

'تم نے ایسا کیوں کہا، میں نہیں جانتی، مگر کچھ تو ہو گا تمہارے اندر۔ تم بتاؤ نا بتاؤ۔ گھر سے غائب رہتے ہو۔ بڑے آدمی ہو۔ عورتوں کے فون آتے ہیں۔ میٹنگس چلتی ہیں۔ سچ بتاؤ اشرف، ایک سکنڈ کے لیے بھی تمہیں فواد کا خیال نہیں آیا۔'

میں نے دیکھا، فواد بستر پر سو گیا تھا۔

'میں شرمندہ ہوں۔۔۔'

میں خود سے لڑنے کی کوشش کر رہا تھا۔ مگر آخر تک 'میں شرمندہ ہوں' یہ جملہ میرے ہونٹوں پر نہیں آسکا۔ آخر ایسا کیا کیا تھا میں نے۔ بس ایک چھوٹا سا مذاق ـــ مذاق میں طلاق کی بات کرنے سے طلاق تھوڑے ہو گئی۔ میاں بیوی میں ایسے مذاق تو ہو ہی سکتے ہیں'۔ مگر جیسے فرحین زخمی تھی۔

شاید وہ اس مذاق پر دیر تک روتی رہی تھی۔ اس کی آنکھیں پھولی ہوئی تھیں۔

'تم نماز کیوں نہیں پڑھتے؟'

'یہ میرا اور خدا کا معاملہ ہے۔'

'نہیں، یہ صرف تمہارا اور خدا کا معاملہ نہیں — فرحین چیخی تھی — اب فواد بھی ہے۔ پانچ سال کا ہو گیا۔ اسے اپنے مذہب کو جاننا ہے — قرآن شریف شروع کرانا ہے۔ کل ابّا بھی کہہ رہے تھے اشرف مت بنانا۔۔۔ فرحین ایک لمحہ کو ٹھہری — "نماز پڑھتے تو اللہ کا ڈر ہوتا تمہیں۔ پھر اتنی بڑی گالی نہیں دیتے۔ تم کیا جانو، ہم شادی شدہ عورتوں کے لیے طلاق موت سے بھی زیادہ ہے۔ ایک بار پھر وہ بلک بلک کر رو پڑی تھی۔ اور شاید اس بار ایک شکست خوردہ شہنشاہ حقیقت میں تیز آواز میں دہاڑا تھا — "

'پاگل ہو گئی ہو تم۔ ایک چھوٹے سے مذاق کو بھی ڈائجسٹ کرنے کی کیپسٹی نہیں ہے تم میں۔ کیا تمہارے سامنے مجھے ہر لفظ کو ناپ تول کر بولنا پڑے گا۔ بس ایک مذاق تھا۔ ایک چھوٹے سے مذاق کا افسانہ بنالیا تم نے۔ چھٹی کا دن مشکل سے ملتا ہے۔ اس چھٹّی کے دن کو بھی عذاب بنا دیا تم نے۔۔۔'

میں اتنے زور سے چیخا تھا کہ شاید لال قلعہ کے بجھے ہوئے کلسوں تک میری آواز گونج گئی ہو۔ فواد اٹھ کر رونے لگا تھا۔ میں دل کا غبار نکال کر نیچے ڈرائنگ روم میں آیا تو اچانک نگاہ، اس شاہی گلدان کی طرف چلی گئی۔ لگا، اس گلدان سے سچ مچ ایک رشتہ رہا ہے میرا — ایک ایسا رشتہ شاید جسے میں جان رہا تھا — لیکن میں نے جان بوجھ کر اپنے آپ سے چھپانے کی کوشش کی تھی۔

مجھے احساس تھا۔ کمرے سے ابا کی خاموش آنکھیں مجھے دیکھ رہی تھیں۔ اور شاید ان کے پیچھے اماں بھی ہوں گی۔ بے نور آنکھوں والی اماں ۔۔۔ شاید یہ میرے لیے تبصرے یا مکالمے کا وقت تھا — تو کیا آج جو کچھ بھی ہوا وہ اس شاہی گلدستے سے جڑی تاریخ کی نئی تشریح و توضیح تھی۔۔۔؟ میں جس طرح فرحین پر چلایا تھا، یا جس طرح ایک

کمزور لمحے حیوانیت یا درندگی مجھ پر سوار ہوئی، وہ شاید اس سے پہلے مجھ پر کبھی نہیں حاوی ہوئی تھی۔۔۔؟ کیا میرے اندر کے لہو میں سوئے ہوئے حکمراں یا تاناشاہ نے کوئی کروٹ لی تھی۔ یا پھر یہ ایک عام سی بات تھی —ایک ایسی کہانی جو گھر گھر میں روز دہرائی جاتی ہے۔ لیکن شاید میرے اب تک کے 'بی ہیویر' کے خلاف —اور مجھے فرحین کو اس بات کا احساس کرانا تھا کہ بونسائی لیموں والے واقعہ کے ساتھ میں نے جو کچھ بھی کہا' وہ صرف ایک چھوٹا سا مذاق تھا۔ اور شاید اسے مذاق ثابت کرنے کے لیے دو تین بار، ایک بار تو، ایک بیحد رومانی لمحہ فرحین کو بازوؤں میں بھرتے ہوئے، بوسہ لیتے ہوئے، میں نے اس سے کہا —تو تم مجھ سے طلاق کیوں نہیں لے لیتی۔ اور اتنا کہہ کر میں زور زور سے ہنسا تھا —دیکھا، کیسے ڈر گئی۔ ارے۔۔۔ ایسے طلاق تھوڑے ہی ہوتی ہے۔ جسٹ کڈنگ، لیکن تمہارا چہرہ اتنا پھیکا کیوں پڑ جاتا ہے۔۔۔'

مگر شاید مجھے یہ علم نہیں تھا کہ کبھی کبھی تاریخ اپنی ہی تشریح و توضیح میں اس قدر سخت ہو جاتی ہے کہ دو زندگیاں داؤ پر لگ جاتی ہیں۔

فتوے کی سیاست

میں دہلی کی جس کمپنی میں، 'ون آف ڈائریکٹرس' میں تھا، اس کا نام میکلارڈ کمپنی ہے۔ میکلارڈ نے صابن، تیل سے لے کر باسمتی چاول تک کے پراڈکٹ مارکیٹ میں اتارے تھے۔ اور کچھ ہی برسوں میں میکلارڈ گروپ ہر گھر کی پہلی پسند کے طور پر جانا جانے لگا تھا۔ میرے ذمے ان دنوں فارین ڈیلی گیٹس کو انٹرٹین کرنے سے لے کر نئے پروڈکٹ پر ایڈ فلم بنانے تک کی ذمے داری شامل تھی۔ ایسی ہی ایک ایڈ فلم کے لیے میں نے بالی وڈ کے ایک بڑے اور قیمتی ڈائرکٹر کی خدمات حاصل کی تھیں۔ ڈائرکٹر نے بجٹ اور تھوڑی بہت صلاح کے بعد ایڈ کے لیے کرکٹ کی دنیا کے ایک کھلاڑی کی خدمات لی

تھیں۔ اس کھلاڑی کا اب تک کوئی ایڈ کسی چینل پر نہیں آیا تھا۔ اور شاید یہیں سے میری بدقسمتی یا ستاروں کی گردش کی کہانی بھی شروع ہوئی تھی۔ ایڈ فائنل ہوا۔ بجٹ فائنانس سے ہو کر میرے پاس آیا اور میرے سائن کے بعد ڈائرکٹر نے دس سے چالیس سکنڈ تک کی تین تین فلمیں تیار کر لیں۔ فلمیں اچھی بنی تھیں۔ لیکن بدقسمتی کی کہانی کی شروعات بھی یہیں سے ہوئی۔ بورڈ آف ڈائرکٹرس کے پینل کو کھلاڑی پر ایک سنجیدہ اعتراض تھا کیونکہ کھلاڑی کے ڈرگس لینے اور بیوی کو مارنے کی کہانی کچھ ہی دنوں پہلے نیوز چینلوں پر ہائی لائٹ ہوئی تھی۔ بورڈ آف ڈائرکٹرس کا خیال تھا کہ ایڈ آتے ہی ہندستانی خاندان اس اشتہار کی مخالفت کرے گا نتیجہ پروڈکٹ فلاپ کیونکہ ہمارا پروڈکٹ، گھر گھر کا پراڈکٹ کہلاتا ہے۔ یہ معاملہ اتنا طویل ہوا کہ سارے بورڈ ڈائرکٹرس میری مخالفت میں کھڑے ہو گئے۔ دوسری جانب اکیلا میں تھا۔ اور یہی وہ دن تھے 'جب فرحین کی ناراضگی کی کہانی بھی شروع ہوئی تھی۔ برآمدے میں بونسائی لیموں کے پودے پر تو شباب آگیا تھا، مگر ہماری گرہستی کو جیسے نظر لگ گئی تھی۔ میری خواہش ہوتی تھی کہ رات کو واپس آؤں تو فرحین سے باتیں کروں مگر فرحین کی ناراضگی کم ہونے کا نام ہی نہیں لے رہی تھی۔ گھر آ کر جیسے میرا بلڈ پریشر ایک دم سے بڑھ جاتا۔ میں آفس سے گھر لوٹتے ہوئے سکون اور شانتی کی امید لے کر آتا تھا، لیکن فرحین کی موجودگی اب مجھے چڑچڑا کرنے لگی تھی۔ جیسے اس کی حرکت پر گھر آنے کے بعد میرے اندر بیٹھا جانور خاموشی سے مجھے بتاتا رہتا کہ ان سب کی ذمے دار کوئی اور نہیں فرحین ہے اور جیسے اس وقت میرا دماغ آگ کے شعلوں کی طرح جلنے لگتا۔ میں امید کر رہا تھا کہ ان حالات میں مجھے بیوی کی مدد ملے گی، حوصلہ ملے گا مگر مدد اور حوصلہ دور ہمارے چھوٹے سے مذاق کو جیسے فرحین نے اپنی نہ ختم ہونے والی ناراضگی سے جوڑ لیا تھا۔ میرے ساتھ مشکل یہ تھی کہ آفس میں چلنے والی

سازش یا مخالفت پر گھر میں کسی سے بات بھی نہیں کر سکتا تھا۔

اور اس رات ۔۔۔ شاید اندر دبالاوا آتش فشاں بن گیا تھا۔ ایک بار پھر ایڈ فلم کو لے کر بورڈ آف ڈائرکٹرس کی میٹنگ ہوئی۔ شاید زندگی میں، میں اتنا ہیومِلیٹ، کبھی نہیں ہوا تھا۔۔۔ میں گھر آیا تو میرا دماغ سوچنے سمجھنے سے انکار کر چکا تھا۔ ایک فائل کی تلاش میں فرحین سے میری جھڑپ ہو گئی۔ مجھے نہیں پتہ میں غصے میں کیا کیا بولتا رہا۔ میری آنکھیں لال تھیں۔ لوٹتے ہوئے میں نے شراب کے دو پیگ بھی لیے تھے۔ کچھ اس کا بھی اثر تھا۔ میں زور زور سے چلّا رہا تھا۔

"کیوں میری جان کی دشمن بنی ہو تم۔ مجھے چھوڑ کیوں نہیں دیتی۔ آئی ہیٹ یو۔ میری زندگی کو دوزخ بنا کر رکھ چھوڑا ہے تم نے۔ اور میں پورے ہوش وحواس میں تمہیں ۔۔۔ طلاق دیتا ہوں ۔۔۔ طلاق ۔۔۔ طلاق ۔۔۔ طلاق۔"

جیسے ہوا رک گئی۔

وقت رک گیا۔

بالکل فلمی منظر ۔۔۔ فرحین کا چہرہ سفید پڑ گیا — آنسو پلکوں سے زارو قطار گر رہے تھے — اچانک آواز آئی۔

"قریشہ، دلہن کو اپنے ساتھ کمرے میں لے جاؤ۔" میں مڑا۔ دروازے پر ابّا غصے سے آگ بگولہ کھڑے تھے۔ اماں کا چہرہ فق تھا۔

"اگر مولویوں کے حساب سے یہ طلاق جائز ہے تو دلہن اسی لمحے سے تم پر حرام ہوئی۔" رات کافی ہو گئی ہے۔ اب صبح مسجد میں جا کر اس پر فتویٰ لینا پڑے گا۔

ابّا کا چہرہ سخت تھا۔ مذہب سے کوئی سمجھوتہ نہیں۔

جب تک مجھے کچھ سمجھ میں آتا، اماں فرحین کا ہاتھ تھامے اپنے کمرے میں جا چکی

تھیں — اور اماں کے کمرے سے فواد کے رونے کی آواز آرہی تھی۔

*

تنہا کمرہ جیسے کچھ دیر پہلے آئے 'زلزلے' کا گواہ بن گیا تھا۔ غصے کے عالم میں دیئے گئے طلاق کے دو دو گواہ اماں اور ابّا کی شکل میں موجود تھے۔ اور میں جانتا تھا، ابّا چاہے تیموریہ سلطنت کے زوال کی علامت یا نشانی کے طور پر ہوں لیکن مذہب کے معاملے میں میں وہ کسی کٹّر سلطان سے کم نہیں۔ کمرے میں سگریٹ کا دھواں پھیل رہا تھا۔ خالی بستر مجھے کاٹ کھانے کو دوڑ رہا تھا۔ آج ساری رات مجھے اسی خالی بستر پر گزارنی تھی۔ اور اس کے بعد جو ہنگامے شروع ہونے والے تھے، میں نے اس کا اندازہ لگانا شروع کر دیا تھا۔ آفس کی پریشانیاں ہی کم نہیں تھیں، اور اب میں اپنی ہی نادانی سے ایک اور پریشانی کو جنم دے چکا تھا۔

صبح ہو گئی۔

ابا مذہبی معاملوں میں اپنی طرف سے کوئی فیصلہ نہیں لے سکتے تھے۔ فرحین کا سامان میرے کمرے سے اماں کے کمرے میں شفٹ کر دیا گیا۔ میں نے بیماری کا بہانا بنا کر آفس سے چھٹّی کر لی تھی۔ آنکھیں فرحین کو ڈھونڈ رہی تھی۔ وہ معصوم سی شرمیلی لڑکی، چھپ چھپ کر اسے دیکھنے والی۔ میری آہٹ پا کر آنچل کا کونا دانتوں سے دبا لینے والی ـــ۔ ایک بار پھر تاریخ زندہ تھی اور وقت کے ساتھ اپنی بوسیدگی اور افسردگی کی تشریح و توضیح کر رہی تھی۔

دس بجے ابّا مسجد گئے۔ اور آدھے گھنٹے میں ہی مسجد کے 'مولی صاحب' اور دو اماموں کو لے کر آ گئے۔ مجھے بلایا گیا۔ ڈرائنگ روم میں ابا سمیت ان تین اماموں کی موجودگی کے باوجود خطرناک حد تک سناٹا پسرا تھا — جیسے یہ امام یا مولوی کسی گھریلو جھگڑے کو سلجھانے

نہیں بلکہ کسی کی میت میں آئے ہوں

'۔۔۔ آپ نے بہت اچھا کیا، جو ہمیں خبر کی۔ خوشی ہے، اسلام زندہ ہے، اسلام در اصل ایسی ہی چھوٹی چھوٹی باتوں پر نظر رکھتا ہے۔'

ابا الجھن میں تھے —'لیکن کیا کیا جائے؟ فتویٰ کیا کہتا ہے، شریعت کیا کہتی ہے؟'

چشمہ لگائے سفید داڑھی والے امام فرقان کو میں پہچانتا تھا۔ ورنہ بڑے شہروں میں جان پہچان کے موقع ہی کیا ملتے ہیں۔ اتفاق سے پڑوس میں مسجد نہ ہوتی اور مسجد کو ابّا نے آباد نہ کیا ہوتا، تو ممکن تھا، یہ معاملہ اتنا آگے بڑھتا بھی نہیں۔ لیکن اب یہ معاملہ گھریلو نہیں تھا۔ مذہب کا معاملہ تھا، اور گواہی میں ابّا اور امی بھی شامل تھے۔

'لڑائیاں پہلے بھی ہوئیں؟'

'ہاں۔'

'لیکن اس بار تین طلاق۔۔۔ بڑی بھی اس واقعہ کی گواہ ہیں؟'

'ہاں۔' ابا کا لہجہ سہما ہوا تھا۔

'یہاں تو یہ معاملہ مسلک سے بھی جڑا ہے۔ آپ کو تو پتہ ہے بریلویوں کے گاؤں میں، دارالعلوم کے مولوی نے نماز جنازہ پڑھا دی تو کیا فتویٰ آیا—؟

مولوی صاحب کو یہ بات بری لگی تھی —'ہاں یاد ہے، ایک بریلوی مولانا کا فتویٰ آیا کہ جو لوگ نماز جنازہ میں شامل تھے 'ان کی بیویوں کا نکاح حرام ہے۔ پتہ ہے ایسے فتوے دین کا رتبہ گراتے ہیں۔ مذہب کو بدنام کرتے ہیں"

دوسرے امام بولے —وہ غصے میں تھے۔ 'ایسا آپ کیسے کہہ سکتے ہیں۔ بات مسلک کی ہے تو بریلوی مولانا نے کوئی غلط فتویٰ نہیں دیا۔'

کمرے میں شاہی گلدان اپنے نکمے پن کی کہانی سناتا ہوا خاموش تھا—میری نگاہ اس

طرف گئی پھر جھک گئی۔ تینوں مولانا فتوے کو لے کر الجھ گئے تھے۔ ابا نے بیچ بچاؤ کیا۔

'ارے بھائی۔۔۔ ہم نے بیٹے کو بلایا ہے۔ اس نے غصے میں طلاق دی۔ اب کرنا کیا ہے؟'

'آپ کا مسلک'۔۔۔ امام صاحب مسکرائے۔

'مسلک نہیں جانتا۔ نماز پڑھتا ہوں۔ سب کا احترام کرتا ہوں۔'

'لو، مسلک نہیں تو پھر کس کا فتویٰ مانیں گے۔ بریلویوں کا یا دیوبندیوں کا؟'

'اسلام کا —' ابا ناراض تھے —'قرآن پاک کیا کہتا ہے، حدیث کیا کہتی ہے۔ غصے میں طلاق ہوئی یا نہیں؟'

'طلاق کی پہلی ادائیگی غصے کی ہوتی ہے۔ باقی دو ادائیگی کے درمیان آپ کے سوچنے کی پوری گنجائش رہتی ہے' اسی لیے منہ سے تین بار طلاق، طلاق، طلاق نکالنے کا چلن ہے۔۔۔'

'کیوں میاں، اس سے پہلے بھی کبھی بیوی کو غصے میں طلاق دینے کی نوبت آئی؟ میرا مطلب ہے منہ سے تین بار بولنے کی نوبت'۔۔۔ اب تیر میری طرف تھے۔

دوسرے امام صاحب نے بھی دریافت کیا۔۔۔ 'کبھی اس سے پہلے غصے میں طلاق۔۔۔؟'

میں نے بات درمیان میں کاٹی —'غصے میں نہیں مذاق میں۔'

'مذاق —؟' آنکھیں بند کیے مولانا ابرار جھٹکے میں اٹھ کر بیٹھ گئے —'یعنی طلاق مذاق میں بھی دیا جاتا ہے —؟ امام صاحب ابا کی طرف مخاطب ہوئے۔۔۔ 'نوجوانوں نے مذہب کو بھی مذاق بنا رکھا ہے۔'

'یعنی مذاق میں کتنی بار۔۔۔' امام صاحب جیسے پیچھے پڑ گئے تھے۔

'شاید دو بار۔۔۔'

'یعنی کل رات ملا کر تین بار۔۔۔'

اس بار سفید داڑھی والے امام نے ابّا کی طرف دیکھا۔ بھائی میں تو یہی جانتا ہوں کہ ایک ساتھ تین طلاق کہنے سے بھی طلاق ہو جاتی ہے۔

'اور انہوں نے تو تین بار۔۔۔'

'لیکن دو بار مذاق میں —'مولی صاحب ٹھہرے —'کوئی شخص تین بار طلاق دے تو بیوی سے اس کا تعلق ختم ہو جاتا ہے۔ اب اس سے نکاح کی صورت صرف یہ ہے کہ کسی دوسرے شخص سے اس عورت کے نکاح کے بعد پھر طلاق ہو جائے اور دونوں نکاح کے لیے تیار ہوں۔۔۔'

سامنے کارنس پر دیکھا شاہی گلدان جیسے مسکرا رہا تھا۔ میرے کان کے پردے پھٹ رہے تھے —مولانا، امام صاحب اور ابا کی گفتگوئیں کہاں کس مقام تک پہنچیں' میں نہیں جانتا —لیکن شاید اب میں آگے کچھ بھی نہیں سن رہا تھا۔۔۔ دماغ پھٹا جا رہا تھا۔ صرف آدھے ادھورے سے کچھ لفظ میرے کانوں میں گونج رہے تھے۔ عدّت، دوسرا نکاح — پھر طلاق۔ قرآن شریف اور حدیث کے کوٹیشنس۔۔۔ شاید ابا بتا رہے تھے کہ وہ کسی مسلک کو تو نہیں 'لیکن دیوبندیوں کو زیادہ پسند کرتے ہیں۔

اور بڑے امام نے اٹھتے ہوئے کہا تھا — پھر دیوبند سے فتویٰ لیا جائے گا۔ آپ گھبرائیں نہیں، لیکن دلہن پر اب عدت لازم ہے۔ کیونکہ یہ شرعی معاملہ ہے۔۔۔

سب چلے گئے۔

ڈرائنگ روم میں اب کوئی نہیں۔ میں اکیلا ہوں۔ شاید ہمیشہ سے اکیلا رہا ہوں۔ میری نسیں پھٹ رہی ہیں۔ اپنی زندگی جینے کے لیے بھی مجھے مذہب کے فتوی کی

ضرورت پڑ گئی ہے — کہاں ہوں میں۔ کہاں کھڑا — میری اپنی آزادی کہاں ہے؟ انسانی زندگی کو مذہب کے فتوؤں سے آزاد کیوں نہیں کیا جاتا۔۔۔

میں نے کھڑے ہونے کی کوشش کی۔ لگا، اپنے پشتینی مکان میں ہوں۔ گھومتی چمگادڑیں — دیوار پر دوڑتی چھپکلیاں، ٹوٹتی محرابیں، بے رنگ و روغن دیواریں۔۔۔ میں ایک بار پھر ماضی کی گپھاؤں میں تھا۔۔۔ گپھا میں پھیلے ہوئے خوفناک سانپ۔۔۔ تاریخ چہرہ کہاں بدلتی ہے۔ لوٹ گھوم کر وہیں آ جاتی ہے۔ شاید، ہاں۔۔۔ تشریح و تعریف بدلتی رہتی ہیں۔ کسی فیصلے میں پہنچنے تک میں نے ڈرائنگ روم میں رکھے شاہی گلدان کو اس بار نظر اٹھا کر دیکھا اور ڈرائنگ روم سے باہر نکل گیا۔

اور آخر میں فیصلہ

Give me a theme

The little poet cried

And I will do my part

T is not a theme, u need'

The world replied

-you need a heart

مجھے کیا کرنا چاہئے اور کیا نہیں کرنا چاہیے — شاید اسی لئے تاریخ مجھے بد ہیئت اور بد صورت لگتی ہے — شاید اسی لیے میں نے خود کو حال کی سرنگوں کو سونپ دیا ہے۔ اپنی تمام تر آزادی کے احساس کے ساتھ — میں کچھ بھی پسند کروں — ایک بنجر زمین — خزاں کا موسم، میری گمنامی میری اپنی ہو — میرا لہجہ، میری فکر اور میرے فیصلوں پر میری اپنی مہر ہو — میں کچھ بھی پسند کروں — بچوں کو — پھولوں کو یا عورت — جنگلی اور

قبائلی تہذیب سے الگ — سفید سیاہ اور نفرت کے بادلوں سے الگ — میرا راستہ 'میرا اپنا راستہ ہو —

لیکن — زندگی کے ایسے ہر گوشہ، ہر راستے میں مذہب کیوں آ جاتا ہے؟ اس لیے مجھے دنیا کا یہ جواب منظور ہے — کہ تمہیں ایک دل کی ضرورت ہے — ایک دھڑکتے انسانی دل کی — اور اس دل پر کوئی روک کوئی بندش نہیں ہے —

اور اسی لیے اب ضرورت تھی کہ جو فیصلہ میں نے تمام تر غور و فکر کے بعد کر لیا ہے، اسے گھر کے لوگوں کے سامنے بھی رکھا جائے۔ مجھے علم تھا کہ مذہب کی نہ نظر آنے والی شاخیں میرے گھر میں دراڑ ڈال سکتی ہیں۔ مگر میں نے سب کچھ سوچ لیا تھا۔ شام تک کتنی ہی بار میں فرحین کا چہرہ دیکھنے کے لیے ترس گیا۔ ابّا مغرب کی نماز کے بعد لوٹے تو میں امّاں کے کمرے سے فرحین کا ہاتھ تھامے ڈرائنگ روم میں لے آیا — فواد، فرحین کی گود میں تھا — فرحین کا چہرہ ایک ہی دن میں کسی بے جان بت میں تبدیل ہو گیا تھا۔

میں نے نگاہیں اٹھائیں۔ ابا کی طرف دیکھا — قدرے ٹھہر کر اماں کی طرف۔ پھر آگے بڑھا — شاہی گلدان کو ہاتھوں میں اٹھایا اور اسے زمین پر زور سے دے مارا۔

'سنیے ابّا۔ اب ہم سلطان نہیں ہیں۔ عام آدمی ہیں۔ سلطان ہونے کی نشانی ٹوٹ چکی ہے —' میں ذرا زور سے بولا — اور یہ عام ادمی کا فتویٰ ہے ...' میں نے فرحین کا ہاتھ تھام لیا — مجھے فرحین کے ساتھ رہنے سے کوئی بھی نہیں روک سکتا۔ آپ کا فتویٰ بھی نہیں۔'

میری آواز بلند تھی — 'آپ کا مذہب بھی نہیں —'

میں نے پلٹ کر نہیں دیکھا کہ ابّا شاہی نشانی کے ٹوٹنے سے زیادہ زخمی ہوئے تھے یا مذہب کی پیروی نہ کیے جانے سے۔ لیکن ابھی ایک ردّ عمل باقی تھا — بیڈ روم میں داخل

ہونے کے بعد، میرا ہاتھ چھڑا کر فرحین نے تلخ لہجے میں دریافت کیا تھا—'شاہی گلدان توڑنے کی کیا ضرورت تھی—؟'

لیکن اس کے بعد کے لفظ کسی دھماکے سے کم نہیں تھے—'فیصلہ تم نے اکیلے کیسے کرلیا۔ مجھ سے نہیں پوچھا—کہ میں شریعت کو مانتی ہوں یا نہیں؟'

میں ایک بار پھر سنّاٹے میں تھا۔ یا ایک بار پھر شاہی گلدان کے ٹوٹنے کے باوجود میرے اندر کوئی سویا ہوا شہنشاہ بیدار ہو گیا تھا۔

مجھے احساس ہوا، بونسائی نیبو کے پیڑ کا قد ذرا سا اور بڑھ گیا ہو—

امام بخاری کی نیپکن

"ادب کے لئے مذہب ایک 'اسنابری' ہو جاتا ہے

جنگ کے نتائج کے نتائج کے طور پر، مذہب میں نئے نئے راستوں کے منہ کھل گئے

/

اور شاعر، خدا کو فیشنیبل رومالوں کی طرح استعمال کرنے لگے /

اس کے باوجود۔ بہت ہی معمولی رومال۔۔۔"

۔۔۔کافکا سے ایک مکالمہ

نیپکن ہے؟

ارے نہیں۔ نیپکن کا کیا کرنا ہے؟ نیپکن کو بھول گئے تھے، صلاح الدین قریشی۔ ابھی دن ہی کتنے گزرے ہیں۔ خدا قسم۔ کیا وہ جانتے تھے کہ نیپکن کیا بلا ہے۔ پہلی بار اپنے شہر کے ایم۔ ایل۔ اے کے ساتھ لنچ کرتے ہوئے وہ زور سے چونکے گئے۔

'کیا___ کھانے کے بعد نمکین۔ میٹھا تو سنا ہے سر۔۔۔'

'ارے ہم ہاتھ پوچھنے کو بول رہے ہیں۔ آپ بُڑ بکے رہ گئے صلاح الدین قریشی۔'

لیکن ٹھیک یہی 'لطیفہ' اِس واقعہ کے دوسرے ہی دن انہوں نے اپنی بیوی کے ساتھ بھی دُہرایا تھا۔ نیپکن کے نام پر 'تیسرے نمبر کی بیوی قریشہ بھی چونکی تھی۔' پگلا گئے ہیں کیا آپ۔ ارے کھانے کے بعد لوگ تو میٹھا مانگتے ہیں۔' زور زور سے قہقہہ لگاتے ہوئے صلاح الدین قریشی نے رنگین، کچھ 'لنگی' اسٹائل کا نیپکن ہاتھ میں اُٹھاتے اور ہاتھ

پوچھتے ہوئے ایم۔ ایل۔ اے صاحب والا جملہ دہرایا تھا۔ 'بڑبک، کوئی کیا کہے گا۔ نیپکن بھی نہیں جانتی کیا۔ ارے اِیسے ہے۔۔۔

'توکیا۔ ہاتھ نہیں دھوئیں گے ؟'

'پونچھ لیا۔ ' صلاح الدین قریشی فخر سے مسکرائے تھے۔ سب بڑے لوگ یہی کرتے ہیں۔ وہاں کا پانی سے ہاتھ دھونے کی فرصت ہوتی ہے۔ کھایا پیا___ پونچھ لیا۔ ایسے۔

بیوی کی آنکھوں میں حیرانی کی کیسی چمک تھی، صلاح الدین قریشی کے لئے ٹھہر کر اِسے دیکھنا اہم نہیں تھا۔ اہم تھا تو صرف یہ سوچنا کہ اب وہ بھی بڑے آدمیوں میں شامل ہوگئے ہیں۔ ایک بڑے آدمی یا ایک بڑا مسلمان۔۔۔

دلچسپ یہ تھا کہ اِس چھوٹے سے نیپکن کے ٹکڑے میں برسوں کی تاریخ سما گئی تھی۔

دلّی کی جامع مسجد۔ مغلوں کی حکومت۔۔۔ تہذیب کے سنہرے برس یا ماضی کے جھروکوں میں بند تہذیب کی نشانیاں، اردو اخباروں سے اُچھل اُچھل کر دل و دماغ میں جگہ بناتے امام بخاری اور اُن کے خاندان کی تاج پوشی کی خوبصورت کہانیاں___ دیکھا جائے تو سب کچھ یکایک ہوا تھا۔ دلّی، جامع مسجد، بخاری اور نیپکن___ یکایک ہی، اگر اِسے صرف محاورہ نہیں مانا جائے تو پیالے میں 'طوفان' جمع ہو گیا تھا۔

تین بیویوں والے صلاح الدین قریشی کو جیسے من مانگی مرادیں مل گئی تھیں۔

*

سیاست کا نشہ یکایک نہیں چڑھتا۔ آہستہ آہستہ چڑھتا ہے اور جب چڑھتا ہے تو آنکھوں پر کالی پٹّی باندھ دیتا ہے۔ دور کیوں جائیں، بچپن میں صلاح الدین قریشی نے ابا

کے ساتھ فتوحہ کی سڑکوں پر وہ منظر دیکھا تھا۔ جادوگر کھرانا آنکھوں پر پٹّی باندھے موٹر سائیکل دوڑا رہا تھا___ فتوحہ، مین روڈ کے دونوں طرف، آنکھوں میں چمک لئے کھڑے لوگوں کے درمیان یہ دانتوں سے انگلی کاٹنے والا منظر تھا___

'سب نظر بندی کا کمال۔'

ابا کہتے تھے___ ہنستے تھے___ 'وہ اپنی نہیں، تمہاری آنکھوں پر پٹّی باندھ دیتا ہے۔ ہوہوs

'لیکن۔۔۔'

'آنکھ بند کر چل سکتے ہو کیا؟ ہوہوs پھر ابا دنیا بھر کے جادوگروں کے قصّے لے کر بیٹھ جاتے۔ ایسی ایسی کہانیاں، ایسے ایسے کرشمے، کہ وہ پھٹی پھٹی آنکھوں سے، ابا کو نہار رہا ہوتا۔ تب پہلی بار مذہب کے کرشمے کے بارے میں بھی، اُس کے دل میں ایک چھوٹا سا وہم پیدا ہوا تھا۔ بڑے بھائی، سلیمان قریشی جو اُس سے کم سے کم 9-10 سال بڑے تھے، سمجھایا تھا۔

'جادوگروں اور پیغمبروں میں فرق ہوتا ہے۔ مذہب ایک اندھے عقیدے کا نام ہے۔ راستہ ذرا سا بھی مڑا تو دوزخ کا دروازہ حاضر۔۔۔'

تب یہی کوئی پندرہ سال کی عمر رہی ہو گی۔ بڑے ہوتے صلاح الدین قریشی کے دماغ میں کھُرانا جادوگر، موٹر سائیکل اور پٹّی بندھی آنکھوں کی جو تصویر کل سمائی، اُس نے پھر حافظے سے نکلنے کا نام نہیں لیا۔ ہاں، بڑے ہونے تک وہ اس نتیجے پر ضرور پہنچ چکا تھا کہ سیاست کی جادوگری، جادوگر کے کرشمے سے بھی کہیں زیادہ بڑی اور بھیانک ہے اور یہاں جو کرشمہ ہو سکتا ہے، وہ بڑا سے بڑا جادوگر بھی نہیں دکھا سکتا۔ یہی وہ وقت تھا، جب مذہب ناگ پھنی کے پودے کی طرح صرف چھونے کے احساس سے بھی چبھنے لگا

تھا۔ کبھی ڈھیروں سوال کھڑے کرتا۔ اُڑن کھٹولے سی فنتاسی، کہانیاں، جادوگر کے ڈبّے سے نکلنے والے چوزے کی طرح اُسے گھیر کر بیٹھ جاتے۔ الگ الگ کمروں میں عقیدت و احترام سے نماز ادا کرتے بھائی بہنوں کا چہرہ نظر آتا تو کھڑکی سے باہر جھانکتی آنکھوں میں ایک لمحہ کو شرمندگی کا احساس پیدا ہو جاتا۔

امّی کہتی ___ 'نماز پڑھا کر بیٹے۔ طبیعت کو سرشاری ملتی ہے۔'

ہاتھوں میں تسبیح لئے ابا اُس کے پاس آکر رُک جاتے۔ 'اب بڑے ہو گئے ہو۔ جتنا کہنا تھا۔ کہہ لیا لیکن ___ نماز پڑھو گے تو روح کو ٹھنڈک ملے گی۔ ویسے بھی ماحول اچھا نہیں ہے۔۔۔'

'ماحول۔۔۔؟'

ابا کے ساتھ ٹہلتے ہوئے صلاح الدین کی آنکھوں میں کتنے جلتے دیئے ایک ساتھ لرز کر رہ جاتے۔

ابا آہستہ آہستہ لفظ چبا رہے ہوتے ___ 'میاں آہستہ آہستہ سب کچھ ختم ہو رہا ہے ہمارا۔ پہلے لباس گیا۔ پھر نشانیاں ___ تہذیب کی اپنی نشانیاں ہوتی ہیں۔ کل جن پر ہم فخر کیا کرتے تھے۔ صدیوں کی بادشاہت۔ تاریخی مقامات۔ وقت میں بھی دیمک لگتی ہے صاحبزادے۔۔۔ ہے۔۔۔ ہے۔۔۔ تہذیبوں کے چراغ گُل ہو گئے۔ پچھلی بار دلّی گیا تو آنکھوں میں آنسو آ گئے۔

'کیوں بھلا؟'

جامع مسجد کا کیا حشر کر دیا ہے جاہلوں نے۔ اردو بازار ایک گندہ مچھلی بازار بن کر رہ گیا ہے۔ یہ محض عمارتیں نہیں ہیں صاحبزادے۔ تہذیبی وراثت ہیں۔ نشانیاں ہیں۔ انہیں کھو کر ہم کہیں نہیں ہیں۔ ایک راز کی بات سنو۔۔۔' ابا کی سرمہ لگی آنکھوں میں

فانوس روشن تھے ___ 'سیاست میں اب اِسی دروازے سے آنا ہو گا۔'

'یعنی جو راستہ اردو بازار سے ہو کر جاتا ہے۔۔۔؟'

ابا چپ تھے۔

'اردو بازار سے جامع مسجد اور لال قلعہ تک۔ لال قلعہ سے۔۔۔'

ابا ایک بار پھر خاموش تھے۔

'سیاست نہیں ابا۔ یہ راستہ مسلمانوں کی سیاست سے ہو کر جاتا ہے ___ ' صلاح الدین کے دل میں آیا کہ پوچھیں، کہ کیا سیاست میں آنے کے لئے اس راستے کی پونچھ پکڑنا ضروری ہے ابا ___ ؟'

لیکن تب تک جامع مسجد سے بلند ہونے والے سیاسی خطبوں نے جتا دیا تھا کہ ابا نے کتنا پہلے مسلمانوں کی سیاست کے دروازے کو دیکھ، جانچ اور پرکھ لیا تھا۔ پہلی بیوی کی اچانک موت دوسری سے دل نہ ملنے اور طلاق دینے کے بعد تیسری قریشہ سے 'ٹانکا' جڑنے تک صلاح الدین سیاست میں آنے کا من بنا چکے تھے۔ وہ بھی مسلمانوں کی سیاست میں ___ لیکن وہ یہ بھی جان رہے تھے کہ معاملہ جتنا سیدھا سیدھا نظر آتا ہے، اُتنا ہے نہیں۔ بلکہ کہا جائے تو ٹیڑھی کھیر ہے۔

'بانس پر چڑھنے کا تجربہ رکھتے ہیں کیا؟ نہیں نا۔ پھسل جایئے گا۔۔۔'

صلاح الدین کے سیاست میں آنے کی خبر ملتے ہی یہ پہلا جھٹکا ملا تھا، ربانی گوشت والے کی دکان سے ___ صبح صبح گوشت لانے والی عادت ابھی تک تبدیل نہیں ہوئی تھی۔ اس سے دو فائدے تھے۔ قاعدے سے دیکھیں تو ذات برادری۔ لیکن وقت کے ساتھ پیشے بدل گئے تھے۔ پہلے یہاں ربانی کا باپ بیٹھتا تھا اور ابا گوشت لانے جاتے تھے ___ لیکن بچپن سے ہی ابا کی انگلیاں تھامے، قصائی ٹولہ کی گلیاں ناپتے صلاح الدین کو بھی

اچھابُرا گوشت سمجھنے کی عادت پڑگئی تھی۔ کبھی کبھی کسی دن نہیں آنے پر ربانی مذاق بھی جڑ دیتا___ 'آجایا کرو صلاح الدین بابو۔ گوشت کی بوٹیاں، کاٹھ کے ٹھیہے پر کاٹتا ہوا وہ دوسرا لقمہ جڑ دیتا___ ایمان بھی تازہ رہتا ہے اور ذات برادری بھی۔۔۔ وہ کیا کہتے ہیں ۔۔۔'انڈر اسٹینڈنگ' بھی باقی رہتا ہے۔۔۔'

بس اسی بات پر صلاح الدین کے اندر تک آگ لگ جاتی تھی۔ س۔۔۔ سالہ۔۔۔ قریشی ہونے مطلب یہ تو نہیں کہ اُن کا خاندان بھی یہی کاروبار کرتا رہا ہو۔۔۔ مگر وقت گزرتے ہی سیاست میں آنے کا خیال آتے ہی اُسے سمجھایا گیا تھا۔۔۔ میاں پہلے اپنا ایک منچ تو بنالو___ قریش منچ۔ رجسٹریشن کرالو___ مہینے میں ایک بار میٹنگ کر لو۔ اردو اخبار تو کچھ بھی چھاپتے رہتے ہیں۔ لیٹر پیڈ پر رجسٹریشن نمبر ہو گا تو آپ کی ہر خبر شائع ہو گی۔ یہی تو راستہ ہے میاں۔ 'بڑی سیاست' میں جو بھی واقعہ پیش آتا ہے، قریش منچ کے پیڈ پر ایک خبر بنا کر بھیج دو۔ ہر پارٹی کو ایسے ہی لوگوں کی ضرورت پڑتی ہے، جن کے پاس 20-25 لوگ ہوں۔ ضرورت پڑے تو قصائی ٹولہ کے چھوکروں کو ٹرک میں بٹھاؤ اور نیتا کے گھر اپنی طاقت کا مظاہرہ کر آؤ۔ یہی شارٹ کٹ ہے میاں جی___ سب یہی کرتے ہیں۔۔۔ خبریں چھپنے لگیں گی تو لوگ بھی جاننے لگیں گے۔ نیتا لوگ بھی پوچھیں گے ___ کون ہے یہ صلاح الدین قریشی___ بس بن گئی نا دھاک۔ سینہ چوڑا کرو اور قریشی برادری کا نام اونچا کرو۔

مگر 'بانس پر چڑھنے' کا تجربہ والی بات کہہ کر ربانی گوشت والے نے صلاح الدین کے، سیاست کی طرف بڑھتے پاؤں کو روکنے کی کوشش ضرور کی تھی اور یہاں بھی سیاست سے بھرا ہوا داؤ کھیلا تھا صلاح الدین نے۔ آنکھیں بھر کر دیکھا ربانی کو۔ کپڑے اُدھاڑے بیٹھا تھا۔ چالیس، بیالیس کی عمر۔ آس پاس والے سب ڈرتے تھے اُس کے نام

سے۔ یہ بھی سننے میں آیا تھا۔ کئی قتل کر چکا ہے۔ مگر پولس ہاتھ رکھنے سے ڈرتی ہے۔
آنکھ بھر کر دیکھا صلاح الدین نے۔ پھر ریل کو پٹری پر لانے کی کوشش کی۔
'کیوں ___؟ پھر کوئی بانس پر چڑھے ہی نہیں، کیونکہ تجربہ نہیں ہے۔۔۔'
'یہ تو میں نے نہیں کہا۔۔۔ گوشت کاٹتے کاٹتے ربانی چونکا۔'
'ہم تو منچ بنا چکے ہیں ربانی بھائی۔۔۔'یہ صلاح الدین کی طرف سے پھینکا گیا سکسر تھا

۔۔۔

'کیا؟'

دیکھتے نہیں۔ دیش بھر میں مسلمانوں کا، کیا حال ہو رہا ہے۔ توڑنے والے مسجد توڑ کر مندر بنا دیتے ہیں اور جو یہاں کی بھی مسجد توڑی جانے لگی تو۔۔۔؟'
لال آنکھیں لئے لوہے کے 'چاپڑ' کو گھڑاک سے کھلّی پر دے مارا ربانی نے۔۔۔ آنکھیں غصّے میں اُبل رہی تھیں۔ کوئی ایسا کر کے دکھائے تو۔۔۔ دس۔۔۔ پندرہ۔۔۔ ایک سانس میں وزنی گالیوں کا بخار کم پڑا تو صلاح الدین مسکرائے۔۔۔
'اب بتایئے۔ منچ چاہیے کہ نہیں۔ آپ کہتے ہیں۔ بانس پر کون چڑھے گا۔ اِدھر تو ہم بانس پر چڑھنے کا من بنا چکے ہیں۔ آپ چڑھائیں گے بانس پر۔ آپ کے ساتھ ہم چڑھیں گے۔ اب بولئے۔۔۔

'معنے۔۔۔؟'

'معنے یہ ربانی بھائی کہ ہم نے فیصلہ کر لیا ہے۔۔۔'

ربانی نے اپنے لئے بھائی کا لفظ سنا تو اُس کا سینہ چوڑا ہو گیا۔۔۔

'مطلب سمجھایئے۔'

'قریش منچ کے آپ سکریٹری ہیں آج سے ___ دفتر ہو گا، ہمارے گھر کے

پچھواڑے والا کمرہ۔'

'ہم سکریٹری ہیں۔۔۔'

گوشت کاٹنا چھوڑ ربانی نے پھٹی آنکھوں سے اُس کی طرف دیکھا۔ چاپڑا اور کھلی کو کنارے کرتے ہوئے، ٹھیل اُسے گوشت کا پولیتھن تھما کر، 'اُگھاڑی' ہوئی شرٹ دو بار ننگے بدن پر ڈال کر ایسے اُٹھا، جیسے کوہ نور ہیرا حاصل ہو گیا ہو۔۔۔

'آپ عظیم ہیں صلاح الدین بابو۔۔۔'

'نہیں۔ اس میں عظیم ہونے جیسی کوئی بات نہیں۔ منچ بن چکا ہے۔ کل کو ہم پارٹی سے بھی جڑیں گے یا اپنی پارٹی بنائیں گے۔ مگر طے رہا۔ آپ ہمارا ساتھ دیں گے۔'

'یہ بھی بھلا پوچھنے کی بات ہے۔'

صلاح الدین کے تیزی سے بڑھتے قدم کو ایک بار پھر ربانی گوشت والے نے ٹوکا تھا____

'سنیئے۔۔۔ 'سنیئے صلاح الدین بابو۔ وہ کیا کہتے ہیں۔۔۔ لیٹر پیڈ پر ہمارا نام چھپے گا نا ۔۔۔'

'کیا بات کرتے ہیں آپ۔ سکریٹری ہیں۔ آپ کا نام نہیں چھپے گا تو کس کا چھپے گا ۔۔۔'

ربانی کی آنکھوں میں چمک تھی____ ایسی چمک جو تازہ گوشت میں ہوتی ہے۔

2

سیاست کا پہلا قلعہ اس آسانی سے فتح ہو جائے گا، یہ سوچنا بھی صلاح الدین کے لئے مشکل تھا۔ ربانی کو شامل کئے جانے والی بات پر پہلا اختلاف تو گھر سے ہی شروع ہوا۔ قریشہ نے ڈرائنگ روم میں زور زور سے ہونے والی گفتگو سن لی تھی۔ چائے کے بہانے 'ذرا

اِدھر تو آیئے 'کا فرمان جاری کرنے والی قریشہ کے چہرے پر ناراضگی تھی ۔۔۔

'کیا بات کرتے ہیں ۔۔۔ وہ گوشت والا ۔۔۔'

'تم نہیں سمجھو گی قریشہ ۔۔۔'

'اب وہ گوشت والا آپ کی برابری کرے گا۔ یہی سمجھانا چاہتے ہیں نا آپ ۔۔۔؟'

'نہیں، یہ نہیں سمجھانا چاہتے ہیں ۔۔۔'

'پھر کیا سمجھانا چاہتے ہیں۔ آپ ہی بتایئے ۔۔۔'

'باہو بلیوں کا زمانہ ہے۔ ٹی وی نہیں دیکھتی ہو کیا۔ جیسے اکھاڑے میں پہلوان اُتارے جاتے ہیں، ویسے آج کل پارٹی میں یہ 'باہو بلی' اُتارے جاتے ہیں ۔۔۔

قریشہ کے چہرے پر آنے والی چمک نے ظاہر کر دیا تھا کہ وہ میاں کی سیاست کے اِس توڑ کو سمجھ چکی ہے۔ صلاح الدین نے آرام کی سانس لی۔ قریشہ تو مان گئی لیکن شاید ابا حضور کا زمانہ ہوتا تو وہ ہرگز نہیں مانتے۔ لمحہ بھر میں صلاح الدین ایوبی سے لے کر اسلامی تاریخ کے اوراق اُلٹ پلٹ دیئے جاتے۔ جس کا مفہوم ہوتا کہ اسلام 'باہو بلیوں' یا تلوار کے بل پر نہیں، اپنے اعمال سے پھیلا ہے۔ یہ تو یہودیوں کی سازش ہے کہ ساری دنیا میں مسلمانوں کو بدنام کر دیا جائے۔

ابّا کے انتقال تک گھر کا بٹوارہ ہو چکا تھا۔ سلام بھائی کے گھر کے آگے بندھی ہوئی خصّی، بکریوں کی فوج اُسے ناگوار گزرتی تھی۔ وہ پنج وقتہ نمازی تھے۔ گھر میں بچے بچیوں کی لمبی فوج تھی، جن کی روزانہ کی چیخ وپکار بٹوارے والی دیوار سے آتی ہوئی صلاح الدین قریشی کے مزاج کو ناگواری میں بدل دیتی تھی۔ کہاں تو نمازی پرہیز گار ___ ہر سال بچو ں کی لائین لگا دی ___ ٹھیک ہے، بچے ہو گئے تو اُن کی ڈھنگ سے پرورش تو کیجئے ___ بس، مسلمان صرف آبادی بڑھانے پر دھیان دیتے ہیں۔ اس لئے آر ایس ایس والے اِن

سے چڑھتے ہیں۔

پہلے چھوٹا سا کباڑا کا بزنس شروع کیا صلاح الدین قریشی نے۔ بزنس میں فائدہ ہوا۔ چودہ طبق روشن ہو گئے ___ مگر 'صلاح الدین کباڑی والے' کا نام اُن کے 'ایستھیٹک' کو بوجھل کر دیتا تھا۔ پیسے کی ریل پیل شروع ہو چکی تھی۔ فتوحہ مین مارکیٹ میں کپڑوں کی دکان کھل گئی۔ قسمت یہاں بھی چمکی۔ دیکھتے ہی دیکھتے مین مارکیٹ میں کپڑوں کے تین شوروم کھل گئے۔

کہتے ہیں، پیسے آتے ہیں تو آگے کے دس دروازے بھی کھل جاتے ہیں۔ پھر کیا تھا، ایم ایل اے اور ایم پی کے یہاں بھی آنا جانا شروع ہو گیا اور یہ وہی پارٹی تھی، جہاں پہلی بار صلاح الدین قریشی نے 'نیپکن' کا استعمال کیا تھا ___ نیپکن کو نمکین سمجھنے والی بات پر ٹھہاکہ لگاتے ہوئے ایم ایل صاحب نے ہی سب سے پہلے اُسے سیاست میں آنے کی دعوت دی تھی۔

'ہم آپ کا احسان بھولے نہیں ہیں۔ الیکشن میں آپ کے لوگوں نے بڑی مدد کی ہے ---'

'سو تو ہے--- اب آپ ہماری مدد کیجئے نا---'

'سب سے پہلے اپنے شہر کے مسلمانوں کو جوڑیئے، میرا مطلب ہے، ایک کیجئے ___ چلئے مانتے ہیں، قریشی برادری پر آپ کا کنٹرول ہے اور باقی برادری پر ___؟ ہم تو ایسے ناپتے ہیں صلاح الدین صاحب---' ایم پی نے کھانے کے بعد باہر نکلی آرام چیئر پر اپنے پاؤں پسارتے ہوئے کہا ___ 'سمجھئے 'ہی یاں روپے میں دس آنا مسلمان ہیں تو آپ کے حصے میں ایک آنا بھی نہیں آیا ___ پورے دس آنا کو اپنے قبضے میں کیجئے نا---'

'لیکن یہ کیسے ہو گا---'

'تھوڑا اس شہر سے باہر نکلئے ___ باہر ___ ایک پالٹکس جامع مسجد کی بھی ہے ___ ہے کہ نہیں؟ وہاں بھونپو پر بخاری ایک بات بولتے ہیں۔ ہی یاں آگ لگ جاتی ہے ___ کاہے؟ کاہے کہ دلّی کی جامع مسجد بولتی ہے۔۔۔'

'وہ امام ہیں بڑے آدمی ہیں ___ 'صلاح الدین قریشی کہتے کہتے ٹھہرے۔

'آپ لوگ اُن کی آواز پر ناچتے ہیں کہ نہیں۔'

'سب ناچتے ہیں۔'

'کاہے ناچتے ہیں؟ امام ہیں تو نماز پڑھائیں۔ پولٹکس میں آنے کی کیا ضرورت تھی ۔۔۔ مسکراتے ہوئے ایم ایل اے صاحب نے گولڈ فلیک کا سگریٹ جلالیا۔ مسکرائے ___ 'تو مانتے ہیں نا آپ ___ کہ سیاست میں دم ہے۔ سیاست سب کو نچا سکتی ہے۔ آپ بھی ناچئے۔۔۔'

'ہم کیسے نچائیں ___ اور ایک بات جان لیجئے۔ امام صاحب کی مسلمانوں پر گرفت کمزور ہو گئی ہے۔ جب سے انہوں نے فرقہ پرست پارٹی کا ہاتھ تھاما ہے، مسلمان اُنہیں اپنا نیتا تسلیم نہیں کرتے۔۔۔'

'یہی تو۔۔۔ یہی تو آپ غلط سوچتے ہیں صلاح الدین۔ ایم ایل اے صاحب سنجیدہ تھے ___ 'اس ملک میں مسلمانوں کی آواز آج بھی امام ہیں۔ آپ نہیں ہیں۔ وہ پارٹی بدلیں یا بلڈر بن جائیں ___ سرکار کو مسلمانوں کے کسی بھی مسئلہ پر بات کرنی ہو گی نا، تو وہ آپ کے پاس نہیں آئیں گے۔ امام کے پاس ہی جائیں گے ___ باقی معاملے، مقدمے بازیاں تو چلتی ہی رہتی ہیں سیاسی سنکٹ کو کیسے ٹالنا ہے، یہ آپ نہیں امام جانتے ہیں اور جان لیجئے۔ آج کے زمانے میں بدلو اور دل بدلو کچھ نہیں ہوتا۔ نام بکتا ہے ___ لوگ، پچھلا، ماضی سب کچھ بھول جاتے ہیں ___ آپ پہلے امام صاحب کی پونچھ پکڑیئے ___ تھوڑا

لائم لائٹ میں آیئے۔ پھر مرضی آپ کی ___ چاہیں تو آپ اُن کی پونچھوا چھوڑ دیجیے۔ جس پارٹی کی چاہیں، پونچھ پکڑلیجئے اور ہاں سنئے۔'

'کیا؟'

'سنا ہے وہ کوئی اپنی مسلم پارٹی بنانے جارہے ہیں۔ انہیں پورے دیش کے مسلمانوں کا ساتھ چاہئے ___ 'ایم ایل اے صاحب ہنسے تھے ___ پونچھ پکڑنے کا یہ بالکل صحیح ٹیم ہے۔ وہ کیا کہتے ہیں۔ یہی ہے۔۔۔ رائٹ چوائس بے بی۔۔۔ اہا'۔

3

حقیقت یہ ہے کہ امام بخاری کی نیپکن سے سیدھے سروکار ہونے کا قصّہ بھی یہیں سے جڑا تھا ___ اور سچ پوچھئے تو ایک وقت تھا، جب بڑے بخاری کی ایک آواز سے پورے ملک کے ماحول میں گرمی آجاتی تھی۔ لوگ انتظار کرتے تھے۔ کب جمعہ آتا ہے، کب دلّی کی شاہی مسجد سے مسلمانوں کے لئے نیا فرمان جاری ہوتا ہے۔ صلاح الدین قریشی، شاہی مسجد اور بخاریوں کے 'نشاۃ ثانیہ' سے واقف تھے۔ کہاں تو سمرقند و بخارا اور کہاں جامع مسجد سے جڑی ہوئی شاہی وراثت لیکن اس شاہی وراثت میں پہلے بھی کم پیوند نہیں لگے ___ جب ایمر جنسی کے دنوں میں اندراجی کی بات پر، 'نسبندی پر مسلمانوں کا جھکاؤ' جیسے فیصلے پر بڑے بخاری نے آرام سے قرآن اور حدیث کی روشنی میں اپنا فیصلہ جاری کر دیا تھا ___ کیا ہندی اور انگریزی اخبار ___ اردو اخباروں میں تو بخاری ہی بخاری تھے ___ تب ٹی وی کہاں تھا ___ چینل کہاں تھے ___ کالے چشمے اور رعب دار سفید چہرے والی تصویر اپنے آپ میں کافی تھی۔ جس کا خوف آرام سے ہندو محلے میں محسوس کیا جا سکتا تھا ___ لیکن یہیں سے بڑے بخاری کے لئے مخالفت کا بازار بھی گرم ہوا تھا۔ سیدھے سادھے کٹر پنتھی مسلمانوں کو نسبندی کرائے جانے کی بات آسانی سے ہضم نہیں ہوئی۔

کچھ نے تو اُسے مغل شاہی مسجد کے حجرے میں، وزیر اعظم کے ذریعہ بھیجے گئے نمائندے سے خفیہ اور منافع بخش سمجھوتے کا نام دیا تھا۔ تب ایک زمانہ تھا، جب بڑے بخاری کے خلاف میں لکھی گئی تحریریں یا اخبار و رسائل جامع مسجد کے گلیاروں میں نذر آتش کر دیئے جاتے تھے لیکن 'اس خفیہ سمجھوتے' سے مخالفت کا بازار بھی کھلا، ساتھ ہی مستقبل میں آنے والی حکومتوں کے لئے بھی ___ مسلمانوں کے ہر طرح کے مسائل کو سلجھانے کے لئے، شاہی مسجد کے دروازے کھل گئے۔

کہتے ہیں دلّی بولتی ہے اور سارا ہندستان سنتا ہے ___ شاہی مسجد کے گلیاروں سے نکلتی آوازیں فتوحہ کے گلی کوچوں میں بھی آرام سے پھیل جاتی تھیں ___ تب ابا زندہ تھے ___ ابّا جو کہا کرتے تھے کہ قومیں اپنی نشانیوں سے پہچانی جاتی ہیں ۔۔۔ لیکن اِن نشانیوں کے پالنہار اب سمجھوتہ پرست ہو گئے ہیں۔ موقع پرست ___ ایسے موقع پرست، مسلمانوں کے قائد نہیں ہو سکتے۔ برصغیر کی 800 سالہ مسلم دور حکومت میں بنائی گئی مسجدیں اور یادگار آج زوال کے قریب ہیں تو ان کا ذمے دار کون ہے ___؟ ابّا، مولانا عبد الکلام آزاد جیسے کمزور مسلمان رہنماؤں کی مثال لے کر آ جاتے تھے۔ جن کی کانگریس سے خوشامد اور چاپلوسی کی کہانیوں نے کتاب لکھنے اور رسالہ نکالنے سے الگ، کبھی انہیں ایک بہتر قائد بننے نہیں دیا ___

ابّا کہتے تھے ___ آٹھ سو برسوں کی حکومت۔ بھلانے میں وقت لگتا ہے بیٹے۔ وشو ہندو پریشد جیسے نیتاؤں کو یہی تو ہضم نہیں ہوتا۔

لیکن ابّا اپنی داستانوں میں مغلیہ حکومت کے زوال اور انگریزوں کے عروج کا قصّہ مسلم حکمراں کی کمزوریوں اور عیاشیوں سے تعبیر کرنے کو تیار نہیں تھے۔ ذرا سی کرسی اور پاگل پن کا نشہ تغلق سے بخاریوں تک پھیلا ہوا تھا ___ ایک بار تنقید کے دروازے

کھلتے ہیں تو تسلیوں کے دس دروازے بھی کھل جاتے ہیں۔ اُنہی دنوں چھوٹے بخاری کے امام سے 'بلڈر' بن جانے کا بھی دھماکہ ہوا تھا ___ پھر بجرنگ اور شیو سینا کے طرز پر 'آدم سینا' بنانے اور آدم سینا' میں شامل ناموں کو سرکاری خفیہ فائل تک پہنچانے کا معاملہ بھی سامنے آیا تھا۔

حقیقت یہ تھی کہ شاہی وراثت کے مینار اور گنبد ذرا سا دھندلے پڑ گئے تھے ___ شاہی مسجد سے آتی صداؤں میں اب پہلے جیسی گرمجوشی اور تمازت نہیں رہ گئی تھی۔ کالے فریم سے جھانکتی آنکھیں اپنا خوف اور رتبہ کھو رہی تھیں ___ ملک میں فرقہ پرستی کے رتھ گھومنے، بابری مسجد کے مسمار ہونے کے بعد سے لے کر مسلم سیاست میں اُٹھا پٹک تو کافی ہوئی لیکن دوسرے مسلم نیتاؤں کے ساتھ بخاری خاندان کا اثر بھی زائل ہوتا رہا ___ ایک وقت وہ بھی آیا جب بڑے بخاری مسلسل اپنی مخالفت سے گھبرا کر، اپنا تاج اپنے بیٹے کو سونپ کر، شاہی محل کے گلیاروں میں اوجھل ہو گئے ___ نئے امام بنے بخاری حکمراں، فرقہ پرست پارٹی کا ساتھ دینے کے لئے نہ صرف بدنام ہوئے بلکہ رہی سہی کسر چھوٹے بخاری نے پوری کر دی، جو بہار کے چھوٹے شہروں سے فتوحہ تک حکمراں پارٹی کی حمایت میں لگاتار دورے کر رہے تھے۔

صلاح الدین قریشی ایک بھیانک 'اگنی پریکشا' سے گزر رہے تھے۔ سچ اور غلط کی تعریفیں کسی قدیم زمانہ کی یاد دلاتی تھیں۔ کہاں اس گلوبل تہذیبی، گاؤں میں ماضی کے ایسے اوراق یاد رکھے جاتے ہیں ___ یاد رکھا جاتا ہے تو صرف حال۔ ممکن ہے آپ کا مستقبل خوبصورت ہو اور آپ کا حال شاندار مگر آپ کا ماضی تو وہی رہتا ہے۔ آلودہ اور داغدار ___

ابّا کی باتیں کہیں دھند میں اُتر گئی تھیں۔ قریش منچ کی آئندہ میٹنگ میں بخاری کو خط

بھیجنے کا فیصلہ کیا گیا۔ جسے تھوڑی بہت تنقید کے ساتھ منظور کر لیا گیا۔ قریش منچ کے خوبصورت لیٹر پیڈ پر، محلے کے صحافی نبی احمد سے لیٹر ڈرافٹ کرایا گیا اور خط شاہی مسجد کے پتہ پر بھیج دیا گیا اور اتفاق دیکھئے ___ ایک ہی ہفتہ کے اندر جامع مسجد کے خوبصورت لفافے اور پیڈ پر جواب بھی آگیا تھا۔ فوراً ملنے کو کہا گیا ___ بلکہ یہ بھی لکھا گیا تھا کہ ہو سکے تو بیوی اور بچوں کے ساتھ آیئے ___

قصّہ کوتاہ، لنگی جیسے دکھنے والی نیپکن کی کہانی تھوڑا اور آگے بڑھی۔

4

چار خانے کی لنگی، وہ بھی گھٹنے تک موڑ کر باندھنے والے، ربانی گوشت والے سے شروع شروع میں، صلاح الدین کو پریشانیوں کا سامنا تو کرنا پڑا لیکن برادری والوں کو ایک جٹ کرنے میں اُس کا بڑا ہاتھ رہا ___ چار خانوں کی لنگی کی جگہ اُس نے کُرتا پائجامہ بھی پہننا شروع کر دیا تھا۔ اردو اخباروں میں قریش منچ کی چھپی خبروں میں اب اُس کا نام بھی آنے لگا تھا۔ یہ سب باتیں ربانی کو اب بڑا آدمی سمجھنے میں مدد دے رہی تھی اور ربانی گوشت والا ان سب کے لئے صلاح الدین کا شکر گزار تھا، جس نے چاپڑ سے بوٹی بوٹی گوشت کاٹنے والے کے اندر ایک مسلم سیاستداں کو ڈھونڈ نکالا تھا۔۔ اور بقول ربانی، 'پالیٹشین' ایسے ہی پیدا ہوتے ہیں۔ کوئی آسمان سے تھوڑے ٹپکتے ہیں۔۔۔'

ربانی گوشت والے کی دو ایک باتوں سے صلاح الدین کو شروع شروع میں الجھن کا سامنا تو کرنا پڑا لیکن بعد میں اُس کے بھی نتیجے اچھے نکلے۔ جیسے ایک بار اُس کی غیر موجودگی میں ربانی نے قصاب ٹولہ کے قصابوں کی ایک ایمرجنسی میٹنگ بلالی ___ مُدّعا تھا گوشت کی قیمت میں اضافہ اور دوسرا، قصاب کے پیشے کو عزت کی نظروں سے دیکھا جائے ___ اُن دنوں وہ کپڑے کے شوروم کی خریداری کے لئے باہر گیا تھا۔ واپس آنے

پر پٹنہ سے شائع اردو اخباروں میں ربانی کی چھپی خبروں پر اُسے تعجب کی بجائے غصّہ آیا لیکن اس کا اظہار کرنے سے وہ قاصر تھا___ لیکن اسی کا دوسرا پہلو تھا، جو اُسے ایک صحافی دوست نے سمجھایا کہ عوام کے درمیان بڑی بڑی خبروں کی بجائے ایسی خبروں کا اثر زیادہ ہوتا ہے جو چھوٹے طبقے سے جڑی ہوں___ خاص طور سے جن میں چھوٹے چھوٹے مسائل پر دھیان دیا گیا ہو___ ہاں ایسی خبروں سے قریش منچ کو فائدہ ہوا لیکن زیادہ اُچھل کود مچانے اور نئی تکنالوجی کے غیر ضروری استعمال سے ربانی گوشت والے کو کافی نقصان بھی سہنا پڑا تھا___ ہوا یوں کہ اُس میٹنگ کے بعد، دبئی اور یو اے ای سے آنے والوں کے منہ سے ڈبہ بند گوشت کے بارے میں سنتے سناتے ربانی نے اپنے پیشے کو نئی تکنالوجی کے آئینہ میں اُتارنے کی پہل کر ڈالی۔ ٹین کے ایک سائز کے ڈبے خریدے گئے___ 'قریش مٹن کارنر' کا لیبل چپکایا گیا___ ربانی تو اُس پر قریش منچ کا لیبل چپکانا چاہتا تھا، لیکن منچ سے جڑے لوگوں کی مخالفت کا ڈر بھی تھا___ فتوحہ میں سائنس پڑھنے والے طلباء سے مشورہ ہوا۔ پلیٹ کے اندرونی حصّے کو سوڈیم اور کیلشیم کے ذریعے جمانے کی کوشش کی گئی۔ شروع میں ایسے 100 ڈبوں کو جانچ کے طور پر تیار کرنے کی ذمے داری تھی مگر بُرا ہو سائنس کا، جس نے کبھی بھی ربانی جیسے لوگوں کا ساتھ نہیں دیا___ ڈبے سے بدبو آنے لگی___ ناکام تجربہ کا وقت وہی تھا، جس کے ٹھیک دوسرے دن صلاح الدین اپنی بیوی قریشہ کے ساتھ امام بخاری سے ملنے کے لئے ٹرین پکڑنے والے تھے۔ ڈبہ بند گوشت کے ناکام تجربہ کے باوجود مطمئن، ربانی اور منچ سے جڑے دوسرے لوگ ٹرین تک دونوں شوہر بیوی کو چھوڑنے آئے۔ سارا معاملہ سیاست سے جڑا ہوا تھا___ جیسے وہاں سے واپس آتے ہی صلاح الدین قریشی، مسلم سیاست میں کسی نئے باب کی شروعات کرنے جا رہے ہوں۔

دلّی پہنچنے، جامع مسجد کے قریب رفیق ہوٹل میں کمرہ لینے، فون پر گفتگو کے بعد دوسرے دن سات بجے ملنے کا وقت اور رات کا کھانا ساتھ میں کھانے کی اجازت مل چکی تھی۔ پتہ نہیں کیوں، اِن سب سے گزرنے کے دوران اُسے وہ منظر بار بار یاد آتا رہا، جو اُس نے فتوحہ کی سڑکوں پر ___ آنکھ پر پٹّی باندھے موٹر سائیکل چلاتے جادوگر کو ابّا کی انگلیاں تھامے کبھی دیکھا تھا۔

5

ابّا نے کہا تھا، تہذیبیں اور قومیں اپنی نشانیوں سے بھی جانی جاتی ہیں لیکن نشانیاں کہاں ___ دھندلی ہوتی نشانیوں کے ساتھ پرانی دلّی کے بازار آباد تھے ___ اردو بازار، مچھلیوں کی بدبو اور سڑک پر افراتفری کے ماحول کوئی نئے نہیں تھے۔ نئے تھے تو اِس بار دیوار پر لگے ہوئے، امام مخالف پوسٹر، جن کے بارے میں صلاح الدین نے سنا تو تھا، لیکن ایسے 'تاریخی پوسٹروں' کے دیدار پہلی بار ہوئے تھے۔

شام کی بتیاں جل چکی تھیں۔ پرانے بازار کی رونق اپنے عروج پر تھی۔ جامع مسجد کے ٹھیک پیچھے بنا جنت نشاں، مغلیہ سلطنت کے دور کی یاد دلانے کے لئے کافی تھا۔ یہی وہ جگہ تھی، جہاں امام نے اُن کی ملاقات کی جگہ مقرر کی تھی۔ صلاح الدین نے سن رکھا تھا کہ اس جنت نشاں میں کچھ بیش قیمت جنگلی پرندے بھی ہیں۔ جیسے کرشن مرگ، بلیک بک، پاڑاہرن، ہاگ ڈیر۔ وہی جنگلی جانور جن کے 'غیر ضروری استعمال' پر منیکا گاندھی کا قہر برستا تھا، یا سلمان خاں جیسے ہیرو کو جیل کی ہوا کھانی پڑتی تھی ۔۔۔ لیکن امام کا معاملہ اور پولیس ایسے 'مذہبی سنتوں' کی مخالفت میں کھڑی نہیں ہو سکتی۔ جامع مسجد کی لمبی، نہ ختم ہونے والی سیڑھیاں بتارہی تھیں کہ اسی، پہلی سیڑھی سے آخری سیڑھی تک، مسلم سیاست کے تمام داؤ پیچ کھیلے جاتے ہیں ۔۔۔ اِن سیڑھیوں سے گزرنے اور جنت نشان میں

پہنچنے تک صلاح الدین کی جگہ قریش منچ کا ڈائریکٹر لے چکا تھا۔ جسے آنے والے مستقبل کی تیاریوں کی اینٹ یہیں سے رکھنی تھی ___ پہلی اینٹ۔

جنت نشاں کے باغوں میں قمقمے روشن تھے۔ قریشہ کے لئے سب کچھ نیا تھا اور حیرت میں ڈالنے والے۔ میاں جی کی حیثیت اور بڑھتے رتبے سے ایسا سروکار شاید پہلی بار ہوا تھا۔

پھر جیسے ایک جھماکہ ہوا۔ بخاری آ گئے تھے۔ اُن کے شامل کچھ لوگ تھے، جن سے آہستہ لب ولہجہ میں بات کرتے ہوئے اُنہوں نے پلٹ کر اُن دونوں کی طرف دیکھا تھا۔ پھر امام نے کچھ اشارہ کیا۔ ایک نوکر نفیس ٹرے میں شاہی چائے اور کچھ میووں کی پلیٹ رکھ کر کچھ دور پر کھڑا ہو گیا۔ بخاری نے قریب آ کر سلام کیا۔ ہاتھ ملایا اور خبر پوچھی۔ قریشہ سے پوچھا دیّ پہلی بار آئی ہیں، یا پہلے بھی آئی تھیں، پھر جواب کی پروانہ کرتے ہوئے، سیدھے اپنی گفتگو پر آ گئے۔

'آزادی کے بعد مسلمانوں کی حیثیت کو کسی نے بھی نہیں سمجھا۔ ایک نے بھی نہیں' ۔۔۔ وہ تھوڑا رُکے، گلا کھکھار کر پھر بولے۔ 'آپ کیا سمجھے۔ ہم پارٹی بدل رہے تھے۔ مسلمانوں کی آزمائش تھی تو آزمائش ہماری بھی تھی۔ کہاں چلیں، کدھر چلیں۔ کانگریس کو بھی دیکھا۔ پھر سوچا بھاجپا کو بھی دیکھا جائے۔ دیکھنے میں کیا ہرج ہے۔'

چشمہ سے جھانکتی آنکھیں جیسے صلاح الدین کے اندر تک اُتر گئی تھیں۔ آزادی کے بعد مسلمان بہت بری حالت میں رہے، آپ کو تو احساس ہو گا۔ ایک نفسیاتی ڈر کے سائے میں۔ اقلیت۔ آپ کو لگتا ہے کہ آپ کی اپنی پارٹی ہو، تو آپ زیادہ بھروسہ کر سکتے ہیں ۔۔۔ مسلمانوں کی پارٹی۔ مجھے ہر شہر میں ایسے لوگ چاہئیں جو ہماری نمائندگی کر سکیں۔ آپ کریں گے۔۔۔؟

خوشبوؤں سے معطر فضا نے صلاح الدین کو کہیں اور ہی پہنچا دیا تھا ___ کبھی یہاں سے شاہی سواریاں گزرتی ہوں گی۔ ممکن ہے کبھی شاہی دربار بھی رہے ہوں۔ پھولوں کے گلیاروں سے آتی مہکتی خوشبوؤں کے درمیان وہ یہ بھی بھول گیا تھا کہ وہ یہاں کس مقصد سے آیا ہے۔۔۔

"وہ ہمیں دلتوں سے بدتر بنا کر رکھنا چاہتے ہیں۔ ہم دیکھ چکے ہیں۔ سارے سرکاری چہرے ایک جیسے ہیں۔ سب مسلمانوں پر اپنی روٹیاں سیکنا چاہتے ہیں۔ کیوں؟ کیونکہ آپ سیکنے دیتے ہیں۔ اس لئے، آپ سیکنے مت دیجئے ___ آپ جانتے ہیں کہ وہ آپ کا کاروبار کر رہے ہیں۔ آپ اپنا کاروبار خود سنبھالئے ___ اپنا مستقبل خود لکھئے ___ ذرا سوچئے، سبھی ممکنات کے باوجود کیا آپ کی اقلیت آبادی کا کوئی شخص وزیر اعظم ہو سکتا ہے؟ ہو سکتا ہے ___ آج نہ کل وہ اکثریت میں بھی آجائے۔ کیوں؟ کل کس نے دیکھا ہے ___ اسی لئے چھوٹے شہروں میں چھوٹی سطح پر بھی مجھے آپ جیسے نمائندوں کی ضرورت ہے۔۔۔"

چشمے کے اندر سے چمکتی بخاری کی آنکھوں نے پانسا پھینکا ___ 'سوچئے مت ساتھ دیجئے۔ ساتھ دینے کا وقت ہے۔ تنقید کا وقت نہیں۔ پھر دیر ہو جائے گی۔۔۔ مسلمانوں کو آپ جیسے سیاسی لیڈروں کی ضرورت ہے ___ محنتی اور جاں باز۔ وہ آہستہ سے بولے ___ اور جن کے پاس پیسہ کی بھی طاقت ہو۔'

ٹھیک یہی وقت تھا، جب خدمت گار نے آکر بتایا۔ کھانا لگ چکا ہے۔۔۔

انتہائی لذیذ ترین کھانے کے دوران نیپکن نے اپنا جلوہ دکھایا تھا۔ صلاح الدین چپ تھے ___ چپ سے زیادہ 'حیران' اور جذباتی ___ جامع مسجد کے گلیاروں میں لگے مخالف پوسٹر اور دنیا بھر کے الزام، الزام سے الگ جو شخص سامنے تھا، وہ ہزاروں طرح کی

مخالفت کے باوجود مسلمانوں کی نمائندگی کرتا تھا۔ پورے ہندوستان میں مسلمانوں کی نمائندگی۔

سر پر آسمان روشن تھا۔ پھولوں کی کیاریوں میں قمقمے روشن تھے۔ جنت نشاں کے جنتی گلیارے میں آسمان کی ٹھنڈک کے سائے میں ___ تمام سیاسی لفظوں کے ساتھ، بالکل اچانک کھانا ختم کرتے کرتے ایک لفظ چپکے سے داخل ہو گیا۔۔۔

'نیپکن۔۔۔؟'

'کیا؟'

'نے۔۔۔پ۔۔۔کن۔۔۔'

پتھر کی میز پر چنے ہوئے مخملی دستر خوان پر، خوبصورت قابوں، پلیٹوں کے درمیان ایک انتہائی حسین گلاس میں گلدستے کی صورت نیپکن نظر آرہے تھے۔ صلاح الدین نے مڑ کر دیکھا۔۔۔ قریشہ نے کھانا ختم کرتے ہوئے ایک نیپکن نکال لیا تھا۔ انتہائی سفید خوبصورت نیپکن۔۔۔ جیسے کوئی سفید طلسماتی چادر ہو، جس کا ذکر اُس نے 'داستانِ امیر حمزہ' جیسی کتابوں میں کبھی پڑھا تھا مگر صلاح الدین کو اُلجھن قریشہ کے اس طرح چونکنے اور پھسپھسانے کے لہجے پر ہو رہی تھی۔ کمبخت۔۔۔ اِس میں حیرانی کی کون سی بات ہے۔ نیپکن دیکھا نہیں کیا ___ جیسے پہلی بار دیکھ رہی ہو ___ اب تو وہ گھر بھی لانے لگا ہے ___ اور تو اور، دعوت پارٹی کے موقع پر بھی نیپکن کا ہی استعمال کرتا ہے۔۔۔ مگر یہ نیپکن ۔۔۔ شاہی نیپکن، جس کے ذکر کے ساتھ جنت نشاں کی وہ وادیاں بھی شامل ہیں، جہاں کسی زمانے میں مغلیہ حکومت کی سرگوشیاں بھی اپنا سر نکالتی ہوں ___

'سنئے نا۔۔۔ رکھ لوں۔۔۔ یادگاری کے طور پر۔۔۔' ایک اُڑتی نظر امام صاحب کے سپاٹ چہرے کی طرف دیکھتے ہوئے قریشہ، صلاح الدین کے کان کے پاس پھسپھسا رہی

تھی۔۔۔

'کیوں۔ ہاتھ دھونا ہے کیا۔ یہ لیجئے نا۔۔۔' امام نے اشارہ کیا۔ چاندی کے خوبصورت کٹورے میں لیموں کے ٹکڑے کے ساتھ گرم پانی بھی موجود تھا۔

'جی۔۔۔ میں کہہ رہی تھی۔۔۔ نیپکن۔۔۔' ڈرتے ڈرتے قریشہ نے اِس بار صلاح الدین کی طرف بغیر دیکھے اپنے دل کی بات کہہ دی۔۔۔ 'نشانی کے طور پر رکھ لوں۔۔۔ ؟'

'ارے۔۔۔ ہاں۔۔۔ ہاں۔۔۔ کیوں نہیں۔۔۔ ضرور___' امام صاحب ہنس رہے تھے۔ 'رکھ لیجئے نا۔۔۔ نشانیاں۔۔۔' وہ تھوڑا مسکرائے تھے۔۔۔ 'قومیں اپنی نشانیوں کے ساتھ بھی جانی جاتی ہیں۔۔۔'

ایک لمحے کو چونک گئے تھے صلاح الدین۔۔۔ برسوں پہلے ابّا نے بھی تو یہی کہا تھا۔۔۔ دلّی میں آٹھ سو برسوں کی نشانیاں دھندلی اور ختم ہونے لگی تھیں۔۔۔ اب ایک نشانی نیپکن کے طور پر۔۔۔ ہونٹوں پر دھیمی سی مسکراہٹ لہرائی۔ صلاح الدین نے دیکھا، قریشہ اپنے پرس میں شاہی نیپکن کو حفاظت کے ساتھ رکھ رہی ہے۔

نیپکن کا سفر ابھی جاری تھا۔ اِس واقعہ کے کچھ ہی دن بعد دلّی سے فتوحہ پہنچنے پر اِسی نیپکن نے سیاست کی ایک نئی بساط بچھائی تھی۔

6

ہوا کچھ یوں کہ قریش منچ کے چمک جانے کے بعد سے ہی سدانند بابو اُس پر ڈورے ڈالتے رہے تھے۔ بہار میں برسوں سے حزب مخالف کا رول نبھانے والے سدانند بابو ایم ایل اے کے چناؤ میں کئی بار ہار چکے تھے۔ چھوٹے شہر میں ملنا ملانا تو ہو ہی جاتا ہے، لیکن وہ ایک ایسی پارٹی سے منسلک تھے جہاں ملنے ملانے کے جرم میں اپنے ہی لوگوں کے ذریعے

وہ تنقید کے شکار بھی ہو سکتے تھے ___ فتوحہ جیسے شہر میں تنگ مذہبی پارٹی والے نیتاؤں سے ملنے ملانے کو یوں بھی اچھا تسلیم نہیں کیا جاتا تھا۔ دس بیس برسوں میں فرقہ پرستی کے اندھڑ نے اُسے سدانند بابو سے دور رکھا تھا جبکہ قاعدے سے دیکھیں تو دونوں ایک ہی عمر کے تھے ___ صلاح الدین اور سدانند دونوں نے ایک ساتھ ہی اسکول اور کالج کا سفر طے کیا تھا ___ لیکن جن سنگھ والی ذہنیت سے جڑا سدانند کبھی بھی مسلمانوں کے درمیان اپنی جگہ نہیں بنا پایا ___ لگاتار چلنے والے سیاسی اُٹھا پٹخ کے درمیان اِدھر صلاح الدین سیاست کے نئے باب پڑھنے لگے تو اُدھر سدانند، صلاح الدین کے سہارے مسلمانوں کے درمیان اپنی ساکھ بنانے کو بے چین تھے۔ بچپن کا کلاس میٹ ___ مانے گا کیسے نہیں۔ راجنیتی میں کوئی دھرم ایمان ہوتا ہے ___ ہوتا ہے ووٹ بینک ___ اصل تو یہی ہے۔ قریش منچ کے دفتر میں صلاح الدین سے ملنے آنے والے سدانند بابو نے چلتے وقت ایک شگوفہ اور جڑ دیا۔

'کل بھابھی کے ہاتھ کا بنا ہوا کھانا کھاؤں گا۔۔۔ کھلاؤ گے نا؟ نان ویج۔ بہت دن ہو گئے یار۔۔۔'

'کیوں نہیں۔۔۔' دلّی سے لوٹے صلاح الدین کو سدانند کی تجویز میں سیاست سے جڑی کوئی بات نظر نہیں آئی۔

صلاح الدین مطمئن تھے ___ قریش منچ کے بڑھتے اثر کو کیش کرنے کے لئے دوسری پارٹیاں بھی اُن کے پاس آئیں گی ___ سیاست میں مستقبل کے بیج تو ایسے ہی پھوٹتے ہیں۔ اب چاہے امام ہوں یا سدانند ___ ملنا تو سب سے ہی پڑے گا۔ تبھی اپنا راستہ چننے میں اُسے آسانی ہو گی۔

اور یہ دوسرے دن کا قصّہ ہے۔ جب نیپکن ایک 'زندہ اور سلگتا ہوا مسئلہ' بن کر

ایک بار پھر اُس کے سامنے آیا تھا۔

قریشہ صبح سے ہی کھانا بنانے میں جٹی تھی۔ پلاؤ، قورمہ۔ بہار میں عام طور پر بریانی کا رواج نہیں ہے۔ فتوحہ میں تو بالکل بھی نہیں مگر بھلا ہو ٹی وی چینلوں کا، جس نے بریانی، حیدرآبادی بریانی کا نام لے کر منہ کا ذائقہ بڑھا دیا تھا۔ کئی لوگوں سے قریشہ نے بریانی بنانے کا طریقہ پوچھا۔ ایک دو بار، اچھابُرا بنانے کی پریکٹس بھی کی۔ آہستہ آہستہ کامیابی ملی تو گھر میں بریانی بننے کا رواج شروع ہو گیا۔ ہاں، یہ الگ بات تھی کہ صلاح الدین کو بریانی کا حساب پسند نہیں تھا۔ وہ کہتا بھی تھا۔ چاول میں گوشت ڈال دو۔ یہ گوشت کے ساتھ انصاف نہیں ہے ___ بریانی بن گئی۔ گوشت کے اور ائیٹم بھی تیار ہو گئے۔

رات 9 بجے سدانند 'پارٹی جیپ' پر آیا ___ اکیلے ___ پہلے وہ قریش منچ کے پیچھے والے دفتر میں بیٹھا صلاح الدین کو اپنی پارٹی کا منتر پلاتا رہا ___ یہ بتانے کی کوشش کرتا رہا، کی اب پارٹی میں 'بھید بھاؤ' کا دور ختم ہو چکا ہے ___ اب تو اُس کی پارٹی میں مسلم جوان نیتا بھی شامل ہیں ___ اُس نے یہ بھی کہا، آئندہ آنے والے چناؤ میں اُس کی پارٹی کا مستقبل روشن ہے۔ قریش منچ چاہے تو آسانی سے مسلم ووٹوں کے بٹوارے کو روکا جا سکتا ہے ۔۔۔ سیاست میں ہم گھوڑے ہوتے ہیں۔ گھوڑا گھاس سے یاری کرے گا تو کھائے گا کیا۔۔۔ ہو۔۔۔ ہو۔۔۔ ہو۔۔۔'

تیز ٹھہاکے، قہقہوں کے درمیان کھانے کا دور چلا اور یہیں وہ حادثہ ہو گیا، جس کے بارے میں صلاح الدین انجان تھے ___ قورمہ، بریانی، نان پر ہاتھ صاف کرنے کے بعد جب سدانند نے نیپکن کہا، تو وہ آہستہ سے بولے۔۔۔ چلئے بیسن پر ہاتھ دھولیں۔۔۔

'ارے یار۔۔۔ یہ دلّی والوں نے اب عادت خراب کر دی ہے۔ نیپکن ہی بڑھانا۔ رکھتے ہو نا؟' سدانند بابو نے پھر ٹھہاکا لگایا ___ رکھتے ہو یا ابھی بھی فتوحہ کے فتوحہ ہو

---'

اپنی طرف سے مطمئن صلاح الدین آگے بڑھے۔ چلمن کے اُس پار قریشہ کا چہرہ نظر آرہا تھا۔ پہلے سوچا، آواز دے کر بلالیں۔ پھر اتنا 'ماڈرن' بننا اچھا نہیں لگا صلاح الدین کو۔ چلمن کے پار کھڑی قریشہ کے چہرے کا رنگ اُڑ گیا تھا۔

'نیپکن تو نہیں ہے۔'

'نہیں ہے۔ ابھی تو لایا تھا۔'

'ختم ہو گئی۔'

'دیکھو شاید کہیں کوئی ٹکڑا۔'

'دیکھ لیا، نہیں ہے---' کہتے کہتے اچانک قریشہ کو یاد آگیا--- ارے ہاں ہے---'

'ہے تو پھر لاتی کیوں نہیں---'

'وہ پرس میں --- قریشہ نے یاد دلانے کی کوشش کی ___ 'بھول گئے۔ دلّی میں --- امام صاحب کے ہی یاں---'

سدانند بابو امام صاحب کی نیپکن میں ہاتھ پونچھتے ہوئے اب بھی ہنس رہے تھے

'کھانا مزیدار تھا--- لیکن ہماری تجویز کے بارے میں سوچئے گا ضرور۔'

نشانیاں دھندلی ہو گئی تھیں۔

سدانند کی جھوٹی رکابی میں مڑا تڑا شاہی نیپکن، گوشت کی چوسی گئی، بڑی چھوٹی ہڈّیوں کے درمیان چھپ گیا تھا___

اس بار نہیں

"اس بار نہیں / اس بار جب میں اپنے چہرے پر درد لکھا دیکھوں گا / نہیں گاؤں کا کوئی گیت / تکلیف بھلا دینے کے لیے / اس بار زخموں کو دیکھنا ہے غور سے / تھوڑے لمبے وقت تک / کچھ فیصلے / کہیں تو شروعات کرنی ہو گی / اس بار یہی طے کیا ہے / "

پرسون جوشی کی ایک کویتا سے

مہابھارت میں یکشیہ، یدھشٹر سے پوچھتے ہیں — تمہیں اس دنیا میں سب سے انوکھی بات کیا لگتی ہے۔ یدھشٹر کہتے ہیں۔ سب جانتے ہیں، موت ہی سچ ہے۔ سب کو ایک دن مرجانا ہے۔ لیکن سب ایسے جیتے ہیں گویا کبھی نہ مرنے کے لیے اس دنیا میں آئے ہوں۔

اس وقت شام کے سات بجے ہوں گے۔ آفس ریسپشن پر ٹی وی دیکھنے والوں کی بھیڑ جمع تھی۔ سیریل بم بلاسٹ۔ مارے گئے فدائین کے چہرے بار بار کیمرے کے آگے چمک رہے تھے۔ اینکر زور زور سے چلّا رہا تھا۔ پولس تفتیش کر رہی ہے۔ دھماکے کرنے سے پہلے ان کے ٹھکانے کون کون سے تھے۔ یہ کہاں سے آئے تھے۔ اعظم گڑھ سے کشمیر اور پاکستان تک، اینکر دہشت گردوں کے تار جوڑنے کی کوشش کر رہا تھا۔

اس کی آنکھیں خوف سے پھیل گئی تھیں — چہرہ زرد — بدن میں کاٹو تو خون نہیں۔ وہ سر سے لے کر پاؤں تک لرز رہا تھا۔ جس وقت جینی سے اس کی نظریں ملیں، وہ جیسے اندر تک ننگا ہو چکا تھا۔ وہ ایک سکنڈ بھی وہاں ٹھہرا نہیں۔ سرعت سے باہر نکل گیا۔ جینی کو کچھ عجیب سا لگا۔ دوسرے ہی لمحے وہ اس کے چہرے کا تاثر پہچان گئی تھی۔ وہ تیزی سے

اس کے پیچھے لپکی۔

'سنو تو۔'

باہر شام کی سیاہی چھا چکی تھی۔ سڑک پر گاڑیاں دوڑ رہی تھیں۔ آفس سے دو قدم سگریٹ والی گمتی کے پاس وہ کھڑا تھا۔

جینی اس کے سامنے کھڑی تھی۔ پریشان اس کی آنکھوں میں جھانکتی ہوئی—

'اس طرح بھاگ کر کیوں آگئے۔ پاگل ہو—یہ میں بھی جانتی ہوں کہ وہ تم نہیں ہو —'

اس نے سگریٹ سلگا لیا۔ دھوئیں کے چھلّوں میں اس کا بے جان اور سپاٹ چہرہ کسی مردہ کی طرح نظر آرہا تھا۔

'کیا کسی نے کچھ کہا۔ کوئی تبصرہ کیا؟ نہیں نا—' آہستہ سے جینی نے اس کا ہاتھ تھام لیا—صرف اس لیے کہ آتنک وادیوں کے نام تمہارے ناموں کی طرح ہوتے ہیں۔۔۔

وہ زور سے چلائی —پاگل مت بنو۔ خود کو کمزور اور جذباتی کرتے ہوئے کہیں نہ کہیں تم ان لوگوں کا ساتھ دیتے ہو۔ کوئی بھی پڑھا لکھا آدمی ان کے نام پر تمہیں یا عام مسلمان کو شک کی نظر سے نہیں دیکھا سکتا — سمجھ رہے ہو نا تم۔

آخری جملہ اس نے قدرے پیار سے ادا کیا تھا—'بس اب اندر چلو اور ہاں —زیادہ سگریٹ پینا صحت کے لیے نقصان دہ ہے۔۔۔'

تھوڑی ہی دیر بعد دونوں آفس کی کینٹین میں بیٹھے ہوئے تھے — جینی کی آنکھیں اس کی آنکھوں میں ڈوبی ہوئی تھیں۔

'سنو سلیم درگاہی۔ اپنے اندر کے ڈر کو باہر نکالو۔ جب وہ اسلام یا مسلمان کہتے ہیں تو یہ تم نہیں ہوتے۔ تم کیوں نہیں سوچتے اس سطح پر۔ جیسے سنگھ، بجرنگ دل یا ہندوتو کے

معنی جب میڈیا سمجھتا ہے تو وہ میں نہیں ہوتی — میں جینی کشواہا۔ آتنک، ورلڈ مارکیٹ کا ایک پروڈکٹ ہے، جس کی آڑ لے کر طاقتور ملک اپنی سیاست کی روٹیاں سینک رہے ہیں۔ پھر چاہے وہ بش ہوں یا ابامہ۔

لیکن جیسے اسے کوئی فرق نہیں پڑا تھا۔ اس کی آنکھوں کی پتلیاں بے جان اور سرد تھیں۔ وہ چہرہ۔ وہ چہرہ اس کی آنکھوں میں ناچ رہا تھا۔ وہ اس معصوم چہرے کی زد میں تھا۔ وہ بڑی بڑی اندر اتر جانے والی آنکھیں جیسے اس کے اندر اندر سما گئی تھیں۔

جینی نے خاموشی سے اس کے ہاتھوں کو تھام لیا۔ اس نے بات کا رخ موڑتے ہوئے کہا۔

'چلو۔ ویستا میں چل کر بیٹھتے ہیں۔'

لیکن جیسے کوئی آہٹ نہیں — آواز کی گونج نہیں — سنّاٹا اور سنّاٹے میں وہی چہرہ اس کی آنکھوں کی پتلیوں پر فریز کیا گیا تھا۔ چھوٹے بال پیشانی تک پھیلے ہوئے — سانولا رنگ۔ چہرے پر کیپ یا ہیٹ جیسی کوئی چیز نہیں۔ کالے کپڑوں میں دایاں ہاتھ تھوڑا سا اٹھا ہوا۔ تصویر شیشے کے پیچھے سے لی گئی ہے۔ جب اس کی ایک چھوٹی سی جھلک عمارت سے کافی فاصلے پر زمین لیے بہت سارے چینلس نے ایک ساتھ لی تھی — جب وہ کچھ دیر کے لیے شیشے نما کیبن میں نظر آیا تھا۔ بائیں ہاتھ میں اے کے فوٹی سیوین — دائیں ہاتھ کی کلائی میں بندھی ایک کالی پٹی۔ عمر یہی کوئی پچیس سے ستائیس برس۔

اندھا دھن چلتی گولیوں کے درمیان جیسے میڈیا کو ایک بڑی، سب سے بڑی بریکنگ نیوز مل گئی تھی۔ مگر وہ چہرہ — اس کی آنکھیں ایک پل بھی اس چہرے سے ہٹ نہیں رہی تھیں —

'یہ تم نہیں ہو۔ سمجھے تم۔' جینی ایک بار پھر غصے سے بولی — اس بار پلٹ کر اس نے

جینی کو دیکھا۔ یہ میں ہی ہوں جینی۔ بس، الگ الگ بھیس میں میں ہی ہوں —اس کا گلہ رندھ گیا تھا۔

'ایک خاموش تماشائی بن گئے ہیں ہم۔ جن کی اوقات ایک جوکر سے زیادہ نہیں ہے۔ ہر بار گولی عام آدمی کو نہیں لگتی، ہمیں ہے۔ سیدھے یہاں دل میں۔ ہر بار جیسے پاگل کر دینے والے سوال ہمارا راستہ روک لیتے ہیں۔ ارے یہ بھی ہم۔ یعنی یہ بھی مسلمان — ارے گولی کہاں چلی —برفیلی پہاڑیوں میں —وہاں بھی کوئی اظہر یا سلیم ہی ملے گا — واردات نیپال میں ہو، یا کوہ قاف کی پہاڑی میں —کرنے والا مسلمان ہوتا ہے۔ اور یہاں پھٹتی ہے ہماری۔ کانپ ہم جاتے ہیں۔ بل میں دبکتے ہیں ہم —چاہے سڑک پر جاتے کسی نہتے پر گولی چلے۔ سنسد میں یا اکشر دھام میں۔ بھیڑ بھاڑ والے علاقے میں یا تاج میں۔ یہ فدائین سالے ...' اس نے غصے میں گندی گالی بکی۔ یہ تو صرف ایک بار پولس کی گولی سے مر جاتے ہیں۔ اور یہاں ہم۔ بار بار مرتے رہتے ہیں۔ تمہیں وہ فلم یاد ہے۔ جس میں ایک انگریز ایک مسلمان سے کہتا ہے —سوال یہ نہیں ہے کہ ہر مسلمان دہشت گرد نہیں ہے۔ سوال یہ ہے کہ ہر دہشت گرد مسلمان کیوں ہوتا ہے —ٹی وی کسی کے گھر سلنڈر پھٹنے کی بھی خبر دیتا ہے نا —تو لگتا ہے یہ کام بھی ہم نے کیا ہے —پھٹ جاتی ہے ہماری...'

لیکن کون بول رہا تھا؟ کس سے؟ کیا وہ خود سے بول رہا تھا —اس نے دیکھا —جینی پھٹی پھٹی نظروں سے اس کی طرف دیکھ رہی ہے —"چلو اٹھو۔ چائے بھی نہیں پی تم نے۔ تمہارے ہاتھ گرم ہیں۔ گھر چلے جاؤ۔ میں بھی آج چھٹی کر لوں گی۔ تمہارے پاس آ جاؤں گی۔"

گھر؟ کون سا گھر؟ وہ گھر نہیں جائے گا۔ یہ سوچ لیا ہے اس نے۔ لیکن وہ کہاں

جائے گا۔ کس کے گھر؟ جینی کے گھر بھی نہیں۔ وہاں اس کے پیرنٹس رہتے ہیں اور وہ جانتا ہے۔ جینی کے پیرنٹس اس کی اور جینی کی دوستی کو پسند بھی نہیں کرتے۔ جینی نے ایک بار کافی پیتے ہوئے مذاق بھی کیا تھا۔ میرے ممی ڈیڈی تو تمہیں داماد بنانے سے رہے۔ جانتے ہو۔ تمہارے بارے میں ان کی کیا رائے ہے۔ مسلمان بھروسے مند نہیں ہوتے — معصوم لوگ — انہی خبروں پر رہتے ہیں، جو سنتے ہیں اور دیکھتے ہیں — اور بس ایک عام سی رائے کسی کے بارے میں بُن لیتے ہیں۔ لیکن مجھے غصہ نہیں آیا— "

'کیوں؟'

"کیونکہ وہ ان لاکھوں کروڑوں لوگوں میں سے ایک ہیں جو اپنے دماغ سے سوچتے ہیں نہ اپنے دماغ سے کوئی فیصلہ لیتے ہیں — وہ وہی سوچتے ہیں، جو اخبار، میڈیا اور چینلس ان کے دماغ میں ڈالنا چاہتے ہیں — پور فیلوز۔۔۔"

"لیکن کیا صرف اتنا کہہ دینا کافی ہے کہ یہ وہی سوچتے ہیں جو انہیں سوچنے پر مجبور کیا جاتا ہے؟ جب ایک دن ایسا سوچنے والوں کی ایک بہت بڑی جماعت بن جائے گی تو؟ وہ ہنسا تھا — اس وقت ہم تم جیسے اقلیت میں ہوں گے — یہ ہمیں پاکستان بھیج چکے ہوں گے۔"

جینی سنجیدہ ہوگئی تھی — "کیا کروں میں سلیم درگاہی، یہ پیرنٹس ہیں میرے۔ زیادہ بولتی ہوں تو زمانے کی اونچ نیچ ہمیں سمجھانے لگتے ہیں۔ اتنا جانتی ہوں کہ برے نہیں ہیں وہ — لیکن ایسا سوچنے والے اگر اپنی فکر کا دائرہ اسی طرح بڑھاتے رہے تو — ایک دن خطرناک بھی بن سکتے ہیں۔"

اس نے ایک بار پھر بات کو پلٹتے ہوئے کہا تھا —

"ایک بات کہوں، برا تو نہیں مانو گے؟

"نہیں۔"

"سر کے بال جھڑنے لگے ہیں تمہارے — دیکھو — یہاں سے ... اور یہاں سے ... اف ... پھر میرے علاوہ کوئی پیار کرنے والا بھی نہیں ملے گا تمہیں۔" وہ شرارت سے بولی تھی — "ایک ہیٹ لے آؤ — ہیٹ پہن کر اچھے لگوگے تم — میرا کہامان لو، بولو تو میں ہی لے آؤں — ایک خوبصورت سا ہیٹ — "

جینی کی یہ ہمیشہ سے عادت تھی۔ سنجیدہ سے سنجیدہ بات کو اچانک کسی مذاق سے جوڑ دینا — لیکن اس دن گھر آنے کے بعد شیشے میں دیر تک وہ خود کو دیکھتا رہا — شاید جینی ٹھیک کہتی ہے۔ ایک ہیٹ کی ضرورت ہے اسے — مسکرانے کی کوشش کی تھی اس نے ... مگر عمر کے بڑھتے احساس کو تو نہیں روک سکتا۔

ایک بار پھر وہ اسی دھواں منظر کی زد میں ہے — کہاں جائے؟ گھر؟ اس کا اپنا گھر؟ کرایے کے دو کمرے کے فلیٹ کو اگر گھر کہا جا سکتا ہے تو ... بے شک وہ بھی ایک گھر ہے۔ جہاں سر چھپالیتا ہے وہ — خالی وقت میں اپنے لیے آم لیٹ اور چائے تیار کر لیتا ہے — مگر یہ کمرہ بھی کتنی مشکل سے ملا تھا۔ دلّی کے ان پانچ برسوں میں کتنے فلیٹ بدلے تھے اس نے۔ کوئی واردات ہو جاتی اور بد قسمتی سے اسے نئی پناہ گاہ تلاش کرنے کی نوبت آجاتی تو ... جیسے آنکھوں کے آگے، خوف کے ہزاروں مکڑی کے جالے تن جاتے۔ کتنی بار کمرہ بس ملتے ملتے رہ جاتا — کبھی بڑی خاموشی سے ٹال دیا جاتا — "سوری، آپ نے آنے میں دیر کر دی — یا ایڈوانس دی گئی رقم مسکرا کر واپس کر دی جاتی — جو کرایہ دار پہلے تھے وہ واپس آگئے۔"

نام ... نام ... سلیم درگاہی — کہیں یہ نام تو کرائے کے مکان میں آڑے نہیں آتا؟ وہ بہت دنوں تک اپنی سوچ سے جنگ لڑتا رہا — نہیں ایسا ممکن نہیں ہے — وہ ایک

خطرناک سوچ کی پگڈنڈی پر نہیں چلنا چاہتا ہے —کچھ بھی ہو جائے اسے اس خطرناک سوچ سے باہر نکلنا ہی ہو گا۔

لیکن باہر نکلتے نکلتے بھی رسّی کا ایک پھندہ گلے میں رہ جاتا ہے —یہ نیا فلیٹ بھی جینی کی وجہ سے ملا تھا۔ یا جینی کے رحم و کرم سے —مکان مالک نے غور سے جینی کو دیکھتے ہوئے پوچھا تھا۔

"آپ۔۔۔؟"

'جینی کشواہا—'

'وائف ہسبینڈ۔۔۔؟'

"نو۔۔۔ نو۔۔۔ جینی شرارت سے مسکرائی تھی۔'ابھی ہیٹ نہیں لیا اس نے۔۔۔ جب ہیٹ لے لے گا تو۔۔۔'

"ہیٹ؟"

جینی نے ہنستے ہوئے بات بدلی تھی۔'آپ ٹرسٹ کر سکتے ہیں۔ ہم دونوں ایک ہی آفس میں ہیں۔۔۔'

'اوہ۔۔۔!'

کمرے کی Key لیتے ہوئے اس نے مالک مکان سے پوچھا —اگر جینی نہیں ہوتی تو آپ مجھے یہ فلیٹ نہیں دیتے نا؟

"نہیں۔ نہیں —ایسی بات نہیں ہے۔۔۔'مکان مالک گڑبڑا گیا تھا —نئے لوگوں کو مکان دینے سے پہلے کوئی گارنٹی چاہئے نا۔۔۔"

جینی ایک گارنٹی بن گئی تھی —اور اس گارنٹی نے اسے کرایے کا کمرہ دلایا تھا— یعنی یہاں جینی جیسی گارنٹی کے بغیر اس کا وجود ہی نہیں ہے —آئی ڈی اور پین کارڈ کے

ہوتے ہوئے بھی اسے ایک گارنٹی چاہئے۔ وہ آہستہ آہستہ جیسے خود کو کمزور محسوس کر رہا تھا۔ خوفزدہ بھی — جیسے اسے اپنی پہچان کے لیے بھی کہیں نہ کہیں جینی کے وجود کی ضرورت ہے —

پرانے فلیٹ سے نئے فلیٹ میں سامان شفٹ ہو گیا — سامان تھا ہی کتنا — ایک عدد فرج ٹی وی۔ دو بڑی کتابوں کی ریک، ڈائننگ ٹیبل، ایک مسہری، صوفہ اور دو کرسیاں — لیکن اس کا چہرہ اترا ہوا تھا۔ کافی بناتے ہوئے جینی اس سے بات کرتی جا رہی تھی۔

'میں جانتی ہوں تم کیا سوچ رہے ہو؟'

کافی لے کر اس کے پاس ہی بیٹھ گئی جینی۔ ایک بات کہوں۔ بڑے گھسے پٹے سوال ہیں جو تم خود سے کرتے رہتے ہو۔ تم خود کو فریش کیوں نہیں رکھتے؟ ہر وقت دم گھٹنے والے سوالوں کی زد میں کیوں رہتے ہو؟ اگر تم لندن میں ہوتے اور وہاں تم سے ایک اچھوت فارنر کی طرح سلوک ہوتا تو۔۔۔؟

وہ زور سے دہاڑا — 'لیکن یہ ہمارا ملک ہے — ہم یہاں اچھوت فارنر نہیں ہیں۔'

'وہاں بھی نہیں ہو — اور یہاں بار بار اس سچ کو دہرانے کی ضرورت نہیں ہے کہ 'یہ تمہارا ملک ہے — ریلیکس۔۔۔' وہ اس کی انگلیوں کو کس کر رہی تھی — لندن یا آسٹریلیا میں ہوتے تب بھی اجنبی بننے کی ضرورت نہیں تھی۔ کیوں کہ ہم اپنے وجود کے ساتھ جہاں بھی ہوتے ہیں، پاؤں پھیلانا جانتے ہیں۔ کچھ باتیں در گزر کرنے کے لیے ہوتی ہیں — سب سے آسان چیز ہے Ignore کرنا — اگنور کر لو۔ اور شان سے جیو۔'

'اگنور کرنا آسان نہیں جینی۔ تم جانتی ہو، جب اس طرح کی وارداتیں ہوتی ہیں ۔۔۔ کوئی ہمارے نام کا آدمی ٹی وی اسکرین کے سامنے ہوتا ہے۔ ہماری قوم کا، ہمارا اہم مذہب۔ جانتی ہو دل کیا چاہتا ہے؟ ٹی وی میں آگ لگا دوں۔ پہنچ جاؤں اس کے سامنے —

قتل کر دوں۔ کہ تم لوگوں نے جینا مشکل کر دیا ہے ہمارا۔ تمہاری وجہ سے ہمیں شک کی نگاہوں سے دیکھا جاتا ہے۔ تم یہ سب کرتے ہی کیوں ہو؟ سچ بتاؤ — مذہب کے لیے یا پیسوں کے لیے؟ جانتی ہو جینی، گھر سے باہر نکلنے کے بعد لگتا ہے ایسی ہر واردات کے بعد دیواریں تک ہمیں گھور رہی ہوں۔ جیسے سب کچھ ہم نے کیا ہو۔ بے قصور ہو کر بھی ہم معصوم ذہن رکھنے والوں کے، شک کے دائرہ میں آجاتے ہیں۔۔۔'

"تمہاری غلطی یہ ہے کہ تم ہر بار ایسی وارداتوں سے خود کو جوڑ کر دیکھتے ہو — سب سے پہلا سوال یہ ہے کہ تم ایسا کرتے ہی کیوں ہو — مت کرو۔"

وہ دھیرے سے آگے بڑھی۔ اس کے ہونٹوں پر اپنے گرم ہونٹ رکھ دیئے پھر پیچھے ہٹی۔

"تمہارے تیزی سے اٹھتے ہوئے بالوں کو کم از کم میں نہیں دیکھ سکتی۔ کچھ کرو سلیم — نہیں تو اگلی بار۔۔۔ وہ مسکرا رہی تھی — جن پتھ سے تمہارے لیے ایک ہیٹ لے آؤں گی۔ "

اس نے ایک بار پھر بات کا رخ موڑ دیا تھا۔ لیکن شاید ہوا کے رخ کو نہیں موڑ سکی تھی —

رات تیزی سے سرک رہی تھی۔

ان دنوں شام میں ٹھنڈک بڑھ گئی تھی۔ وہ گھر جانا نہیں چاہتا تھا۔ کسی بھی قیمت پر نہیں۔ وہ دیر تک دوستوں کے نمبر چیک کرتا رہا۔ پھر بجھے دل سے اس نے عمران کو فون لگا دیا۔ چار سال پہلے ہی عمران سے دوستی ہوئی تھی۔

"سوری ڈیئر، تمہیں بور کرنے آرہا ہوں۔'

"آجاؤ۔" دوسری طرف سے کہا گیا۔

"سوری اس لیے کہ کب تک ٹھہروں گا نہیں کہہ سکتا۔ مگر پلیز میری مدد کرو۔ میں بہت پریشان ہوں۔"

ساکیت، عمران کے فلیٹ پر چائے پیتے ہوئے، اچانک اس کے چہرے پر جھرّیوں کا جال سا بچھ گیا تھا۔ ٹی وی چل رہا تھا۔ بریکنگ نیوز میں واردات سے متعلق نئی نئی باتیں بتائی جا رہی تھیں۔ وہ آگے بڑھا۔ ایک جھٹکے سے ٹی وی بند کیا۔ اور صوفے پر دراز ہو گیا۔

کیا بات ہے؟ عمران کے چہرے پر اداسی تھی۔

"کچھ نہیں۔"

"ان خبروں کو لے کر پریشان تو نہیں۔۔۔ عمران آہستہ آہستہ چائے کا سپ لے رہا تھا۔ "جب تک مرضی رہ سکتے ہو۔ لیکن اپنے گھر سے کیوں بھاگ رہے ہو۔۔۔"

دماغ میں ہتھ گولے پھٹ رہے تھے۔ اس نے دونوں ہاتھوں سے سر کو تھام لیا۔ ایک ہی سانس میں غٹ غٹ چائے پی گیا۔ مگر جیسے بم کے گولے مسلسل چھوٹ رہے تھے —وہ چہرہ بار بار آنکھوں کے آگے ناچ رہا تھا۔ ایک بھولے بھالے سے معصوم آدمی کا چہرہ—

اس آدمی کا چہرہ، جو فدائین حملوں میں مارا گیا تھا۔ قد پانچ فٹ دس انچ، سانولا رنگ —ٹی وی پر جو تصویر بار بار فلیش ہو رہی تھی۔۔۔ اس کے مطابق۔۔۔ اس کے بائیں ہاتھ میں A-K 47 اور دائیں ہاتھ میں ایک کالی سی پٹّی۔

وہ اس چہرے کو جانتا ہے۔ اس چہرے کے ساتھ اس نے تین دن گزارے ہیں — تین دن۔

بستر پر لیٹنے تک۔ دماغ میں سائیں سائیں چلتی آندھیاں۔ کسی حد تک کم ہوئی تھیں۔ مگر اب سارا منظر سامنے تھا۔ گھر سے ممی کا فون آیا تھا۔ بارش آنے والی ہے۔ چھت ٹپک

رہی ہے۔ کچھ پیسے بھیج دو۔ آفس سے اس نے چھٹی کر لی۔ جینی نے پوچھا بھی۔ لیکن اس نے بات بدل دی۔ نہیں کچھ نہیں — وہ جینی سے بھی پیسے مانگ سکتا تھا اور جینی انکار بھی نہیں کرتی — مہینے کے آخری دن — گھر والے سمجھتے ہیں کہ وہ نوٹ چھاپنے والی مشین میں کام کرتا ہے۔ لیکن پیسے تو بھیجنے ہیں — ڈھابے میں کھانا کھایا۔ دیر تک سڑکوں پر آوارگی کرتا رہا — سڑک پر آمدورفت کم ہو گئی تھی۔ ایک بس سے دوسری بس — ٹہلتا ہوا وہ اپنے نئے فلیٹ کی طرف چلا — ادھر ایک قطار سے جھگی جھوپڑیاں آباد تھیں۔ یہ وہ مزدور تھے جو میٹرو کے لیے کام کر رہے تھے۔ دکانیں بند تھیں۔ سڑک پر اکّادکّا لوگ چل رہے تھے۔ رات کے گیارہ بج گئے تھے۔ گھر کی طرف بڑھتے ہوئے اچانک اس کے قدم ٹھہر گئے۔ سامنے ایک نوجوان تھا۔ سر پر ہیٹ لگائے — پیٹھ پر بیگ لٹکائے — ایسا بیگ، جیسے عام طور پر کالج اسٹوڈنٹس رکھتے ہیں وہ پریشانی کے عالم میں ادھر اُدھر دیکھ رہا تھا — پھر اس کی طرف دیکھ کر جیسے ایک امید سی بندھی۔

وہ اشارہ کر رہا تھا — "یہاں پاس میں کوئی ہوٹل مل جائے گا۔ سستا سا۔ اگر مسلمان ہوٹل ہو تو۔۔۔"

'مسلمان'۔۔۔ وہ چونک گیا تھا۔۔۔ 'میرا نام سلیم درگاہی ہے۔'

لڑکے کے چہرے پر ایک پل کو خوشی لہرائی۔۔۔ 'میں۔۔۔ اظہر کلیم۔۔۔ جوب کی تلاش میں ہوں۔۔۔ بس دو تین دن کے لیے۔۔۔ پھر یہاں سے غازی آباد چلا جاؤں گا۔ کوئی ہوٹل ہے آس پاس؟"

ایک بار پھر اس نے لڑکے کا بہ غور معائنہ کیا — لڑکے میں کوئی بھی بات ایسی نہیں تھی جو اسے بلاوجہ شک میں مبتلا کر سکتی ہو — اس نے اشارہ کیا۔۔۔ وہاں میرا فلیٹ ہے کرایے کا۔۔۔ تم چاہو تو رہ سکتے ہو۔

لڑکے کے چہرے پر تذبذب کے آثار تھے —'مجھے کچھ پرائیویسی چاہئے۔۔۔ وہ سنبھل سنبھل کر بول رہا تھا۔ اکزام کی تیاری کرنی ہے۔ اس لیے ہوٹل۔۔۔'

"ہوٹل کا کرایہ تم مجھے دے دینا۔۔۔ اس بار وہ کسی تاجر کی طرح مسکرایا تھا۔۔۔ دو کمرے ہیں میرے پاس — اطمینان رکھو۔۔۔ تمہارے کمرے میں کوئی تمہیں ڈسٹرب بھی نہیں کرے گا۔

نوجوان کچھ لمحے کسی گہری سوچ میں ڈوبا رہا۔ لیکن جلد ہی فیصلہ لے لینے کی طمانیت اس کے چہرے پر موجود تھی۔

چلو۔۔۔

کمرے میں آنے کے بعد اس نے نووارد کو اس کا کمرہ دکھادیا— کسی چیز کی ضرورت ہو تو بتا دینا۔ ٹائلیٹ، باتھ روم کمبائن ہے۔ تم چاہو تو اپنا دروازہ بند کرسکتے ہو — کچن کی طرف بڑھتے ہوئے اس نے پوچھا تھا—

"میں چائے بنانے جارہا ہوں۔ تم چائے پینا پسند کروگے؟"

"نہیں۔"

اس بار اس نے غور سے نووارد کو دیکھا۔ اس کے سر پر ایک گندی سی ہیٹ تھی۔ کپڑے بھی گندے ہو رہے تھے۔ اس نے آسمانی جینس اور سفید شرٹ پہن رکھی تھی۔ پاؤں میں ملٹری والے جوتے تھے۔ اپنے کمرے میں جاتے ہوئے اس نے اپنی بات پھر دہرائی۔۔۔ "پلیز مجھے ڈسٹرب نہیں کرنا۔۔۔ مجھے کسی چیز کی ضرورت نہیں ہے۔۔۔ اس بیگ میں کھانے پینے کے سامان موجود ہیں۔۔۔ امید ہے تم مجھے آرام سے سونے دوگے۔ "

نووارد نے دروازہ بند کرلیا تھا۔

عجیب آدمی ہے۔۔۔ اس نے ایک لمحے کو سوچا پھر خیال آیا کہ اسٹوڈنٹس لائف میں سارے ایسے ہی ہوتے ہیں۔ نہ سمجھ میں آنے والے —اس نے چائے بنائی۔ اندر سے موبائل پر کسی سے بات کرنے کی آواز آرہی تھی۔ شاید وہ کسی سے بات کر رہا تھا۔

چائے پینے کے بعد اس نے اپنے کمرے کی لائٹ بجھادی اور بستر پر سونے کے لیے لیٹ گیا—باہر کتّے زور زور سے بھونک رہے تھے جانے کتنی دیر تک وہ سوتا رہا۔ اچانک دروازہ کھلنے کی آواز سے وہ چونک گیا۔

رات کے دو بج گئے ہوں گے۔

سامنے اظہر کلیم تھا—دروازہ کھول کر اس نے لائٹ آن کر دی تھی۔

'سوری، تم جاگ رہے ہو۔۔۔ تمہیں ڈسٹرب کیا۔'

اس کے کندھے پر اب بھی بیگ لٹکا ہوا تھا—نیند نہیں آرہی ہے —نئی جگہ جلدی نیند نہیں آتی —"میں ذرا باہر گھوم کر آتا ہوں۔ جلدی آجاؤں گا۔"

اس کی آنکھیں نیند سے بوجھل تھیں۔ کروٹ بدلتے ہوئے اس نے کہا—جلدی آ جانا۔ مجھے صبح دفتر بھی جانا ہے۔

آسمان پر چاند روشن تھا۔ لیمپ پوسٹ کی روشنی میں وہ اسے تھوڑی دور تک جاتے ہوئے دیکھتا رہا —پھر دروازہ بند کیا۔ لیکن آنکھوں سے نیند اچٹ چکی تھی۔ کم بخت۔ بیگ بھی ساتھ لے کر گیا۔ مسلمان ہو کر مسلمان پر بھی ٹرسٹ کرنا نہیں جانتا۔ بیگ لے جانے کی کیا ضرورت تھی —لیکن اسے خوشی بھی تھی۔ کسی پر ٹرسٹ نہ کر کے شاید ایسے لوگ اپنے اندر کے ٹرسٹ کو زندہ رکھتے ہیں۔ یہی ان نوجوانوں کے پریکٹیکل ہونے اور آگے بڑھنے کا راز ہے۔

اس نے دوبارہ چائے بنائی۔ فریج میں رکھا ہوا باسی پزا کے کچھ ٹکڑے منہ کے

حوالے کیا۔ دیر تک کمرے میں ٹہلتا رہا — چار بجے کے قریب وہ واپس آیا۔ دروازے پر دستک دی۔ اس نے دروازہ کھولا — سوری کہہ کر وہ تیزی سے کمرے میں داخل ہو گیا۔ بستر پر لیٹنے سے پہلے اس نے فیصلہ کر لیا تھا — اس لڑکے سے اس کی نہیں بن سکتی۔ دوسرے دن وہ صاف کہہ دے گا ـ ـ ـ وہ اپنے لیے کسی ہوٹل کا بندوبست کر لے۔ آنکھیں بند کرنے سے پہلے اس نے جینی کے میسیج کو موبائل پر پڑھا — مس یو این لو یو — جلدی کوشش کرو کہ Miss you کہنے کی نوبت نہ آئے — تم پاس ہو گے تب بھی تمہیں Miss کروں گی۔ کیسے ؟ یہ مت پوچھنا۔"

وہ زیر لب مسکرایا۔

دوسرے دن آٹھ بجے اس کی نیند ٹوٹی۔ ہڑبڑاہٹ میں اٹھا، تو تکیے کے پاس پانچ سو کے چار نوٹ اور ایک تحریر پڑی تھی — شکریہ ـ ـ ـ ہوٹل میں ہوتا تب بھی ایڈوانس تو دینا پڑتا — ابھی دو دن اور قیام رہے گا — آج سات بجے آؤں گا — پلیز شام مجھ سے پہلے پہنچ جانا۔

نوٹ ہاتھ میں لیتے ہوئے اس کے چہرے پر مسکراہٹ تھی۔ نوجوان کے اب یہاں رہنے پر اسے کوئی اعتراض نہیں تھا ـ ـ ـ وہ جب چاہے، جتنے دن چاہے یہاں رہ سکتا ہے۔

*

ایک بار پھر دماغ میں پٹاخے چھوٹ رہے تھے — عمران دوسرے کمرے میں سو گیا تھا۔ اس کے خرّاٹے گونج رہے تھے۔ وہ دہشت بھری اُن خبروں کی زد میں تھا — شاید بھارت تیزی سے کٹّر پنتھی اسلام کے لڑاکوؤں کے لیے سب سے محفوظ ملک بنتا جا رہا ہے۔ اسے یاد آیا۔ اینکر زور زور سے چیخ رہا تھا — اگر آپ آتنک کی زد میں ہیں تب بھی مذہب آپ کی کوئی مدد نہیں کرنے والا۔ کیونکہ آتنک وادی مذہب دیکھ کر گولیاں نہیں

چلاتے —وہ اندر سے پسینے میں ڈوب چکا ہے۔ شام کے ٦ بجے سارے چینلس پر ہاٹ بریکنگ نیوز —بھیڑ سے بھرے ریلوے اسٹیشن پر ٨ سے ١٠ اکلو آر ڈی ایکس سے بھرے دو تھیلے —اچانک فدائین حملے سے سارا شہر جیسے کسی گہرے صدمے میں ڈوب گیا۔ سیریل بم دھماکے —چینلس چیخ رہے ہیں —سرکار اور پولس کی لاپرواہی نے آتنک وادیوں کو اپنی مرضی سے حملہ کرنے کے لیے راستہ بنا دیا —وہ عمارت جس میں آتنک وادی چھپے تھے، کچھ گھنٹوں کی لگاتار فائرنگ کے بعد پولس آتنک وادیوں کو مار گرانے میں کامیاب ہوئی تھی۔

مگر وہ چہرہ —وہ واردات بھول چکا ہے۔ صرف وہ چہرہ یاد ہے۔ وہ چہرہ جو تین دنوں تک اس کے ساتھ رہا —پولس —۔ فوجی کارروائی —۔ آتنک واد —حکومت کے بیان۔ وہ کچھ بھی سوچنا نہیں چاہتا اس کے کانوں میں لگاتار یہی جملے گونج رہے ہیں —۔ پولس تفتیش کر رہی ہے۔ حملہ کرنے سے پہلے آتنک وادیوں کے ٹھکانے کون کون تھے اور وہ کہاں کہاں ٹھہرے تھے؟

اس کی آنکھوں کی چمک بجھتی جا رہی ہے۔ وہ کانپ رہا ہے —۔ بستر سے اٹھ کر اس نے چلنے کی کوشش کی —لیکن یہ کیا۔ سارے جسم میں لرزش طاری ہے —یقیناً وہ پکڑ لیا جائے گا۔ پولس کے ہاتھ کافی لمبے ہیں —وہ یعنی سلیم درگاہی —اس کے گھر پولس ریڈ کرے گی —بوڑھے ماں باپ —۔ بھائی بہن —۔ سب جیسے سنّاٹے میں آ جائیں گے —۔ پولس چارج شٹ لگائے گی —۔ مالیگاؤں سے اعظم گڑھ تک کے تار جوڑنے کی کوشش ہو گی —۔ کب سے جانتے تھے؟ تم کن لوگوں سے ملے ہوئے ہو؟ کس کے لیے کام کرتے ہو؟ پاکستان میں تمہارا آقا کون ہے؟ لشکر یا طالبان؟ یا اسلامی مجاہدین؟

اسے لگا جینی کے پاپا زور زور سے جینی سے کہہ رہے ہوں —میں کہتا نہ تھا —

مسلمان بھروسے مند نہیں ہوتے۔

اسے لگا، جینی نے شرمندگی سے سر جھکا لیا ہے۔

نفرت کی ایک تیز آندھی آئی اور اسے بہا کر لے گئی۔ آگے بڑھ کر فریج سے پانی کی بوتل نکالی۔ پانی کے دو چار قطرے ہی گلے تک جا سکے۔ بیسن کے پاس لگے آئینہ میں اپنا چہرہ دیکھا —ایک زرد، بیمار چہرہ اس کی آنکھوں کے سامنے تھا —رات ہی رات جس پر جھریوں کا جنگل اگ آیا تھا۔ وہ ایک بار پھر بستر پر دراز تھا —وہ معصوم چہرہ ایک بار پھر نگاہوں کے سامنے تھا۔ جینی نے اس دن اس کے گھر رکنے کی خواہش کا اظہار کئی بار کیا۔ لیکن وہ خوبصورتی سے ٹال گیا — جینی نے برا بھی مانا تھا — چھ بجے شام اس نے آفس چھوڑ دیا۔ اس کے پڑوس میں للی آنٹی رہتی ہیں۔ عمر چالیس کے قریب —ان کی دو پیاری سی بیٹیاں بھی ہیں۔ ایک پندرہ کی دوسری تیرہ —اس دن تیزی سے کمرے کی طرف آتے ہوئے للی آنٹی مل گئیں۔ پھول کی طرح کھلا ہوا چہرہ — کیا بات ہے۔ گرل فرینڈ کو بلایا ہے کیا۔۔۔

نہیں۔ ہاں۔۔۔، وہ گڑبڑا سا گیا — '

للی آنٹی زور سے قہقہہ مار کر ہنس پڑی۔ شرماتے کیوں ہو۔ اچھی بات ہے —جاتے ہوئے وہ ایک بار پھر پلٹ کر بولیں —تمہاری فرینڈ کل بھی آئی تھی کیا؟ آگے بڑھنے سے پہلے انہوں نے ایک بار پھر زور سے قہقہہ لگایا —یہ لڑکیوں کو زیادہ کو کافی مت پلایا کرو۔ ہاضمہ خراب ہو جاتا ہے۔"

آٹھ بجے اظہر کلیم دوبارہ آگیا تھا۔ آج اس کے چہرے پر تازگی تھی۔ کپڑے بھی صاف ستھرے تھے۔ لیکن سر پر وہی گندی سی ہیٹ موجود تھی۔ آج وہ خوش لگ رہا تھا۔

"چائے پلاؤ گے تو پی لوں گا — "

بیگ اندر رکھ کر وہ اس کے کمرے میں آگیا۔ صوفے پر بیٹھ گیا۔

"یہ کالی پٹّی کس لیے ہے؟"

'ماں کی نشانی ہے'—وہ آہستہ سے بولا۔

رسمی سی بات چیت کے بعد چائے پیتے ہوئے اس نے صرف اتنا کہا—چائے اچھی بنا لیتے ہو۔ شاید میں کل کے دن اور رکوں—پھر تمہیں تکلیف نہیں دوں گا۔

اکزام کیسا گیا؟

"اکزام آج نہیں تھا۔ ایک دن بعد ہے۔ صبح ہی نکل جاؤں گا—اس نے ایک سانس میں چائے ختم کر کے میز پر رکھ دیا—چائے کا بے حد شکریہ۔'

اس رات وہ کہیں نہیں گیا۔ لیکن شاید وہ سو نہیں سکا تھا۔ دیر رات تک اس کے بند کمرے سے کھٹر پٹر اور موبائل سے فون کرنے کی آواز آتی رہی۔ ممکن ہے کوئی گرل فرینڈ ہو۔ یا وہ اپنے گھر والوں سے باتیں کر رہا ہو۔ مگر اتنی رات گئے ... اسے کیا... اسے تو ہوٹل کا کرایہ مل رہا ہے۔

دوسرے دن بھی اظہر کلیم سویرے ہی نکل گیا۔ ہاں، تکیہ کے پاس پانچ سو کے دو نوٹ پڑے تھے۔ لیکن کوئی تحریر نہیں تھی۔

دوسرے دن وہ جینی سے اس واقعہ کا ذکر کرنا چاہتا تھا۔ مگر اس نے جان بوجھ کر ایسا نہیں کیا—پتہ نہیں جینی کیا سمجھے۔ ممکن ہے، وہ کہے کہ پیسوں کی ضرورت تھی تو اس سے کیوں نہیں لیا—جینی نے اس دن بھی گھر چلنے کی پر زور فرمائش کی۔ لیکن اس نے ٹال دیا—جینی کے چہرے پر شک کے بادل منڈلا رہے تھے۔

"کہیں ایسا تو نہیں ہے کہ تمہاری زندگی میں کوئی اور آگیا ہے...؟" وہ اس کی آنکھوں میں آنکھیں ڈالے بول رہی تھی۔ اگر ایسا ہوا تو جانتے ہو کہ کیا ہوگا؟ اسے بھی

مار دوں گی اور تمہیں بھی۔ دوسرے ہی لمحے جینی محبت کی بارش میں شرابور تھی —
"تمہیں تو مار بھی نہیں سکتی۔"

اس دن وہ سات بجے کمرے میں لوٹ آیا تھا۔ ڈنر تیار کیا — تھوڑا سا ڈنر اظہر کلیم کے لیے بھی رکھ چھوڑا کہ شاید اسے بھوک لگی ہو — دیر تک پرانی میگزینس پڑھتا رہا — پھر اس کے آنے کی امید چھوڑ دی — رات گیارہ بجے دروازے پر دستک ہوئی۔ اس نے دروازہ کھولا۔

"السلام علیکم۔ سوری آج دیر ہو گئی۔۔۔ دراصل۔"

اس نے محسوس کیا اظہر کلیم کے چہرے پر ایک خوفناک اداسی پسری ہوئی ہے — آنکھیں سوجی ہوئی — دن بھر کی تکان اور دوڑ دھوپ کا اثر اس کے چہرے سے صاف جھلک رہا تھا۔

'کھانا؟'

کھالیا—

'چائے بناؤں۔'

'نہیں۔۔۔، کمرے میں جاتے ہوئے وہ ایک لمحے کو ٹھہرا — کل صبح ہوتے ہی چلا جاؤں گا۔'

اس رات اگر اس کا اندازہ غلط نہیں تو وہ جلدی سو گیا۔ ہاں، کچھ دیر تک موبائل سے، کسی سے بات کرنے کی آوازیں سنائی دیتی رہیں۔ مگر الفاظ صاف نہیں تھے — رات دو بجے ہوں گے کہ اچانک وہ بستر سے اٹھ گیا — کوئی رو رہا تھا — شاید وہی تھا۔ اس کے رونے کی دھیمی آواز وہ اس سناٹے میں بخوبی سن سکتا تھا — ایک بار خواہش ہوئی کہ وہ اس کا کمرہ نوک کرے — پھر اس نے اس ارادے کو ملتوی کر دیا — پھر جانے کب اس کی

آنکھ لگ گئی۔ صبح آٹھ بجے نیند ٹوٹی تو بستر پر ہزار کے تین نوٹ پڑے تھے۔ یعنی ہوٹل کے روم کے حساب سے۔ اس نے خود ہی ایک رات کے دو ہزار روپے طے کر لیے تھے —چھ ہزار روپے —برے نہیں تھے —اسی دن آفس سے پوسٹ آفس جاتے ہوئے اس نے پانچ ہزار روپے گھر منی آرڈر کر دیئے۔

ٹھیک اسی دن، شام چھ بجے یہ فدائین حملہ ہوا تھا۔ پہلے ریلوے اسٹیشن پھر پاس کے ایک بزنس سینٹر کو فدائین نے اپنا نشانہ بنایا —پولس کارروائی کے پانچ چھ گھنٹوں کے دوران تین فدائین مار گرائے گئے تھے —وہ اس چہرے کو دیکھ رہا تھا۔ بدن میں لرزش تھی اور شاید وہ یہی لمحہ تھا جب وہ 'کافکا' کے میٹامارفوسیس میں تبدیل ہو گیا تھا۔ اور شاید وہ آوارہ سڑکوں پر تیز تیز دوڑ رہا تھا۔

*

دوسرے دن آٹھ بجے عمران نے اسے جھنجھوڑ کر اٹھا دیا۔ 'کیا ارادے ہیں؟ آفس نہیں جانا کیا؟ نہیں جانا ہو تو یہ Key رکھ لو--- میرے پاس ہے--- کچھ کھانے کی خواہش ہو تو فرج سے نکال کر کھا لینا۔'

عمران کے جانے کے کچھ ہی دیر بعد جینی کا فون آیا تھا—کہاں ہو؟

عمران کے گھر رہنے کی بات سن کر وہ زور سے چیخی —"پاگل ہو گیا؟ وہاں کیوں رکے؟ اچھا کوئی بات نہیں۔ آفس ذرا جلدی پہنچ جاؤ۔"

اس کی آواز کمزور تھی —'شاید میں آج آفس نہیں آپاؤں۔'

اس نے فون کاٹ دیا۔ موبائل کو سائلنٹ پر کرنے کے بعد صوفے پر دھنس گیا— ایک بار ٹی وی آن کرنے کی خواہش ہوئی —پھر خوف کے احساس نے ایسا کرنے سے روک دیا—اسے یہ بھی احساس تھا، کہ وہ اپنے ساتھ عمران کو تو خطرے میں نہیں ڈال رہا

ہے۔ نہیں، اسے یہاں نہیں رہنا چاہئے — اس کے پکڑے جانے کے بعد پولس عمران سے بھی پوچھ تاچھ کر سکتی ہے۔۔۔

دس بجے اس نے عمران کا کمرہ چھوڑ دیا۔ دماغ اب بھی سائیں سائیں کر رہا تھا — اسے یقین تھا کہ میڈیا اور پولس دونوں اپنی اپنی پہنچ کا استعمال کر رہے ہوں گے۔ وہ کسی وقت بھی پکڑا جا سکتا ہے۔ اور پکڑے جانے کے بعد — سر چکرا رہا تھا — ذہن سوچنے، سمجھنے کی صلاحیت سے معذور ہو چکا تھا۔ بے دلی سے وہ اپنے گھر کی طرف نکل پڑا — یہ دیکھنے کے لیے کہ پولس کے کتّے کہیں اس کی بو تو نہیں سونگھتے پھر رہے ہیں — گھر کے قریب آ کر وہ ٹھہر گیا۔ گومتی کے پاس والی دکان پر کچھ لوگ کھڑے تھے۔ گھر کے آگے ایک پولس والا تھا۔ وہ ایک کھمبے کی اوٹ میں ہو گیا — پولس والا کسی سے کچھ دریافت کر رہا تھا۔ پھر وہ اپنے اسکوٹر پر بیٹھا اور روانہ ہو گیا — اس کے بدن میں خون کا دوران تیز تھا — یہ آسانی سے سمجھا جا سکتا تھا کہ اب وہ پولس تفتیش کا ایک حصہ بن چکا ہے۔ اور شاید کچھ ہی گھنٹوں میں۔۔۔

سانس چلنے کی رفتار تیز تھی — جیسے چاروں طرف سے وہ سلگتے چلّاتے لفظوں کی زد میں تھا — کیمرے کے فلیش چمک رہے تھے۔ آنکھوں کے آگے سہمے سہمے سے گھر والوں کا چہرہ ناچ رہا تھا — یقیناً وہ پکڑا جائے گا — لیکن وہ کیا کرے — کیا وہ پولس کے پاس جائے؟ قریبی تھانے میں جا کر حلفیہ بیان لکھوائے؟ کیا پولس اس کی بات مان کر چھوڑ دے گی؟ ہزاروں طرح کی جرح — کارروائی، تھرڈ ڈگری کا استعمال، گھر والوں سے پوچھ تاچھ — جینی سے، آفس سے، بوس سے، عمران سے۔۔۔

اسے لگا جیسے ایک بے حد کمزور لمحے اس نے اپنے مستقبل کا ایسا داؤں کھیلا ہے۔ جہاں صرف موت ہے — موت کے سرخ سرخ دائرے، اس کی آنکھوں کے آگے

پھیلتے جارہے ہیں۔

اب بہت دیر ہو چکی ہے۔

کیا وہ خود کشی کر لے؟ ٹرین کے آگے آجائے؟ نہر میں کود جائے۔ لیکن خود کشی کی وجہ ---؟ پولس کیا یونہی تفتیش کو بند کر دے گی؟ اور خدانخواستہ تفتیش کے دوران اگر اظہر کلیم کو تین دن گھر ٹھہرانے کی بات کا پتہ چل جائے تو--- کیا پولس اس کے ماں باپ کو چھوڑ دے گی؟ جینی کے باپ کا کہا گیا جملہ بار بار اس کے ذہن میں گونج رہا تھا--- مسلمان بھروسے مند نہیں ہوتے۔

وہ دیر تک یونہی سڑک پر گشت کرتا رہا۔ بھوک پیاس سب اڑ چکی تھی —صرف آنکھوں کے آگے ٹھہری موت رہ گئی تھی —ایک بے رحم موت —وہ زندہ رہے یا مردہ، جیسے ایک بے رحم موت اس کا انتظار کر رہی ہے۔

نہیں معلوم وہ کتنی دیر تک سڑکوں پر یونہی آوارہ بھٹکتا رہا—پاؤں بوجھل تھے، سر میں چکر آرہے تھے۔ تھکا ہارا وہ ایک ڈھابے میں آگیا۔ مگر جیسے بہت ساری آنکھیں اس کے تعاقب میں تھیں —اس نے پیچھے پلٹ کر دیکھا۔ سامنے والا آدمی--- اور وہ —پاس کے بینچ پر بیٹھا ہوا اخبار پڑھتا ہوا آدمی--- شاید وہ اخبار سے نظر بچا کر بس اس کی طرف دیکھ رہا ہے--- اندر جیسے تیر کی طرح ایک ٹھنڈ لہراتی چلی گئی۔

وہ ٹھہرا نہیں--- تیزی سے باہر نکل آیا —احساس ہوا، اخبار کنارے رکھ کر وہ آدمی بھی تیزی کے ساتھ اس کے پیچھے نکل آیا ہے۔

وہ تیز تیز سڑکوں پر دوڑ رہا ہے۔ بے تحاشہ--- پاگلوں کی طرح۔

دماغ میں چلنے والی آندھیاں تیز ہو گئیں ہیں —جن پتھ--- کناٹ سرکس--- پالیکا بازار —یونہی پاگلوں کی طرح--- وہ لوگوں کے درمیان سے گزر رہا ہے۔ سجی ہوئی

دکانیں، شاپنگ کرتے لڑکے لڑکیاں — مگر جیسے سب پلٹ کر بس اسی کی طرف دیکھے جا رہے ہیں۔ یقیناً اب اس کا بچنا محال ہے۔ شاید وہ پہچان لیا گیا ہے — کچھ ہی دیر، کچھ ہی لمحوں میں سارا کھیل ختم — دماغ میں میزائل چھوٹ رہے ہیں۔

میٹرو اسٹیشن۔ وہ چپ چاپ ایک خالی بینچ پر بیٹھ گیا۔ رونے کی خواہش ہو رہی تھی۔ لیکن شاید آنکھوں کے آنسو بھی خشک ہو چکے تھے۔ جیب سے موبائل نکالا۔ ہاتھوں کی ہتھیلیاں سرد تھیں اور بے جان۔ جینی کے کتنے ہی مسڈ کال تھے اور کتنے ہی میسج۔ آخری میسج پانچ بجے کے آس پاس بھیجا گیا تھا۔ اس نے ڈرتے ڈرتے پڑھنا شروع کیا۔ لکھا تھا — شام چھ بجے میں تمہارے گھر پہنچ رہی ہوں۔ تالا بند ملا تو تالہ توڑ دوں گی۔ اس لیے پلیز مجھے اپنے گھر پر ملو۔

اسے یقین تھا۔ جینی ایسا کر سکتی ہے۔

اور اب جینی سے ملنے کے سوا دوسرا کوئی راستہ نہیں تھا۔ پلیٹ فارم پر آہستہ آہستہ ٹرین کے رینگنے کی آواز سنائی دے رہی تھی۔۔۔

*

ایک بے حد اداس، بوجھل اور ڈراؤنا دن — وہ اپنے گھر کے دروازے پر تھا۔ اور اچانک ایک بار پھر چونک گیا تھا۔ وہی صبح والا پولس کا آدمی۔۔۔ وہ شاید اس کے گھر سے ہی باہر نکلا ہو گا۔ اسکوٹر پر بیٹھتے ہوئے اس نے ادھر اُدھر دیکھا۔ پھر اسکوٹر اسٹارٹ کیا اور روانہ ہو گیا —

دل میں دھک کا اضافہ ہو چکا تھا۔۔۔ چند لمحے وہ ساکت و جامد وہیں کھڑا رہا — شاید آنے والے بے رحم وقت سے مقابلے کے لیے خود کو تیار کر رہا تھا۔ لیکن کیا ایسا کرنا آسان تھا؟ گھر کی طرف بڑھتے ہوئے للی آنٹی ایک بار پھر ٹکرا گئی تھی۔

'ارے سنو۔۔'

اس نے جبراً مسکرانے کی کوشش کی۔ مگر اسے احساس تھا، مسکراہٹ کی جگہ کافکا کے اسی کیڑے نے لے لی ہو، جو دھیرے دھیرے اس کے وجود پر حاوی ہو گیا تھا۔

'تمہاری دوست آئی ہے۔ اچھی ہے۔۔۔' للی آنٹی مسکرا رہی تھیں۔ ایک Key اسے کیوں نہیں دے دیتے۔۔۔ وہ تو اچھا ہوا بیچاری میرے پاس آگئی۔ تالہ کھل گیا۔ جاؤ انتظار کر رہی ہے تمہارا۔

جاتے ہوئے پلٹ کر ایک بار پھر للی آنٹی دھماکہ کر گئی تھیں۔۔۔ 'دو دن پہلے کون آیا تھا؟ آج کل کچھ زیادہ ہی کافی پینے لگے ہو۔۔۔'

ہنسنے کی آواز دماغ میں گرجنے والے میزائل کی آواز سے دب گئی تھی۔

آگے بڑھ کر اس نے اپنے گھر کی بیل پر انگلی رکھ دی۔

دروازہ کھلنے اور اندر داخل ہونے تک احساس ہوا، جینی کی آنکھیں اس کے سارے جسم کو ٹٹول رہی ہوں۔

'اچھا سنو۔ وہ پولس والا آیا تھا۔ صبح بھی آیا تھا۔ تم نے پاسپورٹ کے لیے اپلائی کیا تھا۔۔ کیا شکل بنالی ہے۔۔۔ جینی نے دھیرے سے اس کے ہاتھوں کو چھوا۔۔۔ چلو۔۔۔ ہاتھ منہ دھولو۔ ایسے لگ رہے ہو جیسے۔۔۔ ان دھماکوں میں تمہارا بھی ہاتھ ہو۔'

وہ زور سے چیخی —'کیا کرتے رہے سارے دن۔'

اس نے ایک نظر کمرے پر ڈالی۔ جینی نے گھر کی صفائی کر دی تھی۔ ہاتھ منہ دھونے کے بعد وہ ڈرائنگ ٹیبل والی چیئر پر بیٹھ گیا۔ ذہن اب بھی سائیں سائیں کر رہا تھا ۔۔۔ زور زور سے چیخنے کی خواہش ہو رہی تھی۔ اچانک وہ چونک گیا۔ جینی قریب تھی۔ اس کے سر کے بالوں کو سہلاتی ہوئی۔۔۔

'کیوں ہو جاتے ہو ایسے ---کبھی کبھی میں سچ مچ ڈر جاتی ہوں تم سے --- جیسے یہ ملک میرا ہے۔ ویسے تمہارا بھی ہے۔ اور اس بات کو مجھ سے کہیں بہتر تم جانتے ہو۔ جانتے ہونا--؟ وہ قریب آگئی —بالکل اس کے سانسوں کے قریب۔ ہاتھوں کو اپنے ہاتھ میں لیا-- "ایسی وارداتیں ہوتی ہیں۔ ہمیں بھی برا لگتا ہے مگر ہم --- تمہاری طرح تو نہیں ہو جاتے ؟ میں جانتی ہوں تم بھیانک طریقے سے ڈر گئے ہو۔ مگر کیوں ؟ انہیں اپنا ہم نام یا ہم مذہب مانتے ہی کیوں ہو ؟ وہ ایک آتنک وادی ہیں بس۔'

اس کی آنکھیں پیار سے اس کی طرف دیکھ رہی تھیں —سنو ایک گفٹ ہے تمہارے لیے —گھر کی صفائی کرتے ہوئے ایک چیز ملی ہے مجھے --- شیطان کہیں کے ---مجھے بتایا کیوں نہیں۔ چلو--- میں بتا دیتی ہوں--- پہلے آنکھیں بند کرو۔

جینی ایک لمحے کو اٹھی۔ اندر کمرے کی طرف بھاگی۔ پھر دوسرے ہی لمحے واپس آ گئی —آنکھ بند پلیز---

اس نے آنکھیں بند کر لیں۔

جینی نے اس کے سر پر کچھ رکھا۔ پھر مسکراتے ہوئے بولی۔ اب آئینے میں خود کو دیکھو۔ اس نے چونک کر خود کو آئینے میں دیکھا —یہ وہی گندا سا ہیٹ تھا —اسے، اس چہرے پر حیرت تھی —بار بار آنکھوں کے آگے منڈراتے چہرے کے باوجود اسے لگ رہا تھا--- کچھ چھوٹ رہا ہے۔ تو وہ یہ ہیٹ چھوڑ گیا تھا—

جینی ہنس رہی تھی---

وہ غور سے آئینے میں خود کو پہچاننے کی کوشش کر رہا تھا۔

ایک انجانے خوف کی ریہرسل

(ایک کہانی جمہوریت کے نام)
آج ہم سبھی امریکہ کا حصہ بن چکے ہیں /
اب کہیں کوئی جمہوریت باقی نہیں ہے /
—ایک اخبار کے اداریہ سے
آپ غلط فہمی میں ہیں کہ ہمارا پیچھا کیا جارہا ہے۔
آپ کو نہیں سوچنا چاہئے کہ ہم سبھی دہشت گرد ہیں۔
محسن حامد(Reluctant Fundamentalist سے)
آگے گڈّھا ہے
"آگے سڑک ٹوٹی ہے صاحب۔"

گاڑی ایک جھٹکے سے رک گئی تھی۔ ڈرائیور نے پیچھے مڑ کر ہم دونوں کی طرف دیکھا —'گاڑی بیک کرنی ہو گی صاحب —'ڈرائیور ہنس رہا تھا —'اصل بھارت تو جھٹکوں میں بستا ہے صاحب۔ آپ بھی جھٹکے کھاتے ہوئے چلیے۔ کیونکہ یہاں سے صرف ٹوٹی، دھنسی ہوئی سڑکیں ابھی آگے دس پندرہ کیلو میٹر تک رہیں گی۔ ابھی دو دن پہلے اس طرف گنا مزدوروں نے کافی ادھم مچایا تھا صاحب۔ اور ان کی غلطی بھی کیا تھی۔ ڈیزل، بجلی مزدوری، بیج، کھاد سب کی قیمتیں تو آسمان چھو گئیں صاحب۔ گنا مزدور آندولن نہ کریں تو کیا کریں۔۔۔'

گاڑی آواز دیتی ہوئی، بیک ہوئی —پھر جھٹکے سے پیڑوں کے بیچ راستہ بناتے ہوئے چلنے لگی۔

'آپ کو تو سب معلوم ہو گا صاحب۔ اس بار کا معاملہ ویسا نہیں۔ مزدور پہلی بار گنا کے کھیتوں میں آگ لگانے پر مجبور ہو گئے۔ اتر پردیش میں کسان ۲۱۰ بیگھا زمین کا گنا آگ کے حوالے کر چکے۔ میرٹھ میں بھی گنوں کی فصلوں میں کتنے ہی کسانوں نے آگ لگا دی۔ اس نے گھوم کر دیکھا —سچ پوچھو تو ہم ڈر جاتے ہیں صاحب۔ بڑھتی ہوئی مہنگائی سے۔ روز ہونے والے دنگوں سے اور ۔۔۔ وہ ہنسا تھا —جمہوریت سے —آپ کو ڈر لگتا ہے صاحب۔۔۔؟

سامنے دور تک ننگے پیڑ کی قطاریں ۔۔۔ دھول بھری سڑکیں ۔۔۔ پیڑوں کے درمیان اوبڑ کھابڑ راستہ پر گاڑی چلانا آسان نہیں تھا —نیلے آسمان پر بادلوں کے بہت سارے ٹکڑے جمع ہو گئے تھے۔ یہ دسمبر کا مہینہ تھا۔ صبح پانچ بجے ہم گھر سے چلے تھے — کہاسے کی چادر نے سارے شہر کو اپنا شکار بنالیا تھا —گاڑی میں بیٹھنے سے قبل تک وہ گہری سوچ میں ڈوبا ہوا تھا۔ سردی کی وجہ سے دانت بج رہے تھے۔ گہری دھند کے باوجود 'ساتھی' کے چہرے کی نمی محسوس کی جا سکتی تھی۔ اس کی آنکھیں سہمی ہوئی تھیں اور پتلیوں میں کوئی ڈر بیٹھ گیا تھا۔ وہی ڈر، جسے گاڑی میں بیٹھنے سے قبل اس نے اپنے ہونٹوں سے ادا کیا تھا۔

'اسے گم ہوئے کئی روز گزر گئے ہیں۔۔۔'

'پھر آپ نے گمشدگی کی رپورٹ درج نہیں کی۔'

'نہیں —' ایک بے حد سفاک اور تھرایا سا لہجہ —' آپ جانتے ہیں، اس کا نام اسامہ ہے ۔۔۔ اور وہ ۔۔۔، کہتے کہتے اس نے اپنی پلکوں کو جنبش دی ۔۔۔ 'اس کے چہرے پر

ہلکی ہلکی داڑھی نے اپنا رنگ دکھانا شروع کر دیا تھا۔۔۔ اور وہ ڈرنے لگا تھا۔۔۔'

'مائی گاڈ — لیکن کیوں۔۔۔؟'

'بس ڈرنے لگا تھا۔۔۔ ڈر کی کوئی وجہ نہیں ہوتی۔۔۔ چار سال کی عمر سے۔۔۔'

تب ہم گاڑی میں بیٹھ چکے تھے — اور ہمارے ڈرائیور نے تب تک اپنے ہونٹوں کو بند رکھا تھا — ہاں دو تین بار اس نے پلٹ کر ہماری طرف دیکھا تو میں نے اپنے ساتھی کی آنکھوں میں گہرے ہوتے ہوئے شک کو پڑھ لیا تھا —

میں نے ڈرائیور کو پیچھے نہ گھومنے کی تنبیہ کی تھی — اور ساتھ ہی میں نے اس کے چہرے پر ناگواری کے عکس کو دیکھ لیا تھا — اور اب میں اپنے ساتھ کے چہرے کا جائزہ لے رہا تھا — صبح کے سات بج گئے تھے۔ گاڑی کے شیشہ چڑھے تھے۔ گرم لبادے کے باوجود ریڑھ کی ہڈیوں تک ٹھنڈ اترتی جا رہی تھی۔۔۔

'تو وہ آپ کا بیٹا ہے۔۔۔ اور آپ نے اس کی گمشدگی کی رپورٹ بھی درج نہیں کرائی۔۔۔' میرے لہجہ میں سختی تھی — 'صرف اس لیے کہ اس کا نام اسامہ تھا۔ اور اس کے چہرے پر ہلکی ہلکی داڑھی اترنے لگی تھی۔۔۔'

"آپ اسے معمولی بات سمجھ رہے ہیں۔۔۔' اس بار اس نے شک کی آنکھوں سے مجھے گھور کر دیکھا تھا — 'دنیا کے کسی بھی ملک میں اس نام کا آدمی ہونا اور چہرے پر ہلکی ہلکی داڑھی کا اگنا — نہیں آپ سنجیدگی سے میری باتوں کو نہیں لے رہے۔ اور معاف کیجئے گا میں نے پورے ہوش و حواس میں ایک اور لفظ کی ادائیگی کی تھی'۔۔۔ کہ وہ ڈر گیا تھا —' وہ ڈر گیا تھا۔ اور پھر ایک دن وہ غائب ہو گیا۔ اور معاف کیجئے گا — تمام ممکنات اور سوالوں کو سامنے رکھنے کے باوجود میں گمشدگی کی اطلاع یا ایف آئی آر درج کرانے پولس اسٹیشن گیا تھا۔

اور ممکن ہے، میری رپورٹ درج کرلی جاتی۔۔۔

'پھر کیوں نہیں درج کرائی۔۔۔'

'نہیں — ایسے نہیں سمجھیں گے آپ — میں بالکل ویسے بتانے کی کوشش کرتا ہوں۔ جیسا کہ یہ واقعہ میرے ساتھ پیش آیا — ایک تو بیٹے کی گمشدگی — اس کی ماں نے گھر پر روتے روتے اپنی جان ہلکان کرلی تھی — اور اس پر سے تمام پہلوؤں پر غور کرنے کے بعد میرا پولس اسٹیشن جانا — معاف کیجئے گا۔ پولس اسٹیشن جانا محض پولس اسٹیشن جانا نہیں تھا۔ اس میں 62 سال لگ گئے تھے — '

'62 سال —؟' میں اس طرح چونکا جیسے گاڑی نے دوبارہ جھٹکے کھائے ہوں۔۔۔

'اس کا چہرہ صفر میں ڈوبا تھا — 'ہاں، 62 سال — یہ صرف میرے بیٹے کی گمشدگی کا سوال نہیں تھا — خیر سے اس کا نام اسامہ تھا۔ اور جیسا کہ میں نے بتایا۔۔۔ اس کے چہرے پر۔۔۔' وہ ٹھہرا — میری طرف دیکھا — 'چونکیے مت۔ پورے 62 سال۔ آزادی سے اب تک اس ملک کی عمر گن لیجئے — گہرے سناٹے میں، میں نے انگریزوں کے کوڑے بھی کھائے۔ گولیوں کی آوازیں بھی سنیں — پھر وہ سب سہتا گیا۔۔۔ یا وہ سب کسی فلم کے منظر کی طرح میری آنکھوں کے فریم میں ابھرتا رہا۔۔۔ نہیں، معاف کیجئے گا — ان خوف زدہ لمحوں کی کہانی سے مجھ سے کہیں زیادہ آپ واقف ہوں گے — مگر اس ایچ او کے پاس جاتے ہوئے شاید میں اپنے لیے ایک مضبوطی قائم کرچکا تھا اور یہ میرے لیے یا میری زندگی کے لیے سب سے زیادہ چونکانے والا لمحہ تھا۔۔۔ دو دن قبل اس ایچ او کے بیٹے کا انتقال ہوا تھا — اور یہ جاننا آپ کے لیے ضروری ہے — اور شاید یہی وجہ تھی کہ میں اس کے اندر بیٹے کے درد کے ساتھ پہلی بار ایک انسان کو دیکھ رہا تھا — ایک ایسے انسان کو شاید جسے میں دیکھ ہی نہیں پاتا کہ اگر اس کا اپنا بیٹا دو دن پہلے نہیں مرا

ہوتا۔ شاید وہ بہت کچھ کر چکا ہوتا — جو وہ مجھے ٹہل ٹہل کر بتا رہا تھا۔ ایس ایچ او نے سگریٹ سلگالی تھی — کمرے میں کوئی نہیں تھا۔ اس کے چہرے پر بیک وقت اداسی اور خوف دونوں کو پڑھا جا سکتا تھا—'تو آپ کا بیٹا غائب ہے ؟ دھوئیں کے چھلّے بناتا ہوا وہ ٹھہرا —اسامہ، قد پانچ فٹ دس انچ —چہرے پر ہلکی داڑھی —اور آپ چاہتے ہیں کہ اس کی گمشدگی کی رپورٹ درج کی جائے۔۔۔ اس نے چھلا بنانا بند کیا—کچھ دیر تیز تیز ٹہلتا رہا— پھر رکا —'وہ فائیلوں کے ڈھیر دیکھ رہے ہیں۔ جانتے ہیں ہم اپنے ناکامی پر کامیابی کی مہر کیسے لگاتے ہیں —؟ اس نے ہنسنے کی کوشش کی تھی —دو دن پہلے میرا جوان بیٹا مر گیا۔ سمجھ رہے ہیں آپ —ہمدردی ہے مجھے آپ کے بیٹے سے۔ ورنہ دوسری صورت میں — ان ناکام فائلوں میں ایک فائیل کو اس کی کامیابی کی رپورٹ مل جاتی —ایسے —اس نے نشانہ لگایا۔ ان کاؤنٹر — سمجھ رہے ہیں آپ۔۔۔ گجرات سے اعظم گڑھ اور دلّی تک کے تار جوڑ دیتا۔۔۔ اسامہ نام ہی کافی تھا۔ کچھ بھی کرنے کے لیے۔۔۔

ریڑھ کی ہڈیوں میں برف جمتی ہوئی محسوس ہوئی۔ گہری دھند کے درمیان کانپتے ہوئے سورج کے طلوع ہونے کی گواہی مل چکی تھی —اب 'ساتھی' کی باری تھی۔

لیکن آپ اسے کیوں تلاش کرنا چاہتے ہیں۔۔۔؟

اچانک خاموشی چھا گئی تھی۔ میں ایک لمحے کے لیے اس کی طرف مڑا —پھر گہری خاموشی میں ڈوب گیا — آخر میں اسے کیوں تلاش کرنا چاہتا تھا —؟ یقیناً آپ کو میرے بارے میں جاننا چاہئے —جیسے میں کون ہوں۔ کب پیدا ہوا —مجھے مسکرانے دیجیے — سلمان رشدی کے، مڈنائٹس چلڈرن کے اسِ کردار کی طرح جب ۱۴ اگست ۱۹۴۷، رات کے بارہ بجے گھڑی کی دونوں سوئیاں آپس میں مل رہی تھیں۔ اور ٹھیک یہ وہی لمحہ تھا جب اس کے باپ کو ایک ٹھوکر لگی تھی (رشدی: مڈنائٹس چلڈرن کا ایک کردار)۔۔۔ میں

ہوا میں چھوٹتی آتش بازیوں یا آتش بازیوں سے پیدا ہونے والے خوف کا تذکرہ نہیں کرنا چاہتا— لیکن یہی وقت تھا جب میں پیدا ہوا— پھر ان 62 برسوں میں ایسی کتنی ہی آتش بازیوں کی زد میں آیا۔۔ یا ان کا گواہ بنا— یا جیسے ہر بار ایسے حالات میں، میں آئینہ کے سامنے کھڑا ہو جاتا۔۔۔

'تو کیا تم ڈر رہے ہو۔۔۔؟'

'نہیں۔۔۔'

'لیکن تم ڈر رہے ہو۔۔۔ تم ذرا ذرا سی باتوں سے ڈر جاتے ہو۔۔۔ تم ڈر جاتے ہو کہ تم اپنے ہی ملک میں بہت سارے لوگوں یا آنکھوں کے درمیان اجنبی بنا دیئے گئے ہو— تم اپنے پہناوے اپنے لباس سے ڈر رہے ہو۔۔۔ تم ڈر رہے ہو کہ تمہارے چہرے پر گھنی ہوتی داڑھی کو کچھ گمنام آنکھیں بغور دیکھ رہی ہیں —تم ایک معمولی آتش بازی سے بھی ڈر جاتے ہو۔۔۔ تم ڈر جاتے ہو کہ سپر اسٹار شاہ رخ خاں کو مذہب کے نام پر امریکہ ایئر پورٹ پر روک دیا جاتا ہے۔۔۔ اور ایک آسٹریلین نوجوان ڈاکٹر کو اپنے لباس اور حلیے کی وجہ سے، نفرت کے کٹہرے میں کھڑا ہونا پڑتا ہے۔۔۔ 9/11 سے لے کر 26/11 تک —افغان سے عراق، اور پاکستان سے لشکر اور طالبان تک۔۔۔ تم بار بار ڈرتے رہے ہو۔۔۔ اور شاید پہلی بار تم اس لڑکے میں اپنے ڈرنے کی وجہ تلاش کر رہے ہو۔۔۔

'پتہ نہیں —'آئینہ میں ایک ڈرا سہا چہرہ موجود تھا۔۔۔

'سب پتہ ہے تمہیں۔ جیسے وہ لڑکا ڈر گیا تھا۔ اپنے نام سے —یا اپنے چہرے پر پہلی بار اگنے والی ہلکی ہلکی داڑھی سے۔۔۔'

آنکھوں کے پردے پر محسن حامد کے ناول Reluctant Fundamentalist کے ہیرو چنگیز کا چہرہ ابھرتا ہے —'میری داڑھی سے مت

ڈریے۔ مجھے تو امریکہ سے محبت ہے'۔۔۔ آئینہ میں ایک کمزور چہرہ جھانکتا ہے۔ مکالمے بدل گئے ہیں —'میری داڑھی سے مت ڈریے۔ مجھے اپنے وطن سے محبت ہے۔۔۔ یہاں کی جمہوریت سے۔ آتش بازیوں سے۔۔۔ اور۔۔۔'

گاڑی اوبڑ کھابڑ راستوں پر آگے بڑھ رہی ہے —میرا ساتھی مجھے غور سے دیکھ رہا ہے۔۔۔ میں بے رحم لمحوں سے باہر نکلنے کی کوشش کرتا ہوں۔۔۔

'ہاں تم بتا رہے تھے کہ وہ چار سال سے۔۔۔ ڈرنے لگا تھا۔۔۔؟

'ہاں جیسے۔۔۔'

"کسی آہٹ سے، دستک سے۔۔۔ کسی کی اونچی آواز سے —وہ رونا شروع کر دیتا اور دھوئیں سے۔۔۔ تب گھر میں گیس نہیں آئی تھی۔ صبح اٹھتے ہی مٹی کے چولہے سلگ جاتے۔ چولہے سے اٹھنے والے دھوئیں اسے برداشت نہیں ہوتے تھے۔۔۔

'کیا آپ نے کسی ڈاکٹر سے۔۔۔'

اس نے میری بات درمیان میں ہی روک دی —"نہیں —وہ دبلا پتلا تھا۔ اس کی آنکھیں ہر وقت سوچ میں ڈوبی رہتی تھیں۔ جیسے وہ دنیا اور اس کے نظام کو سمجھنا چاہتا تھا۔ بڑی گہری آنکھیں تھیں اس کی۔ مگر سامنے والے کی طرف دیکھتے ہوئے وہ آنکھیں جھکا لیتا تھا۔۔۔ وہ بے حد ذہین تھا۔ عمر کے دسویں سال میں اپنے ملک پر ایک مضمون لکھنے کے لیے باضابطہ اسے اس کے اسکول سے ایک ٹرافی ملی تھی۔ اس نے اپنے ملک پر، ملک کے احسانوں پر ایک شاندار مضمون لکھا تھا— ہمیں بھی بلایا گیا تھا۔ وہ اسٹیج پر تھا۔ اسے ٹرافی دی جا رہی تھی۔ اور میں اس کا چہرہ پڑھ رہا تھا—اُف —بے حد گہری اور سہمی آنکھیں۔ کسی دس سال کے بچے کی ایسی سہمی اور خوف زدہ آنکھیں شاید میں نے پہلی بار دیکھی تھیں۔

'حیرت ہے۔۔۔'

'وہ بولتا نہیں تھا — اور شاید آپ کو حیرت ہو کہ وہ اپنے ملک کے لیے کچھ نیا، کچھ بہت اچھا کرنا چاہتا تھا۔ وہ ایک اچھا اسپورٹس مین تھا۔ اور شاید اسی لیے اسکول میں ہونے والے ہر ٹورنامنٹ یا کلچرل فنکشن میں اس کی شرکت ہوتی۔ وہ آگے ہی آگے رہنا چاہتا تھا مگر ہر بار ایوارڈ یا ٹرافی لیتے ہوئی اس کی آنکھیں — میں ہر بار اس کی آنکھوں میں پہلے سے کہیں زیادہ خوف کو پڑھ لیتا تھا — سنہ ۲۰۰۳ء تب اس کی عمر ہی کیا تھی۔ پڑوس کے ایک مکان میں آگ لگ گئی تھی۔ اس نے ایک چھوٹے سے بچے کو بچایا تھا — سب اسے تلاش کر رہے تھے۔۔۔ مگر وہ گھر میں چارپائی کے نیچے سہما سا چھپ گیا تھا۔۔۔

"تو اس نے کچھ بتایا نہیں آپ کو۔۔۔ کہ ایسا کیوں ہو رہا ہے؟ وہ کیا سوچتا رہتا ہے ۔۔۔"

'ہاں بتایا اس نے۔۔۔ ابھی کچھ دن پہلے — گمشدگی سے شاید دو ایک روز قبل۔۔۔ اس نے ایک خواب کے بارے میں بتایا تھا۔ ایک ڈراؤنا خواب۔۔۔ جو اسے کئی دنوں سے مسلسل پریشان کیے جا رہا تھا — ٹھہریے، میں کچھ دیر کے لیے اسامہ بن جاتا ہوں۔

اور وہ خواب آپ کے سامنے بیان کرتا ہوں۔

خوف اور اسامہ

تمہارا نام؟

اسامہ عبداللہ۔۔۔

'اُسامہ —؟' ہنسنے، ٹھہا کہ لگانے کی آواز۔۔۔ اسامہ۔۔۔ ہا۔۔۔ ہائے ماں باپ کو کوئی اور نام نہیں ملا؟'

'یہ تو ماں باپ جانیں۔۔۔'

'امریکہ میں ورلڈ ٹریڈ ٹاور توڑنے کے بعد یہاں بھی پہنچ گئے۔۔۔ جاؤ، اوبامہ تمہیں تلاش کر رہا ہے۔'

'مجھے کیوں تلاش کر رہا ہے؟'

'جان سے مارنے کے لیے۔۔۔ ہنسنے کی آواز۔۔۔ ہاءہا۔۔۔ اسامہ نام ہے اور پوچھتے ہو، امریکہ کیوں تلاش کر رہا ہے۔ بش تلاش کرتے کرتے ہار گیا۔ اسے کیا پتہ، تم یہاں چھپے ہو۔۔۔

'میں کہیں نہیں چھپا، دراصل مجھے کہیں چھپنے کی ضرورت بھی نہیں ہے۔۔۔'

'ہوں۔۔۔' ایک لمبی ہوں، کے بعد ٹھہاکے رک گئے۔۔۔ سالے ہم سے زبان لڑاتا ہے۔

'نہیں۔'

'پھر یہ کیا تھا۔۔۔؟

'کیا ہم اپنے بچاؤ کی کوشش بھی نہیں کر سکتے —؟ اچانک وہ کہتے کہتے ٹھہر گیا تھا— لیکن سوال پوچھنے والا انسپکٹر ابھی بھی اس کے چہرے کو غور سے دیکھ رہا تھا۔۔۔ سرمہ لگی آنکھیں، چہرے پر دوپلّی ٹوپی، ہلکی سی داڑھی۔ کرتا پائجامہ ۔۔۔ جیسے آنکھوں ہی آنکھوں میں وہ اب تک پکڑے گئے تمام دہشت گردوں سے اس چہرے کو ملانے کی کوشش کر رہا ہو۔

'تم کراچی گئے ہو؟'

'نہیں؟'

'پاکستان میں کہیں بھی؟'

'نہیں۔'

'اچھا۔ کشمیر۔۔۔؟'

'نہیں۔۔۔'

'اچھا۔۔۔ تم عبد اللہ بھٹ سے کتنی بار ملے؟'

'عبد اللہ بھٹ۔۔۔ یہ کون ہے؟'

'جو پوچھا جائے وہی بتاؤ، کتنی بار ملے؟'

'جب جانتا ہی نہیں تو ملنے کا سوال کیا؟'

'اچھا جاوید ملک سے تمہاری فون پر کتنی بار بات ہوئی۔۔۔؟'

'یہ جاوید ملک کون ہے؟'

'تو، اسے بھی نہیں جانتے — انظار شیخ؟ لطیف عجمی؟'

'میں ان میں کسی کو نہیں جانتا۔۔۔'

دھماکوں کے درمیان

ساتھی کے چہرے پر خاموشی تھی۔ "شاید اب میں آسانی سے اس کی تمام کیفیت کا تجزیہ کر سکتا ہوں — دو دن پہلے کالج میں اس کی دو لڑکوں سے کہا سنی ہوئی تھی۔ شام کے وقت سائیکل سے آتے ہوئے ایک پولس والے نے اسے روک کر کچھ پوچھا تھا — شاید میں اس کے چہرے کے مسلسل اتار چڑھاؤ کو بخوبی پڑھ رہا تھا — جیسے ایک سال پہلے 11/26 — اور اس کی برسی سے محض کچھ روز پہلے اس کا غائب ہونا — مجھے اس کا تجزیہ کرنے دیجئے — وہ اس حادثے سے باہر نہیں نکل سکا۔ اور جیسا کہ ایسے مریضوں کے ساتھ عام بات ہے، ایسے مریض Traumatic stress Disorder کے شکار ہو جاتے ہیں — ٹھہریے — میں آپ کو بتاتا ہوں، جیسے وہ خوفزدہ ہو کر گھٹنوں میں اپنے سر کو چھپا لینا — گھبراہٹ اور خوف سے وہ ہماری طرف یوں دیکھتا تھا، جیسے کوئی تیز دھماکہ

ہمیں اس سے الگ تو نہیں کر دیگا—؟ جیسے وہ جاگتے ہوئے بھی خوفزدہ خوابوں کی زد میں رہتا تھا۔ جیسے اس دن۔۔۔ ٹی وی دیکھتے ہوئے اس کے منہ سے گھٹی گھٹی سی آواز نکلی تھی ۔۔۔ مجھے معاف کیجئے گا۔ پہلی بار اس نے گالی دی تھی۔ ایک بھدی گالی —میں مہذب انداز میں بتاتا ہوں اس نے کیا کہا تھا—اس نے کہا تھا۔ "ہم جینا چاہتے ہیں ایک خوشحال جمہوریت میں۔ لیکن کچھ لوگ جمہوریت کی قبر کھود رہے ہیں۔۔۔"

'نئے چیلنج، سائنسی انقلاب اور تیزی سے بدلتی تکنالوجی کے درمیان ہم آج بھی جمہوریت کی آس لگائے بیٹھے ہیں — عجیب سا ملک ہے یہ۔۔۔ یہاں اس کی قبر کھودنے والے بھی ہیں اور بچانے والے بھی۔۔۔ وہ میری آنکھوں میں جھانک رہا تھا—پھر بھی جتنا بچا پاتے ہیں۔ اس سے کہیں زیادہ ہر بار ٹوٹ جاتا ہے۔ وہ مل جائے گا نا۔۔۔ میرا بیٹا ۔۔۔ اسامہ۔۔۔' اس کے چہرے پر سختی تھی۔ میں نے سمجھایا تھا اسے —ابھی ہلکی ہلکی اس داڑھی کی ضرورت نہیں۔ پاگل مت بنو۔۔۔ مگر وہ کسی کی سنتا ہی کب تھا۔۔۔

دھوپ نکل گئی تھی —ہوا میں دھول اڑ رہی تھی۔ گاڑی پیڑوں کی قطار سے ہوتی ہوئی آگے بڑھ رہی تھی —سناٹے میں لفظ گم ہو گئے تھے۔۔۔

'تو آپ کو کیسے پتہ چلا کہ وہ۔۔۔'

'گمشدگی کے بعد ہم نے ہمت نہیں ہاری —ہم اس کی تلاش میں بہت ساری جگہوں پر گئے۔ پھر ابھی دو دن پہلے ہمارے ایک پڑوسی نے بتایا —وہاں دھماکے ہو رہے ہیں ۔۔۔ چٹانیں ٹوٹ رہی ہیں۔ ڈینامائیٹ کی سرنگیں بچھی ہیں۔۔۔ بہت سارے مزدور کام کر رہے ہیں۔۔۔ اور ان مزدوروں میں۔۔۔'

ایک دھماکہ ہوا تھا۔۔۔ آگے کچھ فاصلے پر کچھ لوگ نظر آ رہے تھے۔۔۔ کچھ حرکتیں تھیں۔ ادھر اُدھر بھاگتے ہوئے لوگ تھے۔ کھلا میدان تھا—اور پیڑوں کی قطار

کے پاس پھاوڑے لیے زمین کھودتے ہوئے کچھ مزدور اپنا کام کر رہے تھے۔ ذرا فاصلے سے آتی ہوئی دھماکوں کی آوازیں اب قریب آگئی تھیں — گاڑی کے شیشہ گرا دیئے گئے تھے — آخر اس پوری تلاش کا مقصد کیا تھا —؟ ہم کیوں تلاش کرنے نکلے تھے؟ کنزیومر ورلڈ۔۔۔ گلوبل وارمنگ کے اس عہد میں، ایک بے حد مہذب دنیا میں — جس کے ختم ہونے کی پیشن گوئی سے ساری دنیا ڈری ہوئی ہے۔ جہاں ہالی وڈ ۲۰۱۲ جیسی خوفناک تباہی کے مناظر کو کمزور انسانی آنکھوں کے سامنے رکھتا ہے۔ وہیں ایک دوسرا فلمساز ایک نوجوان لڑکی اور ویمپائر کی انوکھی محبت کو دکھا کر داد تحسین وصول کرتا ہے — ایک ختم ہوتی ہوئی دنیا اور ایک ویمپائر کی محبت — والٹیر نے کہا تھا — خدا نہیں ہوتا تو ہم اسے بنا لیتے۔ محبت نہیں ہوتی تو۔۔۔ ہم اسے بنا لیتے —؟ بے رحم پیشن گوئیوں کے درمیان انسانی محبتیں بھی اب خون سوچنے والے ویمپائر کے پاس گروی پڑی ہیں۔۔۔

ڈرائیور نے زور سے بریک لیا۔ کچھ چیختے ہوئے لوگ ہماری گاڑیوں کی طرح سرعت سے بڑھے تھے۔ وہ زور زور سے ہاتھ ہلا رہے تھے — ان کے کپڑے پیلے رنگ کے تھے — سر پر پیلے رنگ کے پیٹ تھے — آگے درختوں اور زمینوں پر چاروں طرح ڈینجر زون کے بورڈ آویزاں تھے —

ہم گاڑی سے اتر آئے۔ وہ ہمیں گالیاں دے رہے تھے۔۔۔ 'یہاں چاروں طرف ڈینامائٹ بچھا ہے — راستہ بند ہے۔ چار دن پہلے سے ہم نے لاؤڈ اسپیکر پر آس پاس کے تمام گاؤں میں اعلان کرا دیا تھا۔ ابھی دو دن پہلے پانچ اسکول کے بچوں کی موت ہو گئی — اور صبح بھی کچھ باہری لوگ۔۔۔ وہ دیکھیے۔۔۔'

دوسرا آدمی بھدی بھدی گالیاں دے رہا تھا۔۔۔ ساتھی کے چہرے پر ناامیدی اور ناکامی کا ملا جلا رنگ غالب آ گیا تھا۔ میں اس کی گالیوں سے پریشان تھا۔ میں سمجھانا چاہتا تھا

—'گالی مت دو۔۔۔ کچھ گم ہو گیا ہے۔ ہم کسی کی تلاش میں آئے ہیں۔ یہاں اکثر کچھ نہ کچھ گم ہو جاتا ہے۔ تلاش تو کرنا پڑتا ہے نا۔۔۔؟ میں اسے ملک کی، جمہوریت کی باتیں سمجھانا چاہتا تھا۔ لیکن وہ چیخ رہے تھے۔

'یہاں قبریں کھد رہی ہیں۔ وہ دیکھو۔۔۔'

پانچ چھ مزدور، ہاتھ میں پھاوڑا لیے گڈھا کھودنے میں لگے تھے ۔۔۔ پیڑوں کے درمیان سے آگے دور تک پہاڑوں اور چٹانوں کا ایک نہ ختم ہونے والا سلسلہ نظر آ رہا تھا ۔۔۔

اچانک ہوا ایک بار پھر تیز ہو گئی تھی۔ سرد لہر جسم میں اترتی جا رہی تھی۔۔۔ چاروں طرف ڈینجر زون اور 'خطرہ' کے بورڈ کے درمیان جیسے ہم بے بس کھڑے تھے —لاؤڈ سپیکر پر چٹان کے گرائے جانے کی وارننگ دی جا چکی تھی ۔۔۔ دور بہت سے بھاگتے مزدوروں کا جمگھٹ دکھائی دے رہا تھا—ایک بھیانک تیز آواز —لڑھکتی گرتی چٹانیں —دھماکے سے بے نیاز پھاوڑے سے گڈھا کھودتے مزدور۔۔۔

ہمیں وارننگ دی جا رہی تھی۔۔۔

"آپ لوٹ جائیے۔ سنبھل کر جائیے —آپ آگے نہیں جاسکتے —کسی سے مل نہیں سکتے —یہاں تو روز ہی کسی نہ کسی کی جان جاتی ہے۔ روز ہی گڈھا کھونا پڑتا ہے۔۔۔"

چٹانوں کے گرنے لڑھکنے کا سلسلہ جاری ہے۔۔۔ ہم دوبارہ گاڑی کی طرف واپس آ گئے ہیں۔ ڈرائیور اپنی جگہ اسٹیرنگ سنبھالے بیٹھا ہے۔۔۔ ساتھی خاموش ہے۔۔۔ شاید اتنے سارے چہروں کے بیچ اس داڑھی والے چہرے کو وہ کھوج نہیں سکا ہے۔۔۔

کانوں میں اب بھی دھماکوں کی آواز گونج رہی ہے۔ اب کوئی چارہ نہیں ہے۔ واپس لوٹنا ہے۔۔۔ اچانک مجھے خیال آیا۔ میں نے اس بچے کی عمر تو پوچھی نہیں۔۔۔

بے حد سرد ماحول میں، میرے تھرائے ہوئے لفظ گونجے تھے۔۔۔ 'اچھا اس کی عمر کیا ہو گی؟ میرا مطلب ہے کب پیدا ہوا تھا وہ۔۔۔؟'

یہی کوئی پانچ۔۔۔ بولتے بولتے وہ ٹھہرا — نہیں۔۔۔ چھ دسمبر۔ اب سترہ سال کا ہو گیا ہے۔۔۔، اس کے لہجے کی برف پگھلی تھی۔۔۔ تلاش ابھی ختم نہیں ہوئی۔۔۔ وہ میری طرف دیکھ رہا تھا۔۔۔ 'ہم اس کی تلاش آگے بھی جاری رکھیں گے۔۔۔ کیوں۔۔۔؟'

گاڑی میں بیٹھنے تک چٹان کے ٹوٹنے کی دوسری وارننگ لاؤڈ سپیکر پر دی جا رہی تھی — اس بار ہم نے تیزی سے اپنے کانوں پر ہاتھ رکھ لیے تھے۔

بارش، جنگل اور وہ

'نہیں، محبت یہ نہیں ہوتی ہے۔'

'نہیں، محبت وہ بھی نہیں ہوتی ہے۔۔۔'

'ٹھہریئے۔ محبت کے بارے میں آپ جو کچھ بھی کہیں گے، وہ جلد بازی ہو گی۔ آپ نے محبت کی ہے۔ محبت کو دیکھا ہے، آپ نے؟'

کافی ہاؤس، میز کے شور شرابے کے درمیان میں اپنے دوستوں کی آنکھوں میں آنکھیں ڈالتا ہوا بولا — جبکہ ایسا کرتے ہوئے 'مجھے' او ہینری کی، مختصر ترین کہانی کا 'بھوت' محسوس کرنے کی غلطی 'وہاں بیٹھے میرے تمام دوستوں نے کی تھی۔

تبھی تو، ایک مسکرایا تھا— 'محبت کو دیکھا ہے، کہہ کر غائب تو نہیں ہو جاؤ گے؟

ہو جاؤں گا۔ اگر ایک سگریٹ نہیں پلاؤ گے۔'

ذہن میں ٹرین کی سیٹیاں گونج رہی تھیں، پتہ نہیں، کسی خالی کمپارٹمنٹ میں — بھائیں، بھائیں کرتے سنّاٹے —ٹرین کی سیٹیوں کے شور کے درمیان او ہینری کا وہ کردار اب تک موجود تھا یا نہیں — لیکن ایک معمولی سگریٹ کا کش، دھوئیں کے مرغولے، آنکھوں میں اُتری یاد، اور کسی حسین چہرے کا قرب محسوس کرتے ہوئے ٹھنڈی رومانی ہوا کا لمس مجھے ایک نئی دنیا میں پہنچانے کے لئے کافی تھا—

*

نہیں، تب یہ سوچنا آسان نہیں تھا۔ تب یہ میں سوچ بھی نہیں سکتا تھا — کیا محبت

ایک بار ہی ہوتی ہے اور دوسری بار؟ دوسری بار کیا ایک آسودہ حال مرد میں محبت کی جگہ ہوس کی ان دیکھی سونامی لہریں لے لیتی ہیں —؟ اچھا مان لیا کوئی ہے، جس نے محبت کی —نباہ بھی کیا اور پھر شادی کے بعد —؟ آگ کے دریا میں ایک دوسری شکل نظر آتی ہے تو —؟ ایک دوسرا جسم، دوسرا چہرہ — نہیں — نپولین سے نہرو تک مجھے تاریخ کی سرنگوں میں جانے کی ضرورت نہیں۔ مگر شاید محبت سو شکل بدلنے کے بعد بھی محبت ہی رہتی ہے۔ اگر آپ ویسے ہی بھگتے ہوں، ویسے ہی ڈوبتے ہوں اور ہر بار ویسا ہی محسوس کرتے ہوں تو۔۔۔

چھپ سے، ایک معصوم سا چہرہ کوندا تھا آنکھوں میں۔

*

'نوڈلس کھلاؤ گے؟'

'نہیں۔'

'کیوں؟'

'میں نوڈلس نہیں کھاتا۔'

'مت کھاؤ۔ مگر کھلا تو سکتے ہو۔ ہا۔۔۔ ••ہا••'

وہ ہنسی تو جیسے پھول بکھر گئے۔ مگر اُس کی ہنسی مجھے پھوٹی آنکھوں نہیں بھائی۔ کھکھلانا بند ہوا تو اُس نے آہستہ سے میرے ہاتھوں کو چھوا، جیسے انگلیاں گن رہی ہو۔ آگ کی ایک لپٹ اٹھی۔ لیکن اُس کی نازک عمر سے گذرتے ہی سرد ہو گئی۔

'کیوں۔ کیا ہوا۔'

'کچھ بھی تو نہیں۔'

'پھر ہاتھ کیوں چھڑایا—؟'

'بس۔' مجھے اس کی گھورتی آنکھوں سے وحشت ہو رہی تھی۔

'بس نہیں، ڈر گئے تھے۔۔۔ ہا•• ہا••' اس کی آنکھوں میں غضب کی شرارت پیدا ہوئی۔ پھر وہ زور سے تالی بجا کر ہنسی۔۔۔ ڈر گئے۔۔۔ ڈر گئے۔۔۔

'ہاں ڈر گیا تھا، لیکن تم یہ سب کرتی ہی کیوں ہو۔'

'پہلے تم بتاؤ' تم ڈرتے کیوں ہو۔۔۔'

میرے اندر جلنے والی 'اگنی پریکشا' کو سمجھ پاتی ہوئی وہ زور زور سے ہنس پڑی —'ایک دم سے آگ بن جاتی ہوں نا میں۔ ایک ایسی لڑکی، جو تمہاری گود میں کھیلی ہے —اب جسے چھوتے ہی تم تھر تھراہٹ اور 'گلٹ' کے درمیان کا سفر شروع کر دیتے ہو — سنو' اب میں تمہاری گود میں نہیں سما سکتی۔ ذرا اٹھانے کی کوشش کرو مجھے۔'

*

شانتا کو اس لیے کوئی شکایت نہیں رہی اُس سے کہ وہ ہماری شادی کے بعد پیدا ہوئی تھی۔ ہمارے پڑوس میں —باپ پینٹر تھے۔ ایک بڑے آرٹسٹ —عام طور پر چھوٹے شہروں میں ایسے آرٹسٹ اپنی تمام تر ممکنات کے باوجود اپنے لیے جب ایک بڑا / آسمان اور حسین تلاش نہیں کر پاتے تو فرسٹریشن کو محسوس کرنے لگتے ہیں —ڈھلّن کے ساتھ بھی یہی ہوا تھا۔ اخبار، رسائل، کتابوں کے ڈھیر اور چہرے پر بڑھی ہوئی داڑھی —وہ سمجھتا تھا کہ صرف اُسے میں سمجھتا ہوں۔ اپنی بڑھی ہوئی داڑھی کو کھجلاتا ہوا وہ کسی فلاسفر میں بدل جاتا —"نئے صارف سماج میں ایک دن اپنے فن کے لیے یہ کہ پریشانی تو پیدا ہونی ہی تھی۔ پیسوں کی حکمرانی ہو گی تو فن اپنی پہچان کھو دیگا۔ ہم جیسے کہاں رہیں گے، جس کے پاس ڈوو شن اور کمیٹ مینٹس کے سوا کچھ نہیں ہے۔۔۔'

میں اُسے ایم ایف حسین جیسے فنکاروں کا حوالہ دیتا —جو کروڑوں میں کھیل رہے

تھے، تو ڈھلّن اچانک بجھ جاتا — سب پیسوں کا کھیل — فنکار کی روح تک گروی پڑی ہے۔ کتنے بنتے ہیں حسین؟ بڑے بڑے آرٹ سینٹرس اور نمائش گاہوں تک کتنوں کی چیز پہنچ پاتی ہے۔ نمائش میں آنے والے کتنے لوگ فن کی پرکھ رکھتے ہیں۔ صرف بکتے ہیں نام۔ بڑے ناموں کی بولی لگتی ہے اور کسی پینٹنگ، کنڈوم یا انڈر ویئر کی طرح گھر کی سجاوٹ کا ایک دانشورانہ عمل سمجھ کر گھر لے جاتے ہیں چند خریدار۔۔۔ ڈرائنگ روم میں آرٹسٹ کے شاہکار کو سمجھنے کی کوشش نہیں جاتی قیمت بتائی جاتی ہے۔ فنکار صرف بکنے کی چیز بن کر رہ گیا ہے۔ ابھی حال میں سنا، حسین کو کسی نے 35 کروڑ دے کر ایک سال کے لئے خرید لیا۔۔۔ ڈھلّن غصے میں تھا —'پیسوں کی طاقت نے احتجاج کی طاقت ختم کر دی ہے۔ اور ایک دن۔۔۔ نئے نظام میں تمام فنون، صرف بکنے کا سامان بن کر رہ جائیں گے۔

ڈھلّن کے جانے کے بعد ساکشی آگئی۔ شانتا باہر گئی تھی۔ آتے ہی مجھے دیکھ کر اس کے چہرے پر ایک عجیب سی کیفیت پیدا ہوئی۔۔۔

"تمہارا باپ ہر وقت غصے میں کیوں رہتا ہے، میں نے پوچھا۔"

'وہ ساری دنیا سے لڑتے رہتے ہیں۔'

'مگر کیوں؟'

'اُنہیں اچھا لگتا ہے۔۔۔' کہتے کہتے وہ ٹھہر گئی تھی۔۔۔ اس کی آنکھیں سنجیدہ لگیں۔ چہرے کا رنگ جیسے اچانک بدل گیا — ایک سرخ رنگ اس کے چہرے پر ہوا کے جھونکے کی طرح آیا اور اس نے نظر جھکا لی۔

'باپ ساری دنیا سے ناراض رہتا ہے اور تم۔۔۔؟"

ساکشی دھیرے سے ہنسی، 'میں تو بس محبت جانتی ہوں۔ یہ لفظ ہی مجھے دیوانہ کر دیتا ہے۔ اڑنے کا من ہوتا ہے۔۔۔ آسمان چھونے کا۔ تتلیاں بن جانے کا۔۔۔ اور۔۔۔ بارش

کا جھرنا۔۔۔'وہ میری طرف دیکھ رہی تھی۔۔۔اور تم۔۔۔؟'

—میں نہیں جانتا—'

"سب جانتے ہو تم۔۔۔ مگر ڈرتے ہو۔ میری سمجھ میں نہیں آتا کیوں ڈرتے ہو۔ بیٹی کی عمر کی ہوں تمہاری۔۔۔ یہی نا۔۔۔ گر بیٹی تو نہیں نا۔۔۔" وہ ہنس رہی تھی۔ میں خود نہیں جانتی ایسا میرے ساتھ کیوں ہوا۔ مگر شاید چھوٹے پن سے ہی تمہاری عادت پڑ گئی تھی اور پھر اچانک ایک دن۔۔۔ آئینہ دیکھتے ہوئے آئینے میں تمہیں پایا تو حیران رہ گئی۔ تم موجود تھے آئینے میں۔ میری طرف دیکھتے ہوئے۔۔۔ گہری آنکھوں سے۔ کنپٹّی کے بال تھوڑے سے سفید نظر آئے مجھے۔۔۔جی چاہا۔۔۔ پاپا کا برش اٹھاؤں آور اُنہیں کالے سے پینٹ کر دوں۔ پھر دیکھا تمہیں —لگا، کالے سے زیادہ سفید میں جم رہے ہو تم۔۔۔ اپنی پوری مردانگی میں اور میچیوریٹی میں —"

کمرہ جیسے خاموش اور بوجھل ہو گیا۔ ہوا رُک گئی۔ وقت ٹھہر گیا۔ بدن میں ایک تھرتھراہٹ سی ہوئی۔ ساکشی کچھ آگے بڑھی تھی۔ اب اس کے چہرے پر شرم وحیا کا ذرا بھی نام و نشان نہیں تھا۔ ایک محبت کرنے والی مضبوط عورت کا جنم ہوا تھا اس میں —جو اپنے محبت کے حق کے لئے لڑ سکتی تھی۔ یہ حق بیوی سے بھی چھین سکتی تھی۔ اس لئے کہ ان سب کا جواب تھا اس کے پاس —دھیرے سے اُس نے میرے ہاتھوں کو اپنے ہاتھوں سے چھوا اور جیسے صرف انگلیوں کے لمس سے ایک کنکپنی سی دوڑ گئی ہو۔۔۔ کسی گہرے نشے کی طرح اُس نے ہاتھوں کو چوم لیا۔۔۔'اُس کی آنکھوں میں روشنی کے انگنت ستارے جھلمل کر رہے تھے۔ مانو، مت مانو۔۔۔ تم بھی محبت کرتے ہو مجھ سے۔۔۔ بولو کرتے ہو یا نہیں۔۔۔'

اُس کے ہونٹ چپکے سے میرے ہونٹوں پر آ گئے۔۔۔ جیسے چھناکا ہوا۔ کسی نئے کھلے

گلاب کے احساس میں بھی اتنی تازگی نہیں ہوتی۔ نہ اتنی گرمی، نہ اتنی جلن، نہ اتنی آگ ۔۔۔ اور اسی لمس کے ساتھ شانتا کے احساس نے گناہ کا احساس بھی کرایا تھا۔ جھٹکے سے اپنے جسم کو الگ کیا تو ساکشی مجسم سوالی بنی، آنکھوں میں غصہ لئے پوچھ رہی تھی۔

'مجھے میرے حق سے محروم کیوں رکھتے ہو' وہ غصے میں تھی۔ کیوں کیا الگ مجھے — جبکہ تم بھی یہی چاہتے تھے۔ سچ بولنا سیکھو —سب کے لئے سچ بولتے ہوئے اپنے آپ سے جھوٹ کیوں بولتے ہو؟ کہہ دو میرا آنا اچھا نہیں لگتا۔ یا اس طرح میرا چومنا۔۔۔ لیکن تم ڈرتے ہو۔ اس ڈر کو خود سے الگ کیوں نہیں کرتے تم؟ ایک سچ شانتا ہے تو ایک سچ میں ہوں۔ شانتا کا کوئی سچ نہیں ہے، یہی نا؟ اور شانتا کا اگر کوئی ایک سچ ہوتا تو؟ کیا کر لیتے؟ یا کیوں کچھ کرنا چاہئے تھا تمہیں؟'

ساکشی کی آنکھیں میری آنکھوں میں اُتر گئی تھیں —سارے سچ الگ ہوتے ہیں۔ یہ بھی مجھے بتانا پڑے گا تمہیں۔ اور یہ بھی کہ محبت ایک فطری عمل ہے، محبت کی نہیں جاتی —'صرف تم سے اس لئے پیار نہیں کروں کہ تم میرے باپ کی عمر کے ہو، یا میرے باپ کے دوست ہو، ایسا تو کسی مذہبی کتاب میں بھی نہیں کہا گیا۔۔۔ پھر کیوں نہ کروں تمہیں پیار، کیوں نہ چاہوں۔'

دیوار پر عرصے سے رکی ہوئی پینڈولم گھڑی جیسے چلنے لگی ہو۔ ایک بار کو لگا، کمرے میں زلزلہ کا جھٹکا آیا ہو۔۔۔ در دروازے، کھڑکیاں سب جھول رہے ہوں۔۔۔ اندر جیسے ایک گہرا سنّاٹا پھیل گیا تھا —اور سنّاٹے کی متعدد شاخیں جیسے زندہ ہو گئی تھیں —کمرے میں آئے زلزلے کی زد میں —

آدتیہ کپور کا کنفیشن

میں، یعنی آدتیہ کپور۔ میں نہیں جانتا، ایسی کوئی کہانی اگر آپ کے ساتھ شروع ہوئی

ہوتی تو آپ کیا کرتے۔ خاموشی سے اندر ایک 'گلٹ' کو چپ چاپ بڑا ہوتے دیکھنا کیسا ہوتا ہے ؟ آپ مجھے یہ دیکھ کر سمجھ سکتے ہیں۔ میرا بیٹا ہے آلوک۔ دہرہ دون میں پڑھتا ہے۔ گیارہ سال کا ہے۔ ساکشی صرف سات سال بڑی ہے اس سے۔ دونوں سامنے ہوتے ہیں تو بھائی بہن لگتے ہیں۔ دونوں بھائی بہنوں کی طرح جھگڑا بھی کرتے ہیں۔ اب اُسی دن کی بات ہے۔۔۔ آلوک کو تلاش کرتی ہوئی وہ کمرے میں آگئی —ہمیشہ کی طرح ہوا کے رتھ پر سوار —گھر میں آلوک کی موجودگی کا احساس میرے 'گلٹ' کو اور بڑھا دیتا ہے۔ ساکشی نے دھیرے سے میرے ہاتھوں کو تھام لیا۔۔۔

'کہہ دو تم مجھے پیار نہیں کرتے۔۔۔'

'نہیں کرتا۔۔۔'

'آلوک کی قسم ؟'

'آلوک کی قسم۔۔۔' آہستہ سے میرے منہ سے نکلا اور جیسے ایکدم سے چونک گیا۔ کہیں اندر ساکشی کے لیے خوشگوار ہوا کے کچھ جھونکے ہوئے تو۔۔۔ یہ آلوک کی قسم کیوں کھالی میں نے۔۔۔ ہے بھگوان۔۔۔ یہ مجھے کیا ہو گیا۔۔۔'

دوسرے دن صبح آلوک سے لڑتی ہوئی وہ میری طرف دیکھ کر ہنسی تھی —'قسم سے آزاد ہو جاؤ۔ آلوک کے لیے سو روپے کا پرساد چڑھا کر آرہی ہوں میں۔۔۔' اس کے سفید دانت موتیوں کی طرح باہر نکل کر آگئے تھے۔۔۔

'کیسا پرساد۔۔۔' شانتا باہر نکل آئی تھی۔

'مندر گئی تھی۔۔۔ بس آلوک کی لمبی عمر کے لئے بھگوان کو پرساد چڑھا دیا۔۔۔

تنہائی کے لمحوں میں ایک بار پھر وہ میرے سامنے تھی —'جھوٹی قسم مت کھایا کرو۔ پاپ لگتا ہے۔ بار بار پرساد چڑھانے کے لیے پیسے دو گے مجھے —اپنی دوسری پتنی کو

—چھوٹی پتنی کو؟'

*

ساکشی ہنستے ہوئے بھاگ گئی تھی--- 'میں' یعنی آدتیہ کپور--- وہ ٹھہاکے ابھی بھی میرا تعاقب کررہے ہیں۔ خاص کر اُس کے آخری لفظ---'میرا بھی بیٹا ہے وہ--- میں نے جنم نہیں دیا تو کیا ہوا---'

جیسے اندر کتنے ہی گلیشیئر ایک ساتھ ٹوٹتے بہتے جارہے ہیں---

نہیں، تب یہ سوچنا شاید آسان بھی نہیں تھا کہ محبت کیا بس پہلی بار ہوتی ہے۔ اور دوسری بار—؟ گھر یا خاندان میں بٹ جانے کے بعد بھی کیا ایک گمنام سی خواہش کہیں باقی رہ جاتی ہے — کہیں کوئی اندر دبی ہوئی 'چور' خواہش —جو گیلی لکڑی میں آگ کے شعلے سی بھڑک جاتی ہے — نہیں، تب شاید کچھ بھی سوچنا آسان نہیں تھا۔ شانتا کے لئے ساکشی ہر بار ایک چھوٹی سی بچی تھی —جو بچپن میں روتی ہوئی، اپنے گھر سے بھاگ کر خاموشی سے اُس کی گود میں سما جاتی —تب کی یادوں کی ایک لمبی دنیا آباد —ایک چھوٹی سی بلّی تھی —کٹی —جاڑے کے دنوں میں کٹی چپ سی اس کے لحاف سے سما جاتی۔ ساکشی اس سے کہانیاں سنتی تھی، ایک بار کہانیاں سنتے ہوئے کٹی کی جگہ ساکشی لحاف میں گھس آئی تو پہلی بار چونکا تھا وہ —ساکشی کے ہاتھ گرم تھے۔ چہرے کا رنگ بدلا تھا۔ وہ تھوڑا جھکی تھی۔ تب تیرہ کی تھی ساکشی۔ پورا جسم خاموشی سے جیسے اس کے جسم پر ڈال دیا —اس کے ہونٹ سوکھے پڑے تھے--- کھڑکی کے پچھواڑے ایک جنگل آباد تھا--- شانتا ہاتھوں میں چائے لے کر آئی، تو آدھی نیند میں سوئی ساکشی کو دیکھ کر بولی---'ہماری بھی بیٹی ہوتی تو---' شانتا شاید پہلے 'مس کریج' کو یاد کرتے ہوئے لوٹ گئی تھی--- لیکن 'ہماری بھی بیٹی ہوتی تو'--- اس لفظ نے جیسے اندر ایک آگ سی لگادی تھی۔ کہیں کونے

میں بیٹھی کٹی نے آہستہ سے میاؤں کیا تھا۔ اُس نے کٹّی کی طرف دیکھا — ساکشی کو لے کر اس کی آنکھوں میں واضح طور پر ایک غصہ سا جھلک رہا تھا۔ میرے اندر کنپکنپی سی تھی — آہستہ سے ساکشی کے ہاتھ میرے سینے تک آ گئے تھے اور۔۔۔ میں۔۔۔ اس عجیب سی حالت کو لے کر شاید کسی نفسیاتی دباؤ میں تھا — کھڑکی کھولی۔ اندھیرے میں گھنا جنگل آباد تھا۔ جنگل کے ایک طرف دو تین چھوٹی چھوٹی کوٹھریاں تھیں۔ اور کچھ دوری پر ایک چھوٹی سی مسجد۔ لیکن اس وقت جیسے گھنے جنگل کی ویرانی نے مجھے اپنے میں ڈھک لیا تھا ---

کیا یہ میرے اندر کسی 'لولیتا' کی واپسی تھی۔ رات کے وقت کسی لمحے شانتا کو اپنی بانہوں میں لئے دیر تک ساکشی کا چہرہ آنکھوں کی اسکرین پر فریز تھا۔ ایک ٹک۔ جیسے ستاروں کے کارواں کے درمیان بس ایک چہرہ ٹھہر گیا ہو — بس گیا ہو۔۔۔ یا پھر شانتا سے مباشرت کے وقت جب اچانک چھوٹی سی 'لولیتا' کا چہرہ آنکھوں میں کوندتا تو جیسے اپنے بنائے گئے اخلاقیات کے خول میں ننگا ہو جاتا — شانتا غائب ہو جاتی — اندھیرے میں کہیں ساکشی ہوتی۔ ساکشی کی شرارتی انگلیاں جوان سانچے میں آہستہ آہستہ ڈھلنے والا اس کا توبہ شکن جسم ہوتا — اچانک جیسے ہزاروں کی تعداد میں چیونٹیاں میرے اندر داخل ہو جاتیں۔ جسم یکایک آگ سے برف بننے لگتا تو شانتا کروٹ لے کر پوچھتی۔۔۔ کیا ہو گیا — ممکن ہے بڑھتی عمر کو لے کر سیکس کے لئے میرے خاموش رویّے کو لے کر، وہ اپنے سوالوں کی گواہ تو بن جاتی — لیکن اُس کے جسم سے ہٹنے کے بعد بھی ساکشی لہراتی، بل کھاتی مجسم سوال بنی اپنی بڑی بڑی خوفزدہ آنکھوں کے ساتھ، رات کے سنّاٹے میں بھی مجھے دیکھ رہی ہوتی —

'ڈرتے کیوں ہو۔ میں بھی ایک سچ ہوں۔ جیسے ایک سچ شانتا ہے۔ میں ندی کو مانتی

ہوں۔ کیونکہ اس میں لہر ہے، جوش ہے، روانی ہے — مجھے بہنا اچھا لگتا ہے — مگر عمر کے احساس کو نہیں مانتی میں۔۔۔'

*

ساکشی کے بڑے ہونے کے احساس تک، کتنی ہی کہانیاں اس کی زندگی میں شامل ہوتی چلی گئیں — کبھی کوئی شادی بیاہ — ساکشی کا نئے کپڑے پہن کر سب سے پہلے اس کے پاس آنا — شانتا کا رسوئی میں ہاتھ بٹانا — مگر عام طور پر کھانا کھلانے کے لئے وہ ہر بار شانتا سے لڑ جاتی — مجھے 'کھلانے دونا'۔۔۔ ایک بار پیار سے شانتا نے کہا تھا — 'میرے سارے حق چھینتی جا رہی ہے وہ۔۔۔'

تب چھن۔۔۔ سے ہوا تھا۔۔۔

اُس رات پھر بستر پر سانپ بنتے ہاتھوں کو شانتا نے یکایک احتجاج میں بدل دیا۔۔۔

'شاید اپنی بٹیا بھی اتنا نہیں کرتی، جتنا ساکشی کرتی ہے۔۔۔'

باہر گھنا جنگل آباد تھا۔

سانپ بنتے ہاتھ۔۔۔ چھپکلی کی طرح دیوار سے گرے۔۔۔ سرد ہو گئے۔۔۔ وہ ایک بار پھر اپنے محاسبہ کے پُل سے گزر رہا تھا — وجود میں دہشت طاری تھی —

'۔۔۔ آدتیہ کپور۔۔۔ یہ سب کیا ہے۔ پروورٹیڈ تو نہیں ہو رہے تم۔۔۔ ساکشی تمہاری بیٹی کی طرح ہے۔۔۔ ساکشی کی آواز حملہ کرتی۔۔۔ 'طرح نا۔۔۔ بیٹی تو نہیں ہوں۔' آدتیہ کپور۔۔۔ آواز پھر حملہ کرتی۔۔۔ جیسے سنسان جنگل آنے والی تیز ہوا کے تھپیڑوں کے درمیان سلگتا ایک جسم آہستہ آہستہ سرد پڑ جاتا ہے۔

اس کے ٹھیک دوسرے دن کا واقعہ۔۔۔ شانتا سویرے ہی ناشتہ سے فارغ ہو کر چلی گئی تھی۔ پڑوس میں کوئی پوجا پاٹھ تھا۔ ساکشی جیسے انتظار میں تھی۔ شانتا کے باہر نکلتے ہی

جسم لہراتی کمرے میں حاضر۔ یہ ٹھیک وہی وقت تھا، جب وہ ٹاویل باندھے غسل کرنے کی تیاری کر رہا تھا۔ کھٹکا ہوا اور سامنے ساکشی کھڑی تھی۔

ہوا رُک گئی۔ جیسے وقت ٹھہر گیا۔ ساکشی اب سترہ کی ہو گئی تھی۔۔۔ وہ آنکھیں پھاڑے میری طرف دیکھ رہی تھی اور اچانک جیسے میرے اندر کوئی شعلہ سا لپکا۔ نہ چاہتے ہوئے بھی ایک گناہ کا احساس — آگے بڑھنا چاہا تو ساکشی سامنے آکر دیوار کی طرح تن گئی ۔۔۔ اس کی آنکھیں جل رہی تھی ۔۔۔ ہاتھ کانپ رہے تھے ۔۔۔ گالوں، ہونٹوں پر تھرتھراہٹ تھی۔ اُس کے ہاتھ آگے بڑھے۔ ننگے سینے پر سانپ سے رینگے — میں نے یکایک آنکھیں موندلیں — جیسے یکایک زلزلہ کا احساس ہوا ہو — زمین میں درار پڑ گئی ہو — مکان ہلنے لگا ہو۔ ساکشی کے پیاسے ہونٹ میرے ہونٹ پر آ گئے اور یکایک آدھی رات کے سنّاٹے میں شانتا کے بولے گئے جملوں کی آندھی چل پڑی۔۔۔ شاید اپنی بٹیا بھی اتنا نہیں کرتی جتنا کہ ساکشی۔۔۔ کرتی ہے۔

ہوا رک گئی۔۔۔ ساکشی کے ہاتھ انگارہ بن گئے تھے۔ دہکتے آگ کے شعلے — لیکن جیسے سوچنے سمجھنے کی صلاحیت ختم ہو گئی تھی۔ اپنی ہی آگ سے گزرتا ننگا سا، لڑکھڑاتا۔ ساکشی کو ذرا سا دھکا دیا تو وہ جیسے امر بیل' کی طرح لپٹ گئی — اور دوسرے ہی لمحہ — میں جیسے گناہ اور پچھتاوے کی آگ کے درمیان تھا — میں نے ایک تیز تھپڑ لگایا تھا۔ تھپڑ کی گونج ہوئی تھی۔ تیزی سے ساکشی ہٹی — غور سے اُس کی طرف دیکھا — پھر تیزی سے ہنستی چلی گئی۔

'لو آج حق بھی لے لیا۔'

'حق۔۔۔'

'تمہارے تھپڑ — اس نے چہرہ گھمایا۔۔۔ اس کے گال لال ہو رہے تھے۔ آگے

بڑھ کر اس نے سچ مچ میرے ہونٹوں پر ہونٹ رکھ دیئے۔ پھر تیزی سے پیچھے ہٹی —'اب مٹاؤ خود کو —اس نے گال کی طرف اشارہ کیا —یہ تم ہو۔ تمہارا نشان —میں اسے زندہ رکھوں گی۔ وہ ہنس رہی تھی ---'جاؤ نہالو--- مگر ایک بات کہوں گی۔ ڈرتے ہو تم۔ لیکن سچائی یہی ہے، سوچتے ہو میرے بارے میں —شاید سارے کے سارے لمحے — آزاد نہیں ہو پاتے میرے احساس سے۔ اور نہ ہو پاؤ گے کبھی۔'

وہ جانے کو مڑی —پھر ٹھہری —'دنیا بدل رہی ہے آدتیہ۔ تم بھی بدل جاؤ۔'

'آدتیہ'--- آج پہلی بار اس نے میرا نام لیا تھا۔ آدتیہ۔ یہ نام--- جیسے ذہن میں گونج رہا تھا۔ میں شاور کے نیچے کھڑا تھا۔ پانی میں بھیگتا ہوا۔ شاور سے پانی کے قطرے ٹپ ٹپ سر پر پڑ رہے تھے —مگر اس کی آواز لگاتار حرکت میں تھی--- آدتیہ--- آدتیہ --- آدتیہ---

لفظ بازگشت کر رہے تھے--- بھیگے ننگے بدن میں یہ گونج بھیانک حد تک اپنے 'ظلم' اور بربریت' کا احساس کرا رہی تھی---

*

میری زندگی میں آنے والی تبدیلی کو شاید شانتا نے کبھی نہ سمجھ پانے کا من بنالیا تھا۔ لیکن کیا سچ مچ کوئی تبدیلی میرے اندر آئی تھی؟ کسی گناہ کے عمل سے گزرتے وقت کتنی ہی بار اپنے ہی خیالوں کا قتل ہوتے دیکھتا رہا —چھوٹی چھوٹی باتوں میں ساکشی اب اپنے پیار کا حق مانگنے لگتی تھی۔ مجھے لگتا تھا، اس کشمکش کو میرے یا ساکشی کے علاوہ بھی سارے 'سمجھ رہے ہوں گے —جیسے آسمان، زمین، میرے بیڈ روم میں لگا آئینہ —میرے گھر کے جاگتے کونے کترے--- جہاں ساکشی ہر بار اپنے جوان ہونے کے احساس کے ساتھ مجھے محبت کا سبق بھی پڑھا جاتی تھی —شاید وقت کے بہاؤ سے کمزور ہوا تھا میں۔ اس کا لمس

ایک نہ چاہنے والی خوشی دینے لگا تھا — مگر تبھی مجھ میں 'یا میرے اندر دوبارہ روشنی ہو جاتی — اور جیسے آگے کا گولا برف کی سلّیوں کے درمیان داخل ہوتا ہوا سرد سا ہو جاتا۔ مجھے تعجب یہی تھا کہ گھر کے کونے کترے سے دیواروں تک کو خبر ہونے کے باوجود شاید اس سچ کا احساس کسی انسانی جسم کو نہیں تھا — نہ آس پاس کے لوگوں کو — نہ میرے گھر نہ ساکشی کے گھر والوں کو — سوچتا تھا، ایسی بہت سی کہانیاں وقت کے صفحات پر بے رحمی سے پھیل جاتی ہیں پھر ختم ہو جاتی ہیں — ان دنوں ڈھلّن اچانک ہی ساکشی کی شادی کو لے کر فکر میں پڑ گئے تھے۔ کچھ بیوی کا بھی دباؤ تھا۔ کچھ ٹوٹتی صحت اور زندگی سے ہارنے جیسی مایوسیوں کا۔۔۔ کہ اب جلد ہی ڈھلّن ساکشی کی ذمے داری سے بری ہونا چاہتے تھے۔

یکایک کہیں ڈال سے ایک پتّہ ٹوٹا۔ کوئی خاموش سی چیخ گونجی ۔۔۔ اور گھنے جنگل سے آتی سرسراتی ہوا نے جیسے اندر تیز طوفان اٹھا دیا — آنکھوں سے کچھ فاصلے پر کھڑی ساکشی سہمی ہوئی ایک ٹک اُس کی طرف دیکھ رہی تھی — چوکی پر تکیے سے ٹیک لگائے ڈھلّن سر نیچا کئے آہستہ آہستہ اپنے الفاظ کی برف بٹا رہے تھے۔۔۔

"فن کی قدر و قیمت بدل گئی — محاورے بدل گئے — دنیا اکیسویں سے بائیسویں صدی میں داخل ہو گئی۔ مگر۔۔۔ دوسرے کو کب تک الزام دیتے رہیں — ہم ہی نہیں بدلے — نظریئے بدل گئے — رنگ اور کینوس بدل گئے۔۔۔ ہم بھی تھوڑا بدل جاتے تو ۔۔۔کھوں۔۔۔ کھوں۔۔۔"

ڈھلّن کو کھانسی اٹھی تھی — آج فن مصوری ایلیٹ طبقے کی چیز ہو گئی ہے — اور ہم ابھی بھی قدیم آرٹ کے طور پر اُسے ڈھوئے جا رہے ہیں — نئی ذہنیت کی ذرا سی روشنی اپنے آرٹ کو دی ہوتی تو۔۔۔ شاید ابھی اتنا بڑھاپا نہیں آتا۔۔۔ کھوں۔۔۔ کھوں۔۔۔ ڈھلّن ٹھہرے۔۔۔ اپنی بربادی اور ناکامیوں کے درمیان میری اپنی زندگی تو کٹ گئی مگر

ساکشی۔۔۔

ساکشی دیوار کے سائے سے لگی کھڑی تھی۔۔۔

ڈھلّن دھیرے سے بولے تھے '—ایک لڑکا نظر میں ہے۔ پینٹر ہے۔ اتفاق سے پچھلے ہفتہ ملاقات ہوئی۔ وہ میری طرح نہیں — لیکن مجھے گرو مانتا ہے —اس کی اُڑان لمبی ہے۔ سوچتا ہوں۔۔۔ ساکشی کا۔۔۔'

*

جیسے ایک کے بعد ایک گولے چھوٹتے چلے گئے۔ ساکشی دیوار سے لگ گئی۔ جب میں نے اس طرف نگاہ کی۔ محسوس ہوا، وہ اپنے احساسوں کی جھاگ میں کانپ رہی ہو — چہرا پیلا پڑ گیا ہو۔ شانتا باورچی خانہ سے چلی آئی تھی۔

"بھیّا اچھا کیا آپ نے۔ اچھے لڑکے ملتے کہاں ہیں۔ دیکھو تو کیسے شرما گئی۔۔۔'

ساکشی تیزی سے بھاگی تھی —میں بے حس اور حیرت زدہ تھا— بھلا میرے سوا اس کے آنسو کس نے دیکھے تھے۔ لیکن وہ آنسو، عام آنسوؤں کی طرح مجھے کمزور نہیں لگے۔

میں یکایک خاموش ہو گیا تھا۔ یکایک پہلی بار لگا، جیسے کسی نے میرے اندر زور سے مکّا مارا ہو۔ ساکشی کو لے کر اب تک ایسا کوئی احساس میرے اندر کبھی نہیں جنما— مگر اس وقت اچانک غیر متوقع طور پر اس کی شادی کی بات کو لے کر۔۔۔

ڈھلّن چلے گئے تو میں ایک بار پھر کھڑکی کے سامنے کھڑا تھا— باہر جنگل آباد تھا۔ درخت ہل رہے تھے۔ جنگل سے آتی ٹھنڈی ہوا، مجھے آنے والے وقت کے بھیانک تھپیڑے کا قصہ سنا رہی تھی — مگر مجھے کیا خبر تھی — کہ جنگل کی آگ اتنی تیزی سے بھی بھڑک سکتی ہے۔

اور آخر میں بارش

اس دن بارش ہو رہی تھی۔ پیٹ پیٹ کر مسلا دھار بارش اور یہی وہ وقت تھا، جب اس کہانی کا پردہ اٹھنے والا تھا — بارش مجھے بے حد پسند ہے۔ بارش کی ہزاروں پیاری یادیں ہیں میرے پاس۔ بارش آج بھی ایک خوبصورت فینٹیسی ہے میرے مجھے کسی یوٹوپیا یا کسی بے حد خوبصورت دنیا میں پہنچانے کے لیے — بارش میرے لئے صرف ایک بارش نہیں، بلکہ میرے اپنے جذبات کے رم جھم جھرنے میں بھیگنے جیسا پیارا احساس ہے — جیسے سمندر کی لہریں ہوتی ہیں —۔ سنّاٹی، اندھیری رات میں ساحل پر کھڑے سمندر کی اٹھتی لہروں کو پتہ نہیں کبھی آپ نے دیکھا ہے یا نہیں۔ ان کے شور سنئے — اور سنّاٹے میں دور سے چلی آرہی لہروں کو یکایک اچھال لیتے ہوئے دیکھئے — کچھ یکایک 'اچھلا' تھا میرے اندر — میرے پورے وجود کو جھنجھوڑتا ہوا — سمندر کی لہروں کی طرح۔ اور اس دن کی خوبی یہ تھی کہ مسلا دھار بارش ہو رہی تھی' اور جیسے زندگی کا سوال نامہ تیار کرنے والے نے میرے لیے اگنی پریکشا کے ایسے سوال تیار کیے تھے کہ مجھے خود پر تعجب تھا۔

اور اس واقعے کے ایک دن پہلے یا تو سب کچھ معمول پر تھا یا سب کچھ معمول پر نہیں تھا — ہاں، اس دن بارش کے اشارے مل چکے تھے۔ اس دن کئی واقعے سرزد ہوئے — ڈھلّن ساکشی کی شادی کی تاریخ رکھ آئے تھے — دو مہینے بعد شادی تھی — سب کچھ میرے گھر پر ہی تھا — بار بار، کچھ فاصلے پر بیٹھی اپنے ناخنوں کو چباتی ساکشی، پلٹ کر میری طرف دیکھ لیتی۔ اس کے چہرے کا رنگ پیلا پڑا ہوا تھا۔ اس دن صبح سویرے فون کی گھنٹی نے ایک منحوس خبر بھی سنائی تھی۔ شانتا کے اکلوتے چاچا گزر گئے تھے۔ وہ صبح سے روئے جا رہی تھی۔ آلوک کو لے کر تین بجے کی گاڑی پکڑنی تھی۔ تیسرا واقعہ مجھ سے جڑا تھا۔ مجھے بخار تھا۔ شانتا کو یہ بھی فکر تھی کہ گھر پر کوئی نہیں ہو گا۔ میری دیکھ بھال کون کرے گا۔

'بھائی صاحب، یہ تو کچھ بھی نہیں جانتے، گھر میں کون چیز کہاں رکھی ہے۔ انہیں کچھ بھی نہیں پتہ۔ میں تو کل ہی چل دوں گی۔ مگر آج رات۔۔۔'

شانتا، سورگیہ چاچا کی یاد میں پلّو سے آنکھیں پوچھ رہی تھی —ڈھلّن نے پلٹ کر دیکھا تھا —ٹھیک یہی وقت تھا جب جنگ کی طرح بارش نے، نگاڑے کی تھاپ پر، اپنی پہلی موجودگی کا احساس کرایا تھا —کڑکڑاتے بادلوں کی گونج اٹھی تھی۔ لیکن بادلوں کی گھڑگھڑاہٹ میں ساکشی کے برف ہوتے لفظ بجنے لگے تھے —

'تم جاؤ دیدی۔ میں ہوں نا۔ آج رات میں یہیں رک جاؤں گی۔ ان کی پوری طرح سے دیکھ بھال کروں گی۔'

'لو۔۔۔ پرابلم ہی سالو۔۔۔'ڈھلّن ہنسے —

شانتا محبت سے مسکرائی —بس ساکشی ہے تو مجھے کوئی فکر نہیں۔ ساکشی انہیں سنبھال لے گی۔

ساکشی کا چہرہ جذبات سے عاری تھا — سر جھکائے، ہاتھوں کے ناخن اپنے رس بھرے ہونٹوں سے کترتی۔۔۔

پھر ایک ساتھ کتنے ہی بادل گرج اٹھے۔

میرے اندر سمندر کی لہریں پہلے سرد تھیں لیکن جیسے جنگ کا بگل بجنے کے بعد — ان لہروں کا جوار بھاٹا اٹھنا شروع ہو گیا تھا۔

ڈھلّن چلے گئے۔ دو بجے آلوک کو لے کر شانتا چلی گئی۔ میں اندر چلنے والی کشمکش کو سنبھالتا آگے بڑھا تو مجھے باہر کا دروازہ بند کرنے کی آہٹ سنائی دی —یہ ساکشی تھی —اور اب پورے گھر میں صرف ہم دونوں تھے —اور یہی وہ لمحہ تھا جب بارش کی تھوڑی بوندیں برسنی شروع ہو گئی تھی۔

*

میں کمرے میں آ گیا۔۔۔ سانسیں پتہ نہیں کیوں تیز تیز چل رہی تھیں۔ دروازہ کھلا رکھا تھا۔ ساکشی کے ہونے کا احساس مجھے اندر تک برانگیختہ کر رہا تھا—شاید میرا بخار بڑھ گیا تھا—پیشانی جل رہی تھی۔ کنپٹّیاں سلگ رہی تھی۔۔۔ میں ہر آہٹ پر کان لگائے ہوا تھا۔۔۔ ایک دو۔۔۔ لیکن ساکشی نہیں آئی۔۔۔ کہاں رہ گئی۔ پاؤں میں ذرا سی حرکت ہوئی۔ اٹھا۔۔۔ چل کر ذرا باہر آیا۔ باہر چوکے پر ساکشی اوندھی لیٹی تھی۔۔۔ وہ رو رہی تھی۔۔۔ اس کی سسکیاں مجھے اندر تک چوٹ پہنچا رہی تھیں۔ بارش دھیمی ہو رہی تھی۔۔۔ ساکشی سے ذرا سے فاصلے پر، چھجے سے پانی ٹپک رہا تھا۔ میں نے آنکھیں بند کر لیں۔ اندر کے بخار کو بہنے سے روکا—ساکشی کے پاس گیا تو اندر دبا لاوا پھٹ جائے گا۔ جیسے کوئی جوالا مکھی ہوتا ہے۔۔۔ سویا ہوا جوالا مکھی—مجھے لگا، میرا لمس پاتے ہی پھٹ جائے گی وہ۔۔۔ چھجّے کے پاس والا برامدہ بھیگ گیا تھا۔۔۔ میں نے اپنے پاؤں واپس کھینچے۔۔۔ بستر پر آ گیا۔۔۔ لیٹ گیا۔۔۔

سامنے دیوار گھنٹی ٹن۔۔۔ ٹن۔۔۔ ۳ کے گھنٹے مار رہی تھی—پینڈولم جھول رہا تھا۔ اچانک جیسے پورا جسم ایک پینڈولم ہو گیا—وہ آ رہی تھی۔ میں نے جلدی سے آنکھیں بند کر لیں۔

اس کے ہاتھوں میں چائے تھی۔ چائے پاس والی میز پر رکھ دی—دوا کے ٹیبلیٹ اس کے ہاتھ میں تھے—پانی گلاس اور ٹیبلیٹ لے کر وہ پاس آئی۔ آہستہ سے پیشانی کو چھوا اور چونک گئی۔

'دوا کھالو۔ جانتی ہوں سوئے نہیں ہو—ناٹک مت کرو—تیز فیور ہے۔'

میں نے دیکھا، اس کی آنکھیں رونے سے پھول گئی تھیں—اس نے آسمانی رنگ کی

شلوار پہن رکھی تھی۔ آسمانی بوٹے والا جمپر۔۔۔ اس کے ہاتھ بے حد پیارے تھے —پہلی بار اس کے ہاتھ سے دوا لیتے ہوئے جیسے میں اس کے جسم کو دیکھ رہا تھا —جوانی کے سارے رنگ اور آگ اور اُس کے بدن میں سمٹ آئے تھے — گورا رنگ، لمبے بال، لانبی گردن۔۔۔ بے حد نازک اٹھے ہوئے ہونٹ —مجھے دیکھتا پاکر اس نے نظریں جھکا لیں۔ پھر ٹھہری نہیں۔ کمرے سے باہر نکل گئی۔

میرے اندر جیسے اتھل پتھل مچی تھی۔ ایک بھیانک کشمکش تھا۔۔۔ ہر لمحہ اپنے ہی اندر کی آگ سے لڑتا، الجھتا —کوئی دو گھنٹے گزر گئے —اُٹھ کر برامدے تک گیا تو پایا ساکشی اسی حالت میں سوگئی تھی —جیسے تھوڑی دیر قبل اُسے روتی حالت میں دیکھ کر آیا تھا۔۔۔ اس کا سینہ روشن تھا—شلوار اور جمپر سے جیسے آگ کی جھانس اٹھ رہی تھی۔۔۔ پاؤں بے حد خوبصورت۔ انگلیاں جیسے تراشی گئی ہوں —بارش تھوڑا سارُکی تھی۔۔۔ لیکن تھوڑی دیر بعد ہی بادلوں کی گڑگڑاہٹ شروع ہوگئی۔ اس بار اس گرگراہٹ میں جوش بھی تھا—ایسا لگتا تھا جیسے اب بارش ہوئی تو رکے گی نہیں۔

سات بجے ساکشی دوبارہ اٹھ گئی —میرے لیے روٹی کے پھلکے لے کر آئی —مجھے احساس تھا مجھ سے کہیں زیادہ جدوجہد سے وہ دوچار ہوگی —لیکن وہ چپ کیوں ہے؟ آج ساری رات اسے یہیں رہنا ہے —لیکن ساکشی کہاں سوئے گی —ساکشی چپ کیوں ہے۔ کیا نئی الجھنوں سے اُس نے سمجھوتہ کرلیا ہے؟

لیکن شاید نہیں۔ اب سوئے ہوئے آتش فشاں کے جاگنے کا وقت تھا—رات کے نو بج گئے تھے —ساکشی مجھے کھانا کھلا چکی تھی اور دوا بھی —باہر موسلا دھار بارش ہو رہی تھی۔ بارش کی بوندیں ایک عجیب سا سنگیت پیدا کررہی تھی۔ میں نے آگے بڑھ کر کھڑکی کا دروازہ کھولا۔ باہر جنگل آباد تھا۔ گیلا جنگل۔۔۔ تبھی بجلی چمکی تھی۔ اور جنگل اندھیرے

میں چمک گیا تھا۔ ڈراؤنے پیڑ پودے۔۔۔ تبھی آہٹ ہوئی —ہاتھوں میں تکیہ لیے ساکشی میرے بستر پر آئی تھی — تکیہ میرے تکیے کے پاس رکھ دیا۔ اس سے پہلے کہ میں تعجب سے دیکھتا۔ اس نے میری زبان بند کر دی۔

'تمہارے ساتھ سوؤں گی۔۔۔ میرے پاس صرف آج کا دن ہے۔'

بجلی تیزی سے چمکی تھی۔

باہر جنگل آباد تھا۔ رہ رہ کر بجلی چمک جاتی —

'ایک دن کے لیے تم مل گئے۔۔۔ ایک دن کے لیے تمہارا گھر مل گیا۔۔۔ جانتے ہو یہ سات گھنٹے کس طرح کاٹے ہیں میں نے؟ اکیلے رہ کر بھی تمہارے ساتھ۔ چوکے پر لیٹی لیٹی تمہارا احساس کرتی رہی —پور پور میں۔۔۔'

اس نے چنری کنارے ڈال دی —شانتا کے وارڈ روب کی طرف اس طرح بڑھی جیسے اس کا وارڈ روب ہو —اور یہ گھر، یہ کمرہ اس کے لیے بالکل بھی اجنبی نہ ہو —وارڈ روب سے اپنے لیے بلیو رنگ کی نائٹی نکال لی —'تھوڑا ڈھیلی ہو گی۔ ہے نا؟ ساکشی زور زور سے چیخی تھی —بولتے کیوں نہیں ہو تم۔۔۔ زبان کیوں سل گئی ہے تمہاری۔'

نائٹی کو چہرے کے پاس لے جا کر وہ پھپھک کر رو پڑی —

'دو مہینے بعد میری شادی ہو جائے گی۔ مجھے برش اور کینوس کی دنیا میں نہیں جانا تھا —کیوں جانے دیا مجھے —؟ تم کیوں نہیں رکھ سکتے تھے مجھے؟'

باہر ایک بار پھر بجلی زور سے چمکی تھی۔

ساکشی سامنے آکر ٹھہر گئی —اس کا جسم جل رہا تھا۔۔۔ آگے بڑھ کر اس نے میرے ہونٹوں پر اپنی آگ رکھ دی —

اس کے جسم سے 'جھاس' اٹھ رہی تھی —مجھے مکمل کر دو۔ ادھورا نہیں رہنا مجھے۔

بھگوان کے لیے اپنے اور میرے درمیان آج عمر کے چھلکے کو لے کر مت آنا۔۔۔ زندگی دو مجھے۔۔۔ مکمل کر دو مجھے۔۔۔'

پیچھے پلٹ کر کھلی کھڑکی سے بارش میں بھیگتے جنگل کو دوبارہ نہیں دیکھ پایا—شاید بجلی چمکی تھی—یازور سے ان جنگلوں پر گری تھی بجلی—سارا جنگل آگ کے شعلوں میں جل اٹھا تھا جیسے۔۔۔ میں بے حد کمزور تھا اس لمحہ۔۔۔

یا شاید میں اسی لمحہ کے لئے پیدا ہوا تھا۔۔۔

*

آپ نے محبت کو دیکھا ہے کبھی — نہیں سچ بتایئے گا — دیکھا ہے محبت کو—؟ او ہینری کے بھوت کی طرح اچانک میں گم ہو گیا تھا—بھیگا جنگل آباد تھا۔ اور اس جنگل میں بارش رنگوں میں ساکشی نے میری جگہ لے لی تھی۔۔۔

پھر کتنے ساون۔۔۔ کتنی خزاں گذر گئی—مجھے کچھ یاد نہیں—

اور شاید یاد رکھنا ضروری بھی نہیں—

کہانی تمہیں لکھنے والی ہے!!!

بوڑھوں کے تیور صرف بوڑھے ہی سمجھ سکتے ہیں۔ بڑھاپا بچوں اور جوانوں کی سمجھ میں آنے والی چیز ہیں ہے۔ کیا پتہ وہ کب کس بات پر خوش ہو جائیں، کب کس بات پر منہ پھلا دیں، کس بات پر اُداس ہو جائیں۔ بڑی خبطی سی شے ہے بڑھاپا۔ ایک جگہ بیٹھے بیٹھے بھی طبیعت گھبرا جاتی ہے۔ مگر اب پہلے والی بات نہیں رہی۔ اٹھنے پر سر گھومنے لگتا ہے، پیر کے جوڑوں میں درد شروع ہو جاتا ہے، ہاتھ الگ کانپنے لگتا ہے۔ سہارے کی ضرورت ہوتی ہے تو لیٹے لیٹے پوتے کو صدا لگاتا ہوں۔۔۔

"ببلو۔۔۔ او ببلو۔۔۔!"

دوسرے ہی لمحہ وہ بھاگتا ہوا کمرے میں آجاتا ہے۔۔۔ "جی دادا۔۔۔"

اشارے سے اٹھانے کے لئے کہتا ہوں۔ ببلو پیٹھ کی طرف ہاتھ لگا کر بٹھا دیتا ہے۔ اُٹھ جاتا ہوں تو پھر سوالوں کے ایک لمبے سلسلے کا آغاز ہو جاتا ہے۔ کیا کروں۔ کہاں جاؤں؟ ایک جگہ بیٹھنے کی بھی عادت نہیں رہی۔ کتنے ہی دوست ہیں جو لاٹھی ٹیکتے ہوئے چلا کرتے ہیں۔ ان مضبوط ہاتھوں پر ہمیشہ سے فخر رہا تھا ___ آج تھک ضرور گیا ہوں مگر لاٹھی پکڑنے کی کمزوری نہیں کر سکتا۔ کمرے سے باہر نکل کر بہوؤں کو صدا لگاتا ہوں:

"شاداں۔۔۔ عصمت۔۔۔ ناہید۔۔۔ کوئی ہے۔۔۔ ذرا چائے بنا دینا۔۔۔"

باورچی خانے میں کچھ بھَن بھَن سی ہوئی ہے۔ جانتا ہوں، بہوؤں کے درمیان اس بے وقت کی فرمائش اور اس خبطی عادت کو لے کر ناک سکوڑی جا رہی ہو گی ___ "ابا

پریشان کر دیتے ہیں۔ یہ بھی کوئی وقت ہے چائے پینے کا؟ مگر چائے تو بنانا ہی ہو گی۔"

بڑھاپے میں کب کس چیز کی طلب ہو گی، پہلے سے سوچا نہیں جا سکتا۔ اپنے آپ کو کس قدر توڑتے ہوئے اور موت سے جوڑتے ہوئے کبھی ضرورت اور کبھی بلا ضرورت کسی بھی اجنبی خواہش کی صدا لگانا پڑتی ہے۔ بہوئیں کیا جانیں کہ اس عمر میں بڑھاپا کتنی عجیب عجیب سی خواہشوں کو سُلا کر کے بڑھاپا کہلاتا ہے ___ بوڑھا رو نہیں سکتا، بوڑھا آدمی زیادہ ہنس نہیں سکتا۔۔۔ یہ سب عیب پاگل پن میں گنے جائیں گے۔ بچے جمع ہو جائیں گے۔۔۔ کیا بات ہے ابا؟ بہوئیں پوچھیں گی، پوتے پوتیاں گھبرا جائیں گی۔ اور پھر ان سے کیا کہوں گا کہ مجھے اکیلا چھوڑ دو بچو! بوڑھے آدمی کو بھی اکیلے پن میں یاد ستا سکتی ہے۔ گزری ہوئی بھولی بسری پرانی یادیں اچانک سناٹے میں آکر رونے پر مجبور کر سکتی ہیں۔ بوڑھے آدمی کو بھی اکیلے پن میں یاد ستا سکتی ہے۔ گزری ہوئی بھولی بسری پرانی یادیں اچانک سناٹے میں آکر رونے پر مجبور کر سکتی ہیں۔ بوڑھے آدمی کا بھی کوئی ماضی ہوتا ہے، کوئی بیوی ہوتی ہے۔ بیوی ___ جواب نہیں رہی۔ وقت کی دوڑ میں دو تین سال ہی پیچھے نہیں چھوٹی بلکہ صدیوں کے لمبے سفر کا فاصلہ طے کر گئی۔!

دھم سے آکر چوکی پر بیٹھ گیا ہوں۔ کتنا تھک جاتا ہوں۔ صرف کمرے سے باہر چوکی تک کا سفر۔۔۔ گزری یادوں سے ابھی ابھی جی رہے لمحہ تک کا سفر۔۔۔ بوڑھا جی کھول کر رو بھی تو نہیں سکتا۔۔۔ اپنے آپ کو دابے رہنا پڑتا ہے۔۔۔ بچوں میں، پوتے پوتیوں میں۔۔۔ بہوؤں میں۔۔۔ افکار نو کے طلسم کدے میں خود کو پناہ دینی پڑتی ہے، کہ اے بوڑھے ___! تمہارے ہی دم سے یہ رونقیں جوان ہیں۔۔۔ تمہاری اُداسی، تمہاری خاموشی بچوں کے ہنستے مسکراتے چہروں کی چمک چھین لے جائے گی۔۔۔ سب کے سب پریشان ہو جائیں گے۔ صرف تمہارے لئے۔!!

عصمت چائے لے رک آجاتی ہے۔

پیچھے مسکراتی ہوئی ناہید کھڑی ہے۔ "آبا! آپ کمرے سے باہر نکل آئے اس وقت؟"

ناہید کا سوال جیسے سنا ہی نہیں۔۔۔ ہونٹوں کی مسکراہٹ گہری ہوگئی ہے۔ سب کو بوڑھے کا کتنا خیال ہے۔ عصمت سے پوچھتا ہوں۔۔۔ "چائے میں کتنی شکرین ڈال۔"

شاداں کہہ رہی ہے۔ "ابا! آپ کو اس وقت کمرے سے باہر نہیں نکلنا چاہئے تھا، ٹھنڈک بہت ہے۔"

بوڑھا صرف سنتا ہے۔ بہوئیں کتنا سوچتی ہیں۔ کوئی تکلیف نہیں ہو ابا کو___ کیسے کہوں کہ بڑھاپے میں خبطی موڈ کے سہارے ہی جینا پڑتا ہے۔ کوئی وقت نہیں ہوتا باہر نکلنے کا۔ جب موڈ بن جائے کچھ کرنے کا خیال آجائے اور نہیں کرو تو اپنا ہی آپ ڈسنے لگتا ہے آخر زندگی بھر ایک آفیسر کی زندگی جیا ہوں۔ بڑا عہدہ، بڑا رتبہ اور آفیسر جب سرکس کے رنگ ماسٹر کی طرح ہاتھ میں بیلٹ لے کر اپنے آپ کی مجبوری پر حاوی ہو جائے تو کوئی بھی خواہش دبائی نہیں جاسکتی۔ ضدی بچے کی طرح ہر خواہش کا مزا لینے کا دل چاہتا ہے۔

"ٹھنڈک بہت ہے ابا! اور آپ نے اوپر صرف کرتا ہی پہن رکھا ہے۔"!

چائے کی چسکیاں لیتا ہوا ٹھہر جاتا ہوں، خود کا جائزہ لیتا ہوں۔ ہاں ٹھنڈک کچھ بڑھ گئی ہے۔ عصمت نے ٹھیک ہی کہا ہے۔ چائے کا کپ لے کر اپنے کمرے کی طرف لوٹ پڑتا ہوں۔ کچھ دیر اور بستر میں آرام کرنا چاہئے۔ وقت گزاری کے لئے میگزین سے بڑھ کر کوئی چیز نہیں پڑھتے رہو جب تک نیند نہیں آجائے اور اس عمر میں رکھا بھی کیا ہے۔ بچوں کی شادگی ہوگئی۔ اب فکر ہے تو موت کی۔ آنکھیں بند کب ہوتی ہیں، بلاوا کب آتا

ہے؟ اکیلے جیتے ہوئے کسے اچھا لگتا ہے کتنے ہی دوست ایک ایک کر کے رخصت ہو گئے۔ جو باقی ہیں وہ بھی آہستہ آہستہ رخصت ہوتے جا رہے ہیں۔ سنتے ہوئے کچھ عجیب سا لگتا ہے۔ ارے فلاں چلا گیا؟ کچھ دیر کے لئے سن سے ہو جاتا ہوں اندر کچھ ٹوٹ پھوٹ سا جاتا ہے۔ مگر ایسی خبروں کے لئے جیسے اب خود کو پوری طرح سے تیار کر چکا ہوں۔ شروع شروع تو ایسے کسی دوست کے بارے میں سنتے ہوئے تو واقعی بہت صدمہ ہوتا تھا مگر اب ___ اثر تو ہوتا ہے مگر اتنا نہیں ـــ شاید اس لئے کہ اس عمر میں ایسی ہی خبروں کے سننے کی امید رہتی ہے ـــ کچھ دیر کے لئے مرنے والے کی خصوصیت گنوائی جاتی ہے ـــ پھر معمول کی طرح روزمرہ کی باتیں شروع ہو جاتی ہیں ـــ شاید میرے بعد بھی میرے دوست احباب ایسا ہی کریں گے۔؟

کچھ دیر کے لئے ٹھہر گیا ہوں۔ اپنی موت کے بارے میں جب جب سوچتا ہوں تو ایسے ہی کچھ دیر کے لئے پورا وجود برف کی طرح جما ہوا محسوس ہوتا ہے۔ پھر برف پگھلنے لگتی ہے، اور اس لفظ سے دور نکلنے کی کوشش کرتا ہوں ـــ مگر یہ بھی سچ ہے کہ اب زندگی کے لئے کوئی خاص خوشی نہیں رہ گئی، بلکہ خود ہی ہر روز حساب لگایا کرتا ہوں ـــ آج ایک روز اور گزر گیا ـــ آسیہ کو گئے کتنا عرصہ ہوا؟ ـــ آسیہ! بوڑھی آنکھیں کچھ سوچ کر گیلی ہو جاتی ہیں اور پھر کہیں سے کوئی پرانی صدا پورے وجود کو اپنے گھیرے میں لے لیتی ہے ـــ صاحب ـــ صاحب کلب نہیں چلئے گا ـــ صاحب کو چائے دو ـــ صاحب کے کھانے کا وقت ہو گیا ـــ"

آسیہ پورے گھر میں دوڑ رہی ہے اور یہ بھی عجیب بات رہی کہ وقت کی دوڑ جاری رہی۔ وہ ریٹائر بھی ہو گئے مگر آسیہ بوڑھی نہیں لگی۔ ہاں وہ خود بوڑھے ضرور ہو گئے ـــ وقت بوڑھا لگا ـــ اتنی ہٹی کٹی آسیہ، زندگی کی بے معنویت میں بھی ساتھ رہنے کا وعدہ

کر کے آئی تھی۔۔۔ مگر اتنی جھوٹی نکلی کہ کینسر کے معمولی سے مرض میں زندگی کے اس پختہ وعدے کی اینٹ کو توڑ کر ہمیشہ کے لئے بادلوں کے بیچ او جھل ہو گئی۔۔۔ اور پہلی بار محسوس ہوا تھا کہ اب زندگی نہیں کٹ سکتی۔۔۔ نہیں گزر سکتی ___ بڑھاپا ایک مرض ہے، ایک روگ ہے جو بوڑھی بیوی کے سہارے کاٹا تو جا سکتا ہے مگر اکیلے نہیں کٹ سکتا ___ بچوں میں، بہوؤں میں، پوتے پوتیوں میں خوشیوں کا عکس تو ڈھونڈا جا سکتا ہے مگر زندگی کی وہ چمک جو کئی سال پہلے قبرستان کے اندھیرے میں دفن کر آیا ہوں ___ بس اسی دن سے جینے کی خواہش بھی سو گئی اور انگلیوں پر گزرے ہوئے دنوں کا حساب شروع ہو گیا۔ تکلیف دہ رات کا ایک لمبا سلسلہ۔۔۔ گلوکوز کے انجکشن۔۔۔ دوائیاں اور بڑھتے ہوئے سارے جسم میں پھیلتے ہوئے درد کا احساس بڑھتا گیا مجّو ٹھیک کہتے ہیں۔۔۔ دوائیاں بیکار ہیں، بڑھاپے میں دوائیوں سے کوئی فائدہ نہیں ہوتا۔ بڑھاپے میں سیکڑوں قسم کے مرض ہو ہی جاتے ہیں۔ کس کس کا علاج کرایا جائے اور یہ بھی سچ ہے کہ صبح کی روشنی میں کمرے میں سمٹے ہوئے تمام دوست احباب اب زندگی کی بات نہیں کرتے بلکہ سب کے سب بڑی آسانی سے موت کی باتیں کیا کرتے ہیں پتہ نہیں کب موت آئے گی؟ کب بلاوا آئے گا؟ پہلے عجیب لگتا تھا مگر اب ان باتوں کی عادت پڑ گئی ہے۔ خود کو ان باتوں کے لئے پوری طرح تیار کر چکا ہوں۔۔۔ ہاں آج صبح ایک جھٹکا سا لگا۔۔۔ دس بجا تھا، جب مجّو، فاروق، ظفر یہ تمام لوگ کرسیوں پر بیٹھے گپ شپ میں مشغول تھے۔ علی کا انتظار تھا۔ علی ابھی تک نہیں آئے تھے۔ سب علی کو ہی یاد کر رہے تھے کہ لاٹھی ٹیکتے ہوئے دروازے پر رک کر خاص انداز سے علی کا سلام مارنا ___ "محبوب بھائی! سلام علیکم!"

"آہا۔۔۔ !" لیٹے ہی لیٹے کتاب سے نظریں اٹھا کر علی کو دیکھتا ہوا میں جواب اچھالتا۔ علی لاٹھی ایک طرف رکھ کر بیٹھ جاتے۔

مجوّ کی آنکھوں میں گلو کوما اُتر آیا تھا۔ سورج کی تیز شعاعوں کے بیچ علی کے چہرے کو شناخت کرتے ہوئے دھندلی آنکھیں کچھ روشن سی ہو جاتی ہیں۔ پھر مجوّ مذاق پر اُتر آئے۔۔۔

"بھائی علی! آج قورما پلاؤ کھایا ہے کیا۔ بہت خوش نظر آرہے ہو۔؟"

"قورمہ اور پلاؤ تو اب آپ ہی کے یہاں کھائیں گے مجوّ بھائی۔" علی کی کھنکتی ہوئی آواز اُبھرتی ___ "بھابھی کے ہاتھ کا بنا ہوا ___ ! کھلائیں گے نا ___ ؟"

"ٹھیک ہے۔" شاید پہلی بار مجوّ بڑے اطمینان سے بولے تھے ___ لاٹھی سے زمین کھودتے ہوئے۔

"پرسوں عمران آئیں گے، کچھ پیسہ ہو جائے گا۔ جمعہ کو کھانے پر آؤ۔ قورما اور پلاؤ دونوں چلے گا۔"

"ہم سب شرکت کریں گے۔" فاروق نے حسب معمول ٹہوکا لگایا تھا۔

مجوّ نے دعوت دی ہے۔۔۔ لیٹے لیٹے تھک گیا ہوں۔ اُٹھنے کی کوشش کرتا ہوں۔ علی کہتے بھی ہیں کہ آپ لیٹے رہیے محبوب بھائی۔ مگر دل نہیں مانتا۔ چائے کے لئے پوتے کو آواز دیتا ہوں۔۔۔

"ببلو! چائے لے آؤ۔"

جمعہ کو اب دن ہی کتنے رہ گئے ہیں، بس آنے ہی والا ہے۔ مگر سوال یہ ہے کہ مجوّ جیسے کنجوس آدمی نے دعوت کیسے دے دی۔ شاید دوست پر پیار آگیا ہو گا۔۔۔ سب ہنسے جارہے تھے۔ بات بات پر قہقہے لگا رہے تھے۔۔۔ علی کا معمول تھا روز دس بجے آتے۔ لاٹھی ٹیکتے ہوئے۔۔۔ آج بھی قد آور جسم۔۔۔ بیوی رخصت ہو چکی تھیں۔۔۔ لاولد تھے۔۔۔ یہی غم کھائے جارہا تھا۔ مجوّ لڑکیوں کی شادی کو لے کر پریشان تھے۔ سب کے

الگ الگ مسئلے۔ سب کے الگ الگ غم ___ اور اس دن ساڑھے دس بج گئے مگر علی نہیں آئے۔ مجّو بھی لاٹھی ٹیکتے ہوئے انتظار کر رہے تھے۔۔۔ آج علی نہیں آئے۔ کل ہی جمعہ ہے۔۔۔ آج عمران شام تک آئیں گے۔ انگلیوں پر حساب چل رہا ہے۔ ٹھیک اسی وقت علی کے گھر سے لڑکا آتا ہے۔

"علی صاحب گزر گئے۔"

"کیا___؟" کمرے میں اچانک بالکل سنّاٹا پھیل جاتا ہے ___ مجّو نے فاروق کو دیکھا۔ فاروق نے ظفر کو۔ ظفر نے میری طرف۔۔۔ میں نے اُٹھنے کی کوشش کی۔۔۔ کوئی کچھ نہیں بولا۔۔۔ ہاں ایک چیختا ہوا کوّا سامنے کی منڈیر پر آکر بیٹھ گیا۔ مجّو تیزی سے اُٹھے۔ لاٹھی پکڑتے ہوئے باہر آئے۔ کوّے کو ہکلاتے ہوئے بولے۔ جا۔۔۔ ہٹ۔۔۔ ہٹ۔۔۔ کوّا ویسی ہی بے سری آواز نکالتا ہوا پھر آسمان کی جانب پرواز کر گیا۔ کتنی ہی ٹھنڈی اور گرم سانسیں کمرے میں گونج گئیں۔۔۔ بدن میں کچھ دیر کے لئے طوفان سا آ گیا۔۔۔

"علی چلے گئے۔!"

کمرے میں پھر سنّاٹا ہے۔۔۔

"جنازہ کب جائے گا۔؟"

"شام کو عصر کی نماز کے بعد۔"

کانپتے ہوئے ہونٹ پھر گونگے بن گئے ___

"کیا ہوا تھا علی کو؟"

"کچھ بھی نہیں۔ بالکل ٹھیک ٹھاک تھے۔ صبح کو آرام سے اُٹھے۔ پانی مانگا۔ پھر سینے کے پاس ہلکا ہلکا درد محسوس کیا تو لیٹ گئے ڈاکٹر کو بلانے کو کہا۔ اس سے پہلے کہ ڈاکٹر آئے،

وہ جا چکے تھے۔"

لڑکا جا چکا ہے یہ منحوس سی خبر دے کر ___ ایک عجیب سی بے یقینی پورے کمرے میں پھیل گئی ہے۔ سامنے والی کرسی خالی پڑی ہے۔ کل اسی پر تو بیٹھے تھے علی۔ پرسوں بھی۔ اس سے پہلے بھی۔ شاید وہ جب جب آئے اسی مخصوص کرسی پر بیٹھے۔۔۔ مجّو چپ ہیں۔ لاٹھی ہلا رہے ہیں، بیچارے کو کل دعوت دی تھی ۔۔۔ کیا معلوم تھا۔۔۔ آنکھیں پھر بے رونق ہو گئی ہیں۔۔۔

"بہت اچھا فٹ بال پلییر تھا علی۔" میں آہستہ سے کہہ پاتا ہوں ___ "زندگی بھر ساتھ رہے۔ ساتھ پڑھے لکھے، ساتھ ساتھ نوکری کی، ریٹائر بھی ایک ہی سال میں ہوئے ۔۔۔ مجھ سے اچھا فٹ بال کھیلتا تھا وہ۔۔۔ اس عمر میں بھی کیسی اچھی ہیلتھ تھی ۔۔۔ چلا گیا ۔۔۔"

دھوپ کچھ سخت ہو گئی ہے۔ ببلو چائے لے کر آ گیا ہے۔ سب چائے پینے لگتے ہیں۔ علی کی کرسی خالی ہے۔ رہ رہ کر دھیان اسی خالی کرسی پر جا رہا ہے۔ مگر اب ان باتوں کا سلسلہ علی سے موڑ دیا گیا اور کیا ضروری ہے کہ اس سلسلے کو قائم رکھا جائے۔۔۔ کون جانتا ہے کب کس کی باری آ جائے۔۔۔ سب تو ایک ہی صف میں کھڑے ہیں۔۔۔ ایک لائن سے جانے کو تیار۔ مگر علی۔۔۔

علی روز آتے تھے مگر اب کبھی نہیں آئیں گے۔ روز ہنستے ہنساتے تھے۔۔۔ اب یہ دن کبھی نہیں لوٹیں گے۔ مجّو کو روز چھیڑتے تھے اور مجّو انہیں روز چھیڑتے تھے۔ اب یہ لمحے دور چلے گئے ہیں کیا یہ کوئی بڑا حادثہ نہیں۔۔۔ پھر گفتگو کا سلسلہ صرف علی پر کیوں نہیں ٹھہرتا کیا کوئی حادثہ اس سے بھی بڑا ہو سکتا ہے۔۔۔ مگر یہ آنسو کہاں چلے گئے ہیں ۔۔۔ ظفر، فاروق، مجّو علی کی بات کیوں نہیں کرتے ۔۔۔ ایک جھٹکے کے بعد اب سب

معمول پر لوٹ آئے ہیں۔

علی کا تذکرہ ہر لمحہ پرانا پڑتا جارہا ہے ___ دوپہر ہوگئی ہے شام کو علی کے جنازے میں شرکت کرنا ہے۔۔۔ محفل برخاست ہوگئی ہے۔ پہلے لاٹھی ٹیکتے ہوئے مجوّ گئے۔۔۔ پھر فاروق۔ پھر ظفر۔۔۔ اب ہم تنہا رہ گئے ہیں ___ اب کچھ ہی دیر میں بہوؤں کی پکار سنائی دے گی ___ "ابا! کھانا کھالیجئے۔"

رات کا ایک بج گیا ہے، مگر نیند آنکھوں میں نہیں ہے علی کو مٹی دے کر مغرب کے بعد ہی لوٹ آیا تھا ___ عمر کی اس منزل پر زندگی کے بارے میں غور کرتا ہوں تو زندگی نہ کوئی پہیلی لگتی ہے، نہ کوئی معمہ۔۔۔ بلکہ قبرستان کی چہار دیواری نظروں میں گھوم جاتی ہے کیا زندگی صرف یہی ہے، ایک ہی محور پر لگی ہوئی۔ اب یا تو کچھ عجیب نہیں لگتا ___ یا پھر سب کچھ عجیب لگتا ہے تو پھر اندر سے ایک صدا سنائی دیتی ہے ___ ہوشیار ہو جاؤ ___ کہانی تمہیں لکھنے والی ہے ___ !

"کہانی ___ اور وہ بھی مجھے لکھنے والی ہے ___ ہنسی آتی ہے ___ کیسے یقین کروں۔ مجھ جیسوں پر کہانی ___ اور کون لکھے گا؟ خود کہنی لکھے گی ___ چپ ہو گیا ہوں، جانے کیا سوچ کر ___ یہ آواز رات کے ایک بجے اس تنہا کمرے میں مجھے بار بار پریشان کر رہی ہے ___"

ہوشیار ہو جاؤ ___ کہانی تمہیں لکھنے والی ہے۔ اس لئے کہ تم نے ایک پوری زندگی دیکھی ہے ___ ایک زندگی جھیلی ہے۔ تم موت کے بارے میں بھی جانتے ہو اور زندگی کے بارے میں بھی ___ بہت سے لوگ موت کے اس اندھیرے کنوئیں میں جھانکنے سے ڈرتے ہیں اور تم ___ عمر کے اس موڑ پر ___ زندگی اور موت کے اسی فاصلے کو طے کرنا ہے ___ اور آنکھیں موند کر سو جانا ہے ___ حقیقت بس اتنی سی ہے ___ کھانے

کے بعد تمہیں بھی نیند آجائے گی ___ اور تم سو جاؤ گے ___ بے مقصدیت کا یہ فر آہستہ آہستہ اپنی آخری منزل کو پالے گا ___ پھر ایک لمبی خاموشی ___ اور بند کتاب۔۔۔"

اور محبوب! یہ بھی دیکھو کہ ___ رات کے ایک بج چکے ہیں اور تم سونے کی کوشش کر رہے ہو۔ اور علی کی باتیں کہیں نہیں ہیں ___ روز آنے والے علی کی باتیں کہیں نہیں ہیں۔۔۔ اس لئے ہوشیار ہو جاؤ ___ خود احتسابی کا جرم نہ کرو۔

کہانی تمہیں لکھنے والی ہے - کہانی تمہیں لکھنے والی ہے۔ کہانی تمہیں لکھنے والی ہے۔۔۔!!

آخری فریم

اُس کا مرنا طے تھا___

لیکن مشکل یہ تھی کہ وہ جینا چاہتا تھا___

اور مشکل یہ تھی کہ پچھلے تین چار دنوں سے لگاتار ملک الموت اُسے پریشان کر رہا تھا___

'سب سے مل لو۔'

'کیوں؟'

'کیونکہ گڈبائی، خدا حافظ کہنے کا وقت آ گیا ہے___'

'ابھی تو میں۔۔۔ ابھی کیوں۔۔۔؟'

اُس کی عمر زیادہ نہیں تھی۔ یہی کوئی چالی بیالیس سال۔ یعنی ایسی عمر، جہاں پہنچ کر جوان رہنے کا احساس کچھ زیادہ ہی آپ کو پریشان کرنے لگتا ہے___

'عمر سے کیا ہوتا ہے۔۔۔؟ ملک الموت ہنسا۔

'ہوتا کیوں نہیں ہے___'

"نہیں ہوتا۔" ملک الموت سنجیدہ تھا۔ 'شکر کرو۔ پہلے آ گیا، موقع دے رہا ہوں___ مرنے کا الہام سب کو نہیں ہوتا۔ وصیت کر جاؤ۔ سب کو بلا لو۔۔۔ بیٹے کو، بیٹی کو ۔۔۔ بیوی کو۔۔۔'

'ڈراؤ مت۔'

'میں ڈرا نہیں رہا۔ احساس کرا رہا ہوں ___ تم مرنے والے ہو اور۔۔۔'

'نہیں، اب میں جینا چاہتا ہوں۔'

ملک الموت ہنسا ___ 'پاگل مت بنو۔ مرنے کی دعا مانگتے مانگتے تم نے ہی مجھے بلایا ہے۔' وہ ہنسا تمہاری دعا سن لی گئی۔ خوش قسمت ہو۔ آج کل وہاں سب کی دعائیں نہیں سنیں جاتیں۔۔۔

'پھر میری کیوں سنی گئی۔'

'اس معاملے میں بھی خوش قسمت ہو۔'

'مرنے کے معاملے میں؟'

'ہاں۔۔۔' ملک الموت سنجیدہ تھا۔ "ذرا باہر نکل کر دیکھو۔ تم نہیں جانتے، کتنے کتنے لوگ مرنا چاہتے ہیں۔ مگر موت سب کے نصیب میں کہاں ___"

ملک الموت اُس پر جھک گیا تھا ___ 'بولو۔ کب آ جاؤں۔۔۔ شکر کر۔۔۔ اس معاملے میں بھی خوش قسمت ہو۔ میں کبھی خبر کر کے نہیں آتا۔۔۔'

'پھر مجھ سے اتنی محبت کیوں۔۔۔'

'تم اتنی دردمندی سے، اُس کے حضور میں گڑگڑا، گڑگڑا کے مجھے مانگ رہے تھے کہ ترس آ گیا۔ ذرا یاد کر'

اُسے یاد کرنے کی ضرورت نہیں تھی۔ سارے منظر صاف تھے۔ زندگی میں سب کچھ بہت جلد کر لینے کا احساس۔ ہر لمحہ جیسے ایک اونچی اڑان اُس کے حصّے میں تھی۔ کم کم سایہ، زیادہ زیادہ دھوپ وہ اس دھوپ میں ننگے ننگے پاؤں چلا تھا ___ اور اسی طرح، ننگے ننگے پاؤں چلتے ہوئے 'وہ' ٹکرائی تھی۔ برف کے چھوٹے چھوٹے ٹکروں سے کھیلنے والی ___

'تھوڑی سی برف ملے گی؟'

'کیوں نہیں۔'

پھر وہ برف کے ٹکڑوں سے کھیلنے والی اُس کے گھر آگئی۔ کبھی نہیں جانے کے لئے ___ بچے ہو گئے۔ اب بچے برف میں ھیلتے تھے اور دروازے کے باہر برف کے ڈھیر لگنے لگے تھے۔ یکایک زمین غائب ہو گئی۔ برف پگھلنے لگی۔ اُس کی سانس ڈوبنے لگی۔ ہوش میں آیا تو زندگی سے ایڈونچر غائب ہو چکے تھے۔ بدن بیماریوں کا گھر تھا ___ اُسے یاد آیا، اُڑتے رہنے کے مقصد کو پورا کرنے کے لئے اُس نے کہیں بھی سمجھوتہ نہیں کیا تھا ___ اور اب چالیس بیالیس سال کا کمزور جسم آرام چاہتا تھا۔ ابدی سکون ___ اور اس سکون کے لئے وہ گھنٹوں عبادت میں ڈوبا رہتا۔ روتا، گڑگڑاتا۔ گھر میں بوجھل سا ماحول تھا ___ برف کے ٹکڑوں سے کھیلنے والی کو، اسکیٹنگ کے لئے باہر جانا ہوتا تھا اور بچے، اُس کی بیماری سے گھبرا کر صاف لفظوں میں اپنی ناراضگی کا اظہار کر دیتے تھے ___

'چیخو مت۔ اس سے بہتر ہے کہ۔۔۔'

'بہتر ہے کہ۔۔۔'

'تم اچھی طرح جانتے ہو۔' بیوی ہنسی تھی ___ باہر برف ہے اور بہت سی تتلیاں۔ تمہاری چیخ سے تتلیاں اُڑ جاتی ہیں۔'

کمرے کے گھنے اندھیرے میں پگھلنے والی ایک چھوٹی سی برف پر لکھ ہوتا تھا ___

'ابدی سکون۔'

وہ اس سکون کے، نہ ختم ہونے والے نشہ میں ڈوبنا چاہتا تھا ___

*

'کچھ یاد آیا ___ 'ملک الموت سنجیدہ تھا۔

'ہاں۔'

'تو چلو۔'

'کیوں۔ پریشانی میں ایسی باتیں تو سب کرتے ہیں۔ لیکن اب میں۔۔۔'

ملک الموت کو حیرانی تھی۔ 'تم انسان کبھی میری سمجھ میں نہیں آئے۔ خیر۔ اپنے اور اپنے گھر کے بارے میں سب کو جانتے ہو تم۔۔۔ پھر بھی۔۔۔'

'جینا اس سے مختلف ہے۔'

'مرنا سب سے مختلف ہے۔'

'زندگی خوبصورت ہے۔'

'موت اُس سے زیادہ دلکش۔'

'زندگی۔۔۔'

ملک الموت اس مکالمے سے پریشان تھا۔ 'اچھا سنو۔ چلو۔ تمہارے اس مسئلے کا بھی حل نکالتے ہیں۔ ایسا کرو۔ کی ایسے دو آدمی کا نام لو جو بے حد خوش رہتے ہوں۔'

'پھر کیا ہو گا؟'

'اگر مان لو ان کی خوشی، نقلی ہو، تو۔۔۔؟'

'مان ہی نہیں کتا۔'

'مان لو___ مان لو اس کے باوجود وہ مرنا چاہتے ہوں۔'

'ایسا ہو ہی نہیں سکتا___' جواب دیتے ہوئے اُس کے سامنے ایسے دو آدمیوں کا چہرہ گھوم گیا تھا اور اُسے یقین تھا کہ اگر ملک الموت نے اس بوجھل گفتگو کو مزید آگے بڑھایا تو جیت اُسی کی ہو گی۔۔۔'

'مان لو۔۔۔'

'ٹھیک ہے۔۔۔ پھر میں مرنے کے لئے تیار ہو جاؤں گا۔'

'اب پہلے آدمی کا نام لو۔۔۔'

ملک الموت کو شاید بہت جلد بازی تھی۔ ایک لمحے کو اُس کی آنکھیں بند ہوئیں۔ پھر اپنے باس جارج ویلیم کا دھیان آگیا۔ خیر سے منسٹر بھی تھا۔ ایک بے حد کامیاب آدمی۔ ایک خوشحال زندگی ___ ایک بے حد چاہنے والی بیوی۔ بے حد پیار کرنے والے بچے۔ ہر جگہ ہر موقع پر اُس کے ساتھ ___ ہنستے مسکراتے ___ اور وہ اپنی ہر گفتگو میں اپنی کامیابی کا سہرا اپنی سر باندھتا تھا ___

اُس نے نام بتایا ___ ملک الموت ہنسا ___ لو دیکھو اُس کی ہتھیلیاں روشن تھیں اور اسکرین بن گئی تھیں۔ وہ سب کچھ صاف صاف دیکھ سکتا تھا ___

صبح کا وقت۔ جارج ویلیم بیوی بچوں کے ساتھ ہے۔ ہمیشہ قائم رہنے والی مسکراہٹ کے ساتھ۔ سیکوریٹی گارڈس ساتھ ساتھ چل رہے ہیں۔ کی عمارت کی سنگ بنیاد کا منظر ___ وہ فیتہ کاٹتا ہے۔ تالیاں بجتی ہیں ___ منظر آگے بڑھتا ہے۔ سب کو نمسکار کرتا جارج ویلیم اپنی بڑی سے گاڑی میں بیٹھتا ہے۔ گاڑی کوارٹر کی طرف روانہ ہوتی ہے۔'

اُکے چہرے پر طمانیت بھری مسکراہٹ تھی ___ 'دیکھا؟'

'اب آگے دیکھو ___'

روشن اسکرین پر اب ڈائننگ ٹیبل ہے ___ ہنستا مسکراتا خاندان ایک ساتھ بیٹھا کھانا کھا رہا ہے۔ ایک مشہور چینل کا پریس رپورٹر انٹرویو لے رہا ہے۔ کیمرہ آن ہے ___ پریس رپورٹر مسکرا مسکرا کر سوال پوچھتا ہے۔ وہ جواب دے رہا ہے۔ 'بس یہی مختصر سی خوراک ___ وہ بیوی کے کندھے پر ہاتھ رکھتا ہے۔ کھانا میری بیوی بناتی ہے۔ میرے لئے۔ یہ دلیہ۔ یہ فیرنی۔ وہ اپنے بچوں کی طرف دیکھتا ہے۔ بچے مسکرا رہے ہیں۔ جارج

ولیم بتارہا ہے۔۔۔ یہ سب میری زندگی ہیں۔۔۔ نہیں روح___ بس اور کیا چاہئے مجھے۔ کچھ بھی نہیں۔ ہتھیار، میزائیل کچھ بھی نہیں۔ جنگ، ہماری نجی خوشحالی کو بھی تباہ کرتی ہے۔۔۔'

اُس نے تالیاں بجائیں___ 'دیکھا___'

'اب دیکھو۔' ملک الموت کے چہرے پر سنجیدگی تھی___

'اب کیا دیکھوں۔ اب اس سے زیادہ خوشی کیا ہوتی ہے___'

'آگے۔۔۔ آگے دیکھو۔۔۔'

ہتھیلیوں پر اسکرین روشن تھا اور وہ یکا یک چونک گیا تھا۔ رات۔ رات کا وقت___ دوسرے کمرے میں جارج ولیم سو رہا ہے___ بیوی کرسی پر بیٹھی ہے۔ ایک بڑی مونچھوں والا آدمی ٹہل رہا ہے جتنے پیسے چاہئیں۔ رشتے مت دیکھئے۔۔۔ رشتہ تو جذباتی کر دیتے ہیں۔'

'پیسہ بہت ہے ہمارے پاس' جارج ولیم کی بیوی کا چہرہ سپاٹ ہے___

'اور اگر آپ کو وہی کرسی آفر کی جائے جو___ جارج کے پاس ہے۔۔۔'

'آہ۔۔۔ آپ سب جانتی ہیں۔ سب جانتی ہیں۔ آپ کو کرسی چاہئے تو___ جارج کو مرنا ہوگا۔۔۔'

ہتھیلیاں اندھیرے میں ہیں۔ اسکرین پر بلیک آؤٹ۔

دیکھا___؟ ملک الموت ہنسا۔

'دیکھا۔'

'پھر___؟'

اُس کے لہجے میں کھوکھلا پن تھا۔ بچے بھی تو ہیں۔ جارج تو پوتے والا ہے___ بیٹے کا

بڑا لڑکا اب کالج میں ہے___'

'اچھا___لو وہ بھی دیکھو۔۔۔'

ہتھیلیوں پر اسکرین روشن ہو گیا ہے۔ جارج کا بیٹا پریشان ٹہل رہا ہے۔ بیٹے کی بیوی یعنی جارج کی بہو غصّے میں ہے۔ تمہیں کیا ملا۔ ہاں۔ کبھی تمہارے لئے ایم ایل اے یا ایم پی بننے کی بھی سفارش نہیں کی۔ کیوں ڈھو رہے ہو بڈھے کو___پیسہ مانگو اور باہر چلو۔'

ایک کمزور آواز___'وہ راضی نہیں ہوں گے۔'

بہو بگڑتی ہے___'تو مرو۔ نمائش کے گڈے، گڑیے بنا کر زندگی گزار دو۔ وہ جہاں جائے گا، ہمیں سجا کر لے جائے گا۔ دو چار ہمارے بارے میں ڈائیلاگ بولے گا۔ سنو___اُسے زہر دے دو___بہت سے دشمن ہیں اُس کے۔ پارٹی بھی یہی چاہتی ہے۔ تمہارے لئے کھلا آفر ہے___کچھ نہیں ہو گا بڈھے کی موت کا۔ سب خوشی منائیں گے۔ حکومت کچھ دن تک قتل کی تحقیقات کے لئے کیش بیٹھا دے گی۔ بس۔۔۔'

اُسے چکر آرہے تھے۔ وہ زور سے چیخا___'بس کرو۔'

'ہو گیا۔ اتنے میں ہی۔۔۔'

اُس کے پیشانی پر پسینے کے قطرے جھلملا گئے تھے۔ مائی گاڈ۔ یہ سب۔۔۔'

'یہی تمہاری دنیا کا سچ ہے۔'

'کیا جارج یہ جانتا ہے۔۔۔؟'

'لو، تم خود ہی دیکھو لو___'

ہتھیلیوں پر، اسکرین پھر روشن تھا۔ جارج ٹہل رہا ہے۔ ایک بے چین آتما۔ آنکھوں میں نیند نہیں۔ ٹہلتے ٹہلتے وہ لیٹ جاتا ہے___اور یہ کیا۔ وہ رو رہا ہے۔۔۔

'وہ کچھ کہہ رہا ہے۔۔۔'

ہاں تم بھی سنو۔۔۔'

اسکرین پر اب کلوز میں جارج کا چہرہ ہے۔۔۔ وہ رو رہا ہے ___'میں سب جانتا ہوں۔ لیکن کیا کروں۔ یہ ناٹک کرنا پڑتا ہے۔ میں جانتا ہوں مجھ سے کوئی خوش نہیں ___ نہ پارٹی۔ نہ عوام۔ نہ بیوی۔ نہ بچے ___ کوئی بھی نہیں۔۔۔ میں بھی نہیں ___ میں نے یہ سب کچھ کیسے کیا، میں جانتا ہوں۔ مجھے اٹھالے۔ سکون دے دے۔ یا پھر میری زندگی سے راتیں چھین لے۔ تنہائی چھین لے۔ خاموشی کے لمحے چھین لے ___'

اسکرین پر ایک بار پھر اندھیرا تھا۔

'مائی گاڈ' ___ لیکن اتنی دیر میں وہ اپنے آپ کو آگے کے مکالمے کے لئے تیار کر لیا تھا ___ لیکن ایک آدمی کا سچ ___'

'اِسی لئے ___ میں نے تمہیں دو آپشن دیے ہیں۔ تمہاری زندگی میں تمہیں سب سے زیادہ خوشحال نظر آنے والے دو آدمی۔۔۔'

'کیا یہ کم نہیں ہے۔'

'نہیں۔ سب کی زندگی ایک سی ہے اور کوئی بھی تمہاری طرح جینا نہیں چاہتا۔ دو کافی ہیں۔ دو مثالوں میں، تم اپنی پوری دنیا پڑھ سکتے ہو۔ اچھا جلدی سے دوسرے کا نام لو ۔۔۔'

'سوچنے تو دو۔۔۔'

اُس نے اپنے ذہن کو چاروں طرف دوڑایا ___ اپنے وسائل، اپنے رتبے کا سہارا لیا ___ پھر نیچے والی پائیدان پر آگیا ایک موٹر سائیکل ___ مشکل سے خرید ا گیا ایک چھوٹا سا گھر ___ صوفیہ اور اُس کا دوست۔۔۔'

'اصمد۔۔۔'ملک الموت نے اُس کا خیال پڑھ لیا تھا۔

'ہاں۔'

'تم ان کی شادی میں گواہ تھے۔'

'ہاں۔ کیونکہ۔۔۔'

بتاؤ مت۔ مجھے سب پتہ ہے۔ لومیرج کی تھی۔ گھر والے خلاف تھے۔ شادی کو 5سال ہوگئے۔ بچہ نہیں ہے۔'

'ہاں۔ مگر اس کے باوجود۔'

'تم جاتے رہتے ہو۔۔۔'

'کہاں؟'

'ارے' ان کے گھر۔۔۔'

'ہاں۔'

'باہر بھی ملتے ہو___'

'ہاں۔ سنیما۔ ریستوراں، کیفے۔' وہ جذباتی ہو رہا تھا۔ خوشحال زندگی کے لئے امیری کا تحفہ ضروری نہیں۔ ایک معمولی مڈل کلاس کا آدمی بھی۔۔۔'

'لکچر مت دو۔ اسکرین پر دیکھو۔'

ملک الموت نے ہتھیلیاں سامنے رکھ دی تھیں۔ اسکرین روشن تھا___ صبح کا وقت۔ ڈائننگ ٹیبل۔ دونوں پاس پاس بیٹھے ناشتہ کرتے ہیں۔ صوفیہ، دوست کو کھلا رہی ہے۔ دوست ہنس رہا ہے۔۔۔ 'لگتا نہیں ہے کہ ہماری شادی کو۔۔۔'

'5سال ہوئے ہیں۔' صوفیہ ہنستی ہے۔

دوست اُسے کھاتے ہوئے، گود میں کھینچتا ہے۔ صوفیہ کھلکھلاتی ہے۔ دوست اُس کے ہونٹوں کا بوسہ لیتا ہے۔'

'جھوٹا کر دیا۔'

'جھوٹا نہیں۔ پاک کر دیا 'پوتر' ___ دوست ہنستا ہے۔۔۔

سین تیزی سے بدلتے ہیں ___ دونوں باہر آتے ہیں۔ موٹر سائیکل پر بیٹھے ہیں اور

۔۔۔

'دیکھا' ___ اُس نے اپنے ماتھے کا پسینہ پوچھا۔ جیسے موت اُس کی ہتھیلیوں سے دور نکل گئی ہو ___ 'کتنے خوش تھے دونوں۔۔۔ دیکھا۔ زندگی یہ ہے ___ '

'نہیں۔'

'تم اپنے وعدے سے ہٹ رہے ہو۔'

ملک الموت نے ہتھیلیاں تان دی تھیں ___ اسکرین ایک بار پھر روشن تھا ___ دونوں پارک میں ہیں۔ ایک دوسرے کے بانہوں میں بانہیں ڈالے ___ دونوں کچھ محبت بھری باتیں بھی کر رہے ہیں۔

'ساؤنڈ۔۔۔ کر دو۔'

'کیوں۔'

'میرے دوست ہیں۔'

'دوست کی محبت بھری باتیں نہیں سن سکتے۔'

'اچھا نہیں لگتا اور پھر ___ اخلاقیات بھی کوئی چیز ہے۔۔۔'

'اچھا چلو ___ آواز مت سنو ___ '

محبت اور دیوانگی کے عالم میں صوفیہ اور دوست کو دیکھ کر اُس میں کچھ کچھ زندگی لوٹی تھی۔ دو ایک بار کھانسی آئی۔ آنکھوں کے آگے گہرا اندھیرا بھی چھایا لیکن پھر وہ ہتھیلیوں کے اسکرین پر لوٹ آیا۔۔۔

'دیکھا۔۔۔یہی سچ ہے۔۔۔'

'نہیں۔'ملک الموت سنجیدہ تھا۔ اب آگے دیکھو___'رات کا وقت۔ بستر۔ صوفیہ اور دوست قریب قریب۔ ہنسنے اور کھکھلانے کی آوازیں۔ پھر ایک دوسرے سے لپٹنے اور بوسہ بازی کے مناظر___وہ تیزی سے چیخا___

'بند کر و یار۔ یہ ایڈلٹ فلم زندگی میں بہت دیکھی ہے۔'

'دوست کی نہیں دیکھ سکتے۔'

'نا___'

'بھابھی ہے، اس لئے۔'

'ہاں۔ تقدس کا جذبہ بھی کوئی چیز ہے۔ماں، بہن، بھابھی۔۔۔'

'چلو، تمہارے اندر اخلاقیات زندہ ہے۔ بڑی بات ہے۔۔۔'

'تو تم ہار گئے۔۔۔'

'ہار گئے___؟ ملک الموت ہنسا___پاگل تو نہیں ہو گئے۔ ابھی تو تم نے صرف ان کی زندگی کا ایک رُخ دیکھا ہے___بھوشن کو جانتے ہو۔'

'ہاں۔ صوفیہ کا منہ بولا بھائی۔'

'نہیں۔ بوائے فرینڈ۔'

'نہیں'وہ غصّے میں چیخا___'دوست بھی بھوشن کو جانتا ہے اور بُرا نہیں مانتا۔'

'اچھا___تو دیکھو___'

ہتھیلیاں روشن تھیں۔ اسکرین پر پہلے پارک میں صوفیہ نظر آئی۔ کیمرہ پُل بیک ہوتے ہی، اُس کے پیچھے بھوشن نظر آیا۔ بھوشن صوفیہ کے چہرے پر جھکا ہوا تھا۔۔۔ کچھ کہہ رہا تھا۔ صوفیہ کی آنکھیں جل رہی تھیں۔ ہونٹ تھرتھرا رہے تھے اور ادھر___

اُس کے اندر بیماریوں کے 'سیال' دھوم دھڑا کا مچانے لگے تھے۔ نروس بریک ڈاؤن ___ ہائپر ٹینشن بڑھا ہوا شوگر ___ دماغ پر دھائیں دھائیں ---- پھیلتا اندھیرا بدن میں تھرتھراہٹ ___

'لیکن بھوشن تو---'

وہ کہتے کہتے ٹھر گیا۔ اس 'شریف' سے آدمی سے وہ کتنی کتنی بار ملا ہے۔ خود بھوشن اُس کی کتنی عزت کرتا ہے ___

'دیکھا' ___ ملک الموت سنجیدہ ہے ___

اُس کے اندر طوفان آیا ہوا ہے بدن میں آگ لگی ہوئی ہے۔

'یہ سین کافی لمبا ہے۔ دیکھو گے ___ ابھی جو کچھ دیکھا، وہ تو کچھ بھی نہیں ہے ---'

'نہیں---'

اُس کی سانس ڈوب رہی تھی۔

ملک الموت نے اُسے جھنجوڑا ___ سنو۔ اب دوسرا منظر بھی دیکھ لو ___

اس کی آنکھوں کا اندھیرا بڑھتا جا رہا تھا ___

'دوسرا منظر۔'

'ہاں۔'

'کیا منظر۔'

'اپنے دوست سے نہیں ملو گے۔ شریف اور مہذب آدمی۔ محبت کا مارا۔ بیچارا ___ لو دیکھو لو ___'

اسکرین روشن تھا اور یہ کیا یہ تو جیسے کوئی ایڈلٹ منظر تھا۔ یہ دوست کا گھر تھا۔

بیڈروم۔۔۔ لڑکی کو وہ پہچانتا نہیں تھا مگر یہ لڑکی صوفیہ نہیں تھی۔ دونوں کے بدن پر اس وقت برائے نام بھی لباس نہیں تھے ___

'صوفیہ ابھی نہیں آئے گی۔۔۔' دوست ہنس رہا تھا۔

'جانتی ہوں۔' لڑکی ہنس رہی تھی۔۔۔

'صوفیہ سے بور ہو گیا ہوں۔'

لڑکی کھکھلا رہی تھی ___ 'اور مجھ سے۔'

'تم آگ ہو اور اُسے تو برف کی پہاڑیوں سے لایا تھا۔۔۔'

کھکھلاہٹ۔ قہقہہ ___ اور دوسرے میں گُم ہوتے ہوئے گوشت کی دو خوبصورت اُوبڑ کھابڑ پہاڑیاں۔ اور ___

اُس کی سانسیں گم ہو رہی تھیں۔ برف کی پہاڑیاں ___ وہ بھی تو 'اُسے 'برف کی پہاڑیوں سے ہی لایا تھا ___ وہ بھی تو ایسا ہی کچھ۔۔۔ برف کی پہاڑیوں سے گھبرا کر ___ اُس کے بچے۔ اُس کا گھر۔ اُس کی بیوی ___ سانسیں دھونکنے کی طرح چل رہی تھیں۔ سویّوں کے لچھے کی طرح ایک دوسرے پر الجھتی، ٹوٹتی ہوئی۔ پھر اُس نے زور سے چیخنے کی کوشش کی اور یہ کیا۔

گردن ڈھلک گئی تھی۔

سانسیں گم تھیں ___

اسکرین پر اندھیرا تھا۔ ملک الموت نے نبض دیکھی۔ ہلایا ڈلایا۔ پھر خود سے بڑبڑایا۔ کم بخت، کچھ لوگ اُس کی موجودگی کا فائدہ بھی نہیں اٹھاتے۔ وہ ہنس رہا تھا ___ لیکن اس ہنسی میں 'زندگی' سے زیادہ مکّاری شامل تھی ___ کیونکہ وہ انتہائی چالاکی سے دونوں کہانیوں کے آخری فریم کو کھا گیا تھا ___ اب، جبکہ اُس کی روح اُس کی مٹھیوں میں

تھی، وہ اپنی آنکھوں کے اسکرین پر بچے ہوئے آخری فریم کو دیکھ کر لطف اٹھا سکتا تھا___

اب آخری فریم سامنے تھا___

اور اس فریم میں جارج ویلیم تھا۔ چہرہ جھکا ہوا۔ شر مسار___ کیمرہ بین ہوتے ہی گھر کے دوسرے افراد نظر آجاتے ہیں۔ جارج ٹھہر ٹھہر کر کہہ رہا ہے۔

'آہ، موت۔۔۔ موت کا احساس۔۔۔ نہیں آپ سب مجھے ایسی آنکھوں سے مت دیکھو۔ یقیناً میں تم سب کا مجرم ہوں۔ یقیناً اپنے گھر، اپنے گھر کے لوگوں کا۔ مگر آہ___! اس سے زیادہ اپنے ملک۔۔۔ اپنی وفاداریوں اور ایمانداریوں کا۔۔۔ اور اس سے بھی زیادہ___ نہیں___ کوئی کچھ نہیں کہے گا۔ سب میری باتیں سنیں گے۔ آہ! صرف موت۔ موت جو ہتھیار اور میزائلس کی خرید و فروخت، جو تمام تر مکّاریوں سے زیادہ سچ ہے۔ نہیں، میں کنفیشن نہیں کرنا چاہتا۔ حق بھی نہیں ہے مجھے۔ مگر آہ۔۔۔! صرف یہ سوچ کر شر مسار ہو رہا ہوں کہ۔۔۔ تم لوگ پیدا ابھی نہیں ہوئے۔ پیدا ہو کر بھی نہیں پیدا ہوئے۔ زندہ ہو کر بھی نہیں جئے۔۔۔'

جارج کچھ دیر کے لئے رُکا۔ اپنے پوتے کو قریب کھینچا___ 'نہیں۔ میرے پیارے جمّی___ ہم سب کو اپنی زندگی جینے کا حق ہے اور جینا بھی چاہئے___ اس لئے تمام تر مکّاریوں کو۔۔۔ نہیں___ مجھے کہنے سے مت روکو۔۔۔ میں الوداع کرنا چاہتا ہوں۔ ہاتھ ہلا کر الوداع___ بس اتنی سی زندگی سکون میں گزر جائے گی نا___

'بہت سے لوگ مارے گئے ہیں'___ پوتا کہتے کہتے ٹھہرا___ بہت سے لوگ مارے جا رہے ہیں۔۔۔'

'آہ کنفیشن! نہیں۔ مجھے ایسی آنکھوں سے مت دیکھو پوتے___ مگر موت کا

احساس--- تم سمجھ رہے ہونا'۔ 'ہاں ' ابھی اتنا بہت ہے---' بیٹا کہتے کہتے ٹھہرا۔ 'یہ احساس--- یعنی یہ میزائلوں کا احساس--- یعنی ابھی یہ مارے جانے والے لوگوں کا احساس---'

بیوی کے چہرے پر شرمندگی تھی___ کبھی کبھی ہم ایک نہ ختم ہونے والی شرمندگی میں جیتے ہیں___

بہو آہستہ سے بولی___ اور اسی شرمندگی میں مر جاتے ہیں۔ مگر___ کیا اتنا کافی ہے؟

ملک الموت مکاّری سے مسکراہٹ نہیں، انسان ہونے کے لئے اور جارج ویلیم جیسا آدمی___ نہیں___ انسان ہونے کی جون میں پیدا ہونے کے بعد اس سے زیادہ نہیں ہو سکتا۔ اب دوسری کہانی کا آخری بچا فریم بھی سامنے تھا___ صوفیہ اور دوست دونوں ایک دوسرے کو ٹٹول رہے تھے___ دوست کی آنکھوں میں نئے لمحوں کی اُڑان تھی___ ہاں، تم سمجھ رہی ہونا۔ ہاں تمہیں سمجھنا بھی چاہئے اور یہ کوئی جرم نہیں ہے___ دراصل --- اپنے اپنے وقت کے تقاضے کو سمجھنے میں، ہم سے کافی دیر ہو جاتی ہے___ تم، کسی کے بھی ساتھ۔ تمہاری مرضی___ جا سکتی ہو۔ اور میں--- اپنی قسم کی زندگی___ نہیں، زیادہ خوش مت ہوؤ۔ یہ سب نئی زندگی کے رنگ ہیں اور اس میں کچھ بھی نیا نہیں ہے--- تم---"

'انسان کمبخت'--- ملک الموت خود کو نڈھال محسوس کر رہا تھا۔ ممکن ہے باقی بچے فریم سے اُسے زندگی مل جاتی۔ ممکن ہے--- وہ بے حد تکان اور سانسوں کو ٹوٹتا محسوس کر رہا تھا۔ اُس نے ژوں کے ساتھ گھوم کر غائب ہونا چاہا___ مگر---

***

مشرف عالم ذوقی کے افسانوں کا ایک اور مجموعہ

ٹِشو پیپر

بین الاقوامی ایڈیشن جلد منظر عام پر آرہا ہے